Botho Strauß

Das Partikular

Carl Hanser Verlag

4 5   04 03 02 01 00

ISBN 3-446-19886-5
Alle Rechte vorbehalten
© 2000 Carl Hanser Verlag München Wien
Schutzumschlag: Peter-Andreas Hassiepen, München.
Motiv: Wolfgang Otto Schulze, *L'œil de Dieu*.
© VG Bild-Kunst, Bonn 1999
Satz: Satz für Satz. Barbara Reischmann, Leutkirch
Druck und Bindung: Friedrich Pustet, Regensburg
Printed in Germany

Sie wieder

Die Frau saß auf der Uferböschung mit dem Rücken zur Schnellstraße. Im Streiflicht der Scheinwerfer sah man für den Bruchteil der Sekunde, daß sie ihr Schultertuch ein wenig zurücksetzte, es straffte, den weißen Nacken hob, als wolle sie den Entschluß, den sie bereits ausgeführt hatte, noch einmal fassen oder als zucke ihr der plötzliche Entschluß noch einmal über den Rücken, nachdem sie bereits vollendete Tatsachen geschaffen hatte, endgültig fertig war mit der Sache, ausgestiegen, abgedreht, allein zurückgeblieben am Rande der Schnellstraße, noch einmal bereit, dasselbe zu tun

das geringe Zurücksetzen der Stola, bis der Saum die Oberarme umfaßte und ihren mondscheinweißen Nacken entblößte, wurde für den, der gerade vorbeifuhr und hinausschaute, zum Blickfang, so auch für die Beifahrerin eines mißmutigen Mannes, der ihr am Steuer nach vorne, mit Blick in die Fahrtrichtung, schäbige Vorhaltungen machte, dazu Schläge mit Ringfinger und Handballen gegen das Lenkrad, sie anherrschte, während sie aus dem Fenster schaute und es kaum glauben mochte, daß dort auf der Uferböschung jemand saß, eine Frau, die sie selbst hätte sein können, auf der Heimfahrt von der Oper oder einer festlichen Gesellschaft, eine, der sie auf Anhieb zugetan war, weil sie zweifellos den richtigen Entschluß gefaßt hatte, im richtigen Augenblick einfach geschrien hatte: »Hör auf. Halt's Maul. Laß mich raus.«

Diese da, mitten in der Nacht über dem langsamen Fluß, hatte es geschafft, hatte es über sich gebracht. Sie selbst war Beifahrerin geblieben und ließ diese haarsträubenden Vorhaltungen, diese widerwärtige Rechthaberei über sich ergehen, wobei sie mit tränensattem Blick aus dem Fenster schaute, sich abwandte, lediglich abwandte, sie hörte noch zu, was blieb ihr anderes übrig, aber sie erblickte in schneller Fahrt etwas, soweit war es noch nicht, sie sah, wenn auch nur schlagartig, in einem gleißenden Husch: die vom Mond Begünstigte auf der Uferböschung, allein, mit nacktem Hals, die das einzig Richtige getan hatte, wenn sie auch ihr Schultertuch so entschlossen zurücksetzte, als wollte sie es erst noch tun

ausgelooost!
hast du ja nicht gesehen warst nicht dabei
als sie im kurzen Hemd nachts durchs Haus irrte und in den Keller kam zu ihrem Mann, der noch immer seine Bewerbungsunterlagen kopierte kopierte kopierte.

Die Füße der Nachtschwärmer auf der Straße schlichen über ihre Köpfe, trippelten, schlurften, stolperten, klackten ... Eher ein großer Hobbyraum sein Büro, Maschinensaal, Sportgeräte, ein Kabinett der Folterinstrumente in ihren Augen, wo er also zusätzlich schwitzte in seiner aussichtslosen Lage. Umrisse elterlicher Möbel, zusammengebunden unter der Plane, verstoßene Möbel. Eine Standuhr ein Lehnstuhl eine Kücheneinheit. Eine Stehlampe ein Teewagen. Und er eben an seinem

Fotokopierer. An die schmalen vergitterten Fenster zur
Straße beugten sich die Laien der Nacht, die Deputier-
ten des Morgengrauens, feixten und deuteten hinunter
zur träumenden Frau auf ihrer kleinen Bank im dürftigen Hemd. Über ihr an der Wand der gewaltigste
Stromzähler, den die Welt kennt, groß wie ein Kanin-
chenstall.

Diese schöne junge, immer ein bißchen trödelnde Frau
ist, wo es halbwache, gedankenverlorene und übermü-
dete Menschen gibt, unvermeidlich der Pol ihres Abge-
lenktseins. Es kommt ja auf jeden von uns, er braucht
nur einmal hinter die eigene Kulisse zu schauen, eine
Handvoll Bühnen-Arbeiter, die die Szene, in der wir uns
handelnd bewegen und doch Gefangene sind, immerzu
ein wenig verändern, ein wenig umräumen, hilfreiche
Geister, unter ihnen namentlich der Inspizient, der sich
der Gedächtnisschwächsten barmherzig annimmt und
von Zeit zu Zeit aus der Gasse herausflüstert: »Was
denn? Du heulst schon wieder? *Du hängst?*« Und diese
Magier-Arbeiter sind immer auf Tour und holen den
einen von der Straße, den anderen aus einer Spielhalle,
den dritten aus der Warteschlange vorm Postschalter,
ziehen ihn auf die Bühne, versetzen ihn in eine völlig
unbekannte Handlung, in der er sich bewähren muß.
Diese Entrücker/Entführer, die dir wechselnd im Leben zu Erfolg oder Ohnmacht verhelfen, sind es am
Ende auch, die dich zum Ausgang eskortieren, die stillen Begleiter in den Hintergrund, ab von der Bühne, die
sich dir zugesellen, unverhofft, mitten im geschäftlichen
Aufschwung, mitten im inbrünstigen Bekenntnis, und
dich zum Einhalt bringen, zum Schweigen, zur Besin-
nung. Die dich, höflich und diskret, der Auflösung zu-
führen, der restlosen Auflösung aller Pläne, Chancen

7

und Erinnerungen: der Strich durch die Rechnung erscheint als bunter Himmelsbogen, wenn du über die Brücke gehst, und nur ein leuchtender Schweif bleibt von dir zurück, ein fröhlicher Nimbus, der die Person verlor. Nichts wird dich erlösen außer Auflösung. Zersetzungsrückstände von allerlei Gram, Geräusche außer Hörweite, sich zersetzender Geist bilden den feinen Nebel, der dich vor dir selbst verhüllt, wenn du an der Bar sitzt und vor dem lästigen Spiegel trinkst. Aufrecht die ganze Zeit, über die ganze Periode der *Involution*, der langsamen Rückverpuppung des Schmetterlings, Umkehr in sein gewickeltes Wesen, kerzengerade wie ein ausstaffierter Unbeugsamer, ausstaffiert mit knöchernen Ideen. Ein Mann? Eine gewisse Halsstarrigkeit läßt ihn unbeugsam erscheinen. Eher jemand, der auf nichts anderes seinen Stolz gründet als auf die Fähigkeit, Fassung zu bewahren rund um ein hohles, vollkommen ausgehöhltes Innen herum und mehrere Stunden kerzengerade am Tresen zu sitzen

bevor ihm der Kopf wieder vornüber sinkt. Doch seine Alliierte ist rechtzeitig zur Stelle, rückt zu ihm, ohne ihn zu bedrängen, Wildtaube zu Gast in der dunklen Kiefer, ganz oben auf dem jüngsten, weichen Wipfel seiner Verzweiflung schwankt sie, aber gurrt nicht, schmiegt sich nicht an, möchte ihn nur ihre Nähe *wissen* lassen, etwas Nähe, wenn er schon sonst keinen Gefallen an ihr findet und ihre warme Seite verschmäht. Sie versucht sich seiner Traurigkeit anzupassen, nicht unkomisch ihre Anpassungsversuche, ohne selbst nur um einen Hauch beschwert zu sein oder dunkel gestimmt. Sie legt nicht den Arm um seine Schulter, sie fährt ihm nicht mit der Hand durchs Haar, sie gleicht ihre Pose der seinen an, gestützt auf die überkreuzten Arme sitzen beide, und beider Kopf hängt eingesunken zwischen den Schultern. Doch manchmal blickt sie verstohlen aufwärts, blickt im Spiegel an sich vorbei und lächelt in die Gesichter der Gäste in der Bar. Dabei schiebt sich das rechte Knie noch mehr über das linke, so daß ihr Hintern sich ein wenig hebt und wie ohne Absicht sein Knie berührt ... Die Schönheit, bei all ihren vergeblichen Versuchen, Bitternis sich einzuverleiben, wird diese dennoch niemals besitzen, niemals verstehen – weil sie eben die Schönheit ist. So wenig wie das Feuer bei all seinem Geist irgendeine Möglichkeit besitzt, das dunkle Wasser zu verstehen – sie gehören im Urgrund zusammen, soviel ist beiden Elementen erinnerlich, und wissen doch, daß ihre Beschaffenheit kaum mehr als eine flüchtige Berührung zuläßt.

»Ich weiß: mein Ziel hätte ich unter gar keinen Umständen erreicht. Auch unter den günstigsten nicht.«
Wie immer wußte er alles um einen Takt zu schnell und zu komplett, um seine Lage genau genug zu erkennen. Doch das Konter-Bewußtsein holte langsam auf vor dem Spiegel ... Anstieg von Trotz und Tatendurst in dieser Nacht, Zustände von hellichtem Hirn, aber von düsterem Überschwang alles, was er ihr ausmalte an Schrecken der Unzertrennlichkeit, keine Flocken rosigen Schaums am Mund, die sich knisternd zersetzen noch vor dem ersten Morgenschimmer. Umarmt gingen sie hinaus, schlenderten noch unterm Äquilux von

9

Dämmerung und Straßenleuchte und kehrten heim zur selben Stunde, da die Beschäftigten aus den Häusern schlüpften, verschlafen und frisch geschminkt, um in ihre Büros zu fahren, in ihre Läden und Fabriken …

»Ich bitte dich …!« Eine immerzu Bittende, Flehende war sie geworden, doch war nie zu hören, worum sie bat. »Ich bitte dich …!« Nur immer die Ellipse, der Ausruf, die Ermahnung, die Aufforderung, Einhalt zu leisten. Eine Bitte, die nie eigens ausgesprochen wurde und vom Angerufenen nie erfüllt, nie abgeschlagen werden konnte. Soviel er auch sprach und ihr zugestand, es unterlief ihr immer nur dies »Ich bitte dich …!« Nicht einmal als Einwand gegen etwas, das er vorgebracht hatte, sondern eigentlich so, als wolle sie dem Sprechenden gar nichts anderes abringen, als auch einmal sprechen zu dürfen. Aber wenn er nun einhielt, ihr Zeit zum Sprechen ließ, dann kam nichts von ihr. Sie blieb still und hörte, als spräche er noch. In der Pause bat sie um nichts, erst als er fortfuhr, wieder loslegte, dauerte es nicht lange und sie begann, »Ich bitte dich!«, gleichsam von seinem Sprechen aufgewühlt, etwas zu erflehen, von dem kein Mensch wissen konnte, was es denn sei, sie am allerwenigsten, in ihrem endlos sich aufbäumenden Zuhören eigentlich hatte sie sich mehr versprochen von diesem Abend. In Gesellschaft ehemaliger Betriebskollegen saßen sie an der langen Tafel, viele neue Gesichter, Gäste, die sie nicht kannte, jedenfalls rührte sich mehrmals der Wunsch, quer über den Tisch zu langen und die Hand ihres Mannes zu drücken. In Gesellschaft machte er wieder einmal eine gute Figur. Sie fand ihn ausgesprochen attraktiv. Inspiriert. Waren es die Blicke der fremden Menschen, die sich auf ihn richteten und ihn durchaus nicht befangen machten, sondern ihm ungewohnt sorglose Töne entlockten?

Zuhause, von ihrem einsamen Augenpaar ließ er sich niemals in solche Gewandtheit, in solch hübsche Bewegung versetzen! Sie genoß, wie er sich auszudrücken verstand. Wie er gescheit und schlagfertig auf gewisse deplazierte Zwischenbemerkungen reagierte (die seine berufliche Lage betrafen). Wie er mit feiner Schattierung die Anrede unterschied, die er an die einzelnen Anwesenden richtete. Sogar der kleine Flirt mit seiner Nachbarin, bei dem er nicht vergaß, ihr über den Tisch hinweg vertraulich zuzuzwinkern, amüsierte sie.

All das konnte er zu Hause nicht von sich geben. Nicht aus sich herausholen. Wieviel Sichgehenlassen, wieviel Dummheit, Gefühlsroheit, Form- und Achtlosigkeit herrschten zu Hause und reizten sie dann zu übellaunigen oder abschätzigen Bemerkungen, weil sie eben *zu Hause* waren, was leider nie besonders inspirierend auf ihn wirkte … Er haßte es auszugehen, obwohl er draußen vor den Leuten zu großer Form fand und sie endlich einmal ihren Mann eine gute Figur abgeben sah. Jedoch um so furchtbarer kehrte er heim, warf die gute Figur sogleich in die Ecke und erging sich in abscheulichen Verwünschungen, über sich selbst, die gesamte

Geselligkeit und jeden einzelnen, mit dem er sich eben noch glänzend verständigt hatte. Es war ihr unbegreiflich, wie jemand so vollendet seine Rolle spielte, dabei augenscheinlich auflebte und wenig später, heimgekehrt in seine eigenen vier Wände, nicht damit fertig wurde, daß er überhaupt eine Maske zu tragen imstande war. Sehen Sie! Das ist nun mein Mann! (Hätte sie am liebsten zu ihrem Tischnachbarn gesagt, aber sie hatten noch kein Wort miteinander gewechselt.) Sehen Sie, er unterhält die ganze Gesellschaft. Er hat viel erlebt, er hat etwas mitzuteilen. Wenn auch nicht alles ... wenn auch nicht alles Hand und Fuß besitzt, was er zum besten gibt, er kommt sehr leicht vom Hundertsten ins Tausendste. Sie hören es. Aber können Sie sich vorstellen? Dieser selbe Mensch, an dessen Lippen die ganze Runde hängt, geht in zwei Stunden mit mir nach Hause, und ich muß ihn gewaltsam daran hindern, über die Brüstung des Dachgartens in die Tiefe zu springen. Oder sich in der Garage unter den Volvo zu legen bei laufendem Motor. Einfach weil er nichts erlebt hat. In Wahrheit von seinen unzähligen Erlebnissen gar nichts wirklich erlebt, sondern diese bereits im Augenblick des Zustoßens als erzählt und mitgeteilt verbucht hat. Sie immer schon, all diese prächtigen Erlebnisse, für andere gewissermaßen einheimste, erzählfertig ablagerte wie Tiefkühlkost. Nicht eines seiner Erlebnisse gehört wirklich zu dem Seinen oder wäre etwas, das er gern bei sich behielte. Hören Sie? Haben Sie gehört? Er erzählt – den nötigen Sarkasmus beigemischt – sogar von seinen Erfolgen. Ich versichere Ihnen, in Wahrheit hat er, seitdem ich ihn kenne, nicht eine Angelegenheit zum Erfolg geführt. Weshalb greift er jetzt, nur um die Gemeinschaft zu unterhalten, zu diesem billigen Flitter? Wozu muß er sein Ansehen schmücken, das er, kaum zu Haus, mir allein gegenüber, für null und nichtig erachtet? Er wird sich die Brust aufreißen und sagen: Ich hatte das Gefühl, ich könnte in dieser Minute nur mit einem geschickt gewählten Beispiel, mit einer verblüffenden Erfindung überzeugen, nur deshalb griff ich zur Unwahrheit. Um zu überzeugen ist ja nur eines ausschlaggebend: Tonfall, Stimme, Timbre ... Anklang! Daran fehlt es mir. Nur die Art, in der man spricht, überzeugt. Und meine Art überzeugt eben nicht.

›Aber du hast schließlich die ganze Gesellschaft unterhalten!‹ werde ich dann einwenden. ›Was blieb mir anderes übrig? Wäre ich plötzlich verstummt, hätte ich an irgendeinem gefährlichen Punkt abgebrochen, aufgehört zu reden, wie wären sie über mich hergefallen!‹ Oder: ›Hätte ich nicht geredet, um Gottes willen: wem hätte ich zuhören müssen!?‹ ... Meine bis heute ungeklärte Begabung (die wohl ein Leben lang der Klärung bedarf): jede auch noch so simple Angelegenheit in unendliche Nuancen aufzulösen, bis jeder Sinn, jeder feste Umriß ihr entwichen ... Hohe Auflösung! ... Wahrhaftig! ... Diese erbärmliche Begabung, die mich zwingt, immer feiner und fiebriger zu sprechen, unbedingt zu Ende zu sprechen, was ich einmal zu sprechen begonnen habe, lassen sie ungerührt über sich ergehen, und diese Töne *die wir niemals ernstgenommen haben* lassen sie mich emsig in Halbtöne, in Zwischen- und Untertöne zerlegen, ohne mir irgendeinen Glauben zu schenken, *will er sich endlos schuppen?* Diese Frage sehe ich quer über ihre Stirn geschrieben – und muß um so emsiger weiterreden, muß nochmals teilen und spalten. Ich weiß nicht mehr, wann der Zeitpunkt überschritten war, aber ich hatte den Eindruck, das tödliche Stim-

menwirrwarr, das bei meinem Verstummen über mich
hereinzubrechen, mich zu verschlingen drohte, ich hatte
den Eindruck, es mit der eigenen Stimme, der erhobenen Stimme für den Rest des Abends gebannt zu
haben ...‹

Sie wieder mit Sonnenbrille schleppt an ihrem prallen
Einkaufsbeutel, geht schwer, aber zügig an der Wand
des Innenhofs entlang, betritt den dunklen Flur des
Hinter- oder Gartenhauses, die ersten Stufen des Trep-
penaufgangs sind noch zu sehen. Sie wechselt den Beutel
von einer Hand in die andere und beginnt mit dem Aufstieg.
Nach kurzer Zeit stolpert sie die Treppe hinunter, heftig
zurückgestoßen von jemandem aus dem ersten, zweiten
oder dritten Stock. Jemand hatte sie am Arm, der den
Beutel trägt, gepackt, fest angefaßt und unsanft zurück-
geschickt. Irgendwo im Treppenhaus wird eine Tür zu-
geschlagen. »Ich weiß von alledem nichts!« schreit sie
nach oben.
Vielleicht genügt schon das Heraustreten aus dem Vorderhaus, der Schritt ins Freie, der Blick auf die Straße
und den unbändigen Verkehr, der ihre Gedanken zerstreut und sie zur Umkehr bewegt und dazu – wie sie
denken könnte, aber nicht denkt – einen *erneuten* Versuch zu unternehmen ... Doch sie betritt wie niemals
wiederholt den Hinterhof, als wäre sie nicht gerade erst
von dort zurückgekommen, betritt den dunklen Flur,
beginnt mit dem Aufstieg, um auf der Schwelle des ersten, zweiten oder dritten Stocks dasselbe Theater zu
erleben, das sie wie nie erlebt überrascht und den spon-

tanen Aufschrei: »Ich weiß von alledem nichts!« auslöst.
Sie betritt auch ein fünftes Mal ohne jede Erfahrung des
Erlebten und ohne jede Erwartung, das Erlebte noch
einmal erleben zu müssen, den Hinterhof, schleppt
sich mit gesenktem Kopf (man könnte annehmen: mit
einem neuen Argument gegen den Verweigerer im
Sinn!) an der Häuserwand entlang, geht nicht *wie*, sondern grundsätzlich zum ersten Mal ihren vergeblichen
Gang – das sieht jeder, auch wir, die Erzähler, die im
Hinterhof immer unruhiger darauf warten, daß sie wie-
derkehrt, das Gartenhaus betritt und von irgendwem
erneut die Treppe hinuntergestoßen, fast geworfen oder
geschleudert wird, von diesem unsichtbaren Verweigerer, der jedesmal endgültig die Tür hinter sich zuschlägt,
worauf ihr Aufschrei erfolgt. Wir sehen sie dann die
letzten zwei Stufen hinunterstolpern, sich wiederauf-
richten und den Innenhof betreten, in die Sonne hinaus
mit der dunklen Brille, ohne sich umzudrehen, diesen
unsäglich gehorsamen, gefügigen Gang zurück zum
Vorderhaus und hinaus ins Freie, bis sie dort an einen
Punkt gelangt, an den wir Erzähler niemals gelangen
werden, an dem sie sich eines Besseren besinnt, und es
wird immer derselbe Punkt sein, etwa in der Nähe der
Autobushaltestelle, wo sie schon begonnen hat, auf einen
Bus zu warten, sich also auf die endgültige Abfahrt bereits eingerichtet hat, bevor sie sich – nach unserer Auf-
fassung – *wieder einmal* eines Besseren besinnt und
zurückkehrt, als sei es mit ihr dahin gekommen, daß sie,
anstatt zu träumen, ihren Alltag dehnt mit vergeßlichen
Gängen. Denn zu allem, was beim ersten Anlauf schief-
ging, nimmt sie denselben Anlauf noch einmal, ohne ihn
zu korrigieren, immer in der Hoffnung, daß *Zeit* ihn
ändere, und nur *Zeit* ihn so verändere, wie sie selbst ihn

niemals ändern könnte, denn nur mit der Zeit bleibt dasselbe nicht dasselbe.

Wir aber, die wir ihre vergeblichen Gänge verfolgen, stehen unter der großen Kastanie wie auf einem Gefängnishof, wir Erzähler geraten zunehmend unter Zwang, da es uns nicht gelingt, sie von ihrer steten Wiederkehr abzuhalten, sie bis auf ihren ersten Beweggrund zu durchschauen, um dann unseren Blick aus diesem eintönigen Hin und Her zu heben und über die Mauern hinaus zu werfen, so wenig wie es uns gelingt, eine Vorstellung von dem rohen Verweigerer zu gewinnen, der ihr den Aufstieg, vielleicht zu ihrer ehemals gemeinsamen Wohnung, jedesmal umkehrt, streitig macht, so daß wir selbst uns jedesmal ungestümer zurückgestoßen fühlen.

Andererseits, sagte einer von uns, welche Frau? Man sieht sie auf der Straße eilig gehen. Eine graugrüne Wellenlinie begleitet sie, schwingt wie eine breite, übergroße Schläfenlocke neben ihr in der Luft. Sie trägt das gefettete Haar straff gekämmt, am Hinterkopf verknotet. Sie hat ein rotweiß kirschrundes Gesicht, seifige Stimme, ein Backengesicht, freundlich und ausdrucksgehemmt. Irgend etwas kam nie über die Schwelle, hielt sich zurück, wurde zurückgehalten, und etwas Vielsagendes trat auf ihr Gesicht, staute sich in Furchen der Stirn. Mienen breiteten sich aus wie Wellen auf dem dunklen Wasser, wenn man einen Stein hineinwirft. Doch am Ende stand die Stirn glatt vor barem Entsetzen, da alles verflog, wie nur über das Antlitz die Mühen des Herzens verfliegen können.

Sie saß auf der Kuppe eines Pollersteins mit geschlossenen Beinen, der Rock zugeknöpft bis unter das Schienbein. Sie dachte, daß ihr alles Übel aus den Füßen rinne wie abgelassener Eiter. Oder verbrannt aus dem Kopf entweiche wie weißer Rauch

Ja, es hieß: eine Kopie ziehen. Ich erinnere mich genau. Er fragte: Al...sooo soll ich dir eine Kopie ziehen? Ja, sagte ich, eine Kopie ziehen, das wäre das beste. Davon war zwischen uns die Rede. Ich hatte das Gefühl, es macht ihm vielleicht zuviel Mühe. Er fragte wahrscheinlich: Willst du wirklich, daß ich dir davon eine Kopie ziehe? Ich merkte natürlich, daß er erhebliche innere Widerstände hatte. Vielleicht scheute er die Mühe. Oder der Text, mein Konzept, war ihm letztlich gleichgültig. Ich empfand's jedenfalls so. Weil er so müde anfragte, dachte ich, damit fängt er nichts an. Al...sooo soll ich dir eine Kopie ziehen ... ein gewisses verräterisch gedehntes Al...sooo. Ein flottes, ein Also ungedehnt, bereitwillig, hätte mich niemals auf den Gedanken gebracht, so zu antworten, wie ich es schließlich tat: Ja, eine Kopie ziehen, das wäre vielleicht das beste. Das Einfachste, Selbstverständlichste, Glücklichste und Wunderbarste wäre es gewesen, ein kurzentschlossenes Also. Statt dessen spürte ich: er mochte mich nicht, er mochte den Text nicht, die ganze Studie war ihm nicht soviel wert, daß er von sich aus bereit gewesen wäre, mir davon eine Kopie zu ziehen. Hör zu, hätte ich ihm in diesem Tonfall, der mir nun einmal nicht liegt, antworten sollen. Hör zu, ich denke, es ist das beste, du ziehst mir eine Kopie und läßt mich dann in Frieden. Nicht: es wäre vielleicht das beste, oder ähnliche Verlegenheiten, die bei mir nur dadurch entstanden, daß er mich bereits angezählt hatte mit diesem verdammten verzögerten Al...sooo, nachdem ich schon beim ersten Hauch von Desinteresse in die Knie gegangen war und völlig die Orientierung verloren hatte, als ich ihm antwortete. Ich erinnere mich an alles haarklein, in mikrobenhaften Einzelheiten, was bei diesem Wortwechsel ablief, als er mir seine ganze Geringschätzung auf zwei harmlose Silben packte

betrunken gehörte sie zu denen, die nicht so schnell wieder vom Tisch aufstehen, obschon alle Teller geleert sind und kein Gang mehr folgen wird, und die auch sonst niemanden aufstehen lassen. Vollständig gesättigt und rundum zum Abschluß gekommen, durfte sich keiner rühren, und die Tafler nahmen die Serviette zum x-tenmal, wischten sich den Mund und legten sie neugeknautscht wieder auf den Tisch. »Sitzen bleiben!« befahl sie, wenn einer auch nur den Stuhl rückte, die leiseste Regung zeigte, sich zu verabschieden.
Sagte einer etwas, das die fast verstummte Unterhaltung ankurbeln sollte, so suchte sie ihn mit ihrem rutschigen Blick zu fixieren und sagte: »Ich glaube dir kein Wort.« Und sie nannte *geringfüßig*, was er von sich gab. Riet ihm wegen seiner Geringfüßigkeit, ihr nicht näher zu kommen, besser nicht, wenn er seine Selbstachtung behalten wolle

aber den Mann erröten lassen, die Zufallsbekanntschaft, ihn zittern lassen unter dem Tisch. Der Tisch wackelt, seine Hände wackeln. Er sucht mit flattrigen Händen nach einem Stück zum Unterlegen. Faltet es auf dem wackelnden Tisch, das Stück Papier, vorläufiger Bescheid, den er aus der inneren Jackentasche zieht. Legt es unter. Falsches Tischbein. Neuer Versuch. Tisch steht fest. Hände vors Gesicht.

»Weiter so. Nur weiter so«, ermuntert sie ihn und verschiebt ein wenig den Tisch. Und er kriecht abermals unter den Tisch, umklammert mit beiden Händen ein Tischbein. Ruhig. Welche Erinnerung an zwei offen stehende Damenknie, welche Schlußfolgerung von einst auf jetzt? Wenn die Hand – wenn die Hand alle Sinne beisammen hat, alles Blut schießt in die Hand ... Mit der Hand, es geht nur mit dieser Hand. Es gibt den Finger, den ersten und den zweiten Finger und dann noch die Fingerspitze. Der Finger reicht hinauf bis in alle Ewigkeit. Oder ins Nichts. Die Hand wackelt, der Finger reicht hinauf, erreicht ihre säuberlich gefaltete *Heimischkeit*

da sie ja ahnt, trotz ihrer beherrschenden Stellung, daß sie um manche Antwort verlegen sein könnte, und da sie ja eher ein schwacher Charakter, nachgiebig, vielleicht, wäre zu viel gesagt, aber im tiefsten gern klein beigebend, wenn einer nur bestimmt genug, gerade und willensstark auftritt, das ist es, vielleicht, diese Willensstärke, sie erliegt bereits dem richtigen Schritt eines Mannes, bevor er noch irgendeine stärkere Überzeugung geäußert hat, oder dem Zeigefinger, an dem sich die ganze Ungezwungenheit eines Menschen auf den ersten Blick ablesen läßt – und daß er der Stärkere ist, sie aber die Mächtigere und später kroch sie auf allen vieren über den schräg ansteigenden Platz vor der Katharinenabtei. Sie kniete vorm Einlaufgitter. Sie packte das Einlaufgitter an den Stäben, sie rüttelte wie an Gefängnisstäben ... sie wollte raus! Doch der mit ihr zog, erklärte geduldig, daß es da nicht raus gehe ... sondern runter ... daß sie draußen sei und es durchs Gitter rein gehe, rein und runter, in die Tiefe abwärts

ich hatte den Portalbogen hinter mir, das Tympanon studiert, ich hatte die Frauengestalt mit Schädel im Schoß hinter mir, die mit dem verwesenden Kopf ihres Geliebten, den ihr Gemahl abgeschlagen hatte und den sie nun zweimal am Tag küssen mußte, hinter mir und war durch die kleine Innentür eingetreten in die »einzige Kathedrale der Welt«, die in reine Finsternis führte. Und doch glaubte ich nach einigen Minuten ein Gefälle zu unterscheiden von Dunkelheit zu undurchdringlicher Finsternis. Dort erst war ein Saugen und Streben in der kalten Luft, und es war, als ob sich im Mittelschiff ein gewaltiger Schacht nach oben öffnete ... Ah, das Unsichtbare! Schwarz war es also, nicht garnichtsfarben, sondern rebenschwarz. Schwarz war der rauschende Schacht, wie eine Windhose aufwärts wirbelnder Seelen

»Ich wußte nicht, ich hätte nie geglaubt, daß es dir gefallen könnte«, sagte sie, und auch der Alliierte wunderte sich jetzt, als sie plötzlich, nach Jahren, das Von-Angesicht-zu-Angesicht überschritten und einander so nahe rückten, als hätten sie keine Nasen, als küßten sich ihre Augen. Denn das vermochte sie. »Ich bin für dich da ... wen wundert's? Ich wäre seit langem für dich dagewesen so wie jetzt, aber ich wußte nicht ...« So drückten sie ihre Augen aneinander, und er bekam was ab von ihrer Wimperntusche, als eine Träne sich löste, vielleicht gemeinsame Träne aus vereinter Unterwimper. Und was sonst noch war, außer den grauen Augen, drängte sich unter den Kleidern zusammen und sie erhockten einander, als schöbe man zwei Stühle zusammen oder versuchte es mit übereinandergeschlagenen Beinen. Sie und er, einander Ungeschickte

über den Tisch hinaus, die *Zentrifugierte* ... saß nicht mehr am Tisch, sondern in der Tangente vom Tisch abgekommen, in der Fluchtlinie der beiden anderen, vom Tisch abgekommen, als hätte die Fliehkraft des stillrotierenden Runds sie von den anderen entfernt, die Nebenbeisitzende, die Vorflüsternde, die Nachredende, sobald einer der beiden Männer am Tisch ins Stocken geriet, half sie ihm auf die Sprünge, nahm ihm das Wort aus dem Mund, pflückte es ihm von den Lippen ... »Oder das«, sagte sie, wenn was anderes kam, als sie erwartet und souffliert hatte. Oder das.

Ohne Lächeln! bat sie, keine Worte, keine Spiele, keine Rücksicht! Er möge sie hart rannehmen. Es würde zwischen ihnen zu einer immer tieferen Entkleidung kommen, davon war sie überzeugt, bis sie eines Tages wirklich nackt voreinander stünden. Es war auffällig, daß sie ihn nicht sah, als sie ihre ernsten Bitten stellte. Ihr Blick blieb unter der Schwelle des seinen, als fürchte sie, sein Auge könne ihren Wunsch ablenken.

Und tatsächlich schien sie in ihrer Magerkeit besessen vom Fleisch dieses Mannes, den sie nicht ansah. In ihrer Ausgezehrtheit besessen von ihm, den sie sich am liebsten mit Haut und Haaren einverleibt hätte. Ihre strenge und bittere Hingabe galt ihm und keinem anderen, und sie sah ihm dabei nicht ins Auge.

Und tatsächlich besaß sie eine erschreckende Unempfindlichkeit, die Haut und Glieder, alle Körperteile betraf, er konnte sie packen und hin und her schleudern, halb erdrosseln in der Umarmung, an ihren Haaren reißen, ihre Arme und Beine schlagen, sie war fühllos, und keine Marter der Welt hätte sie dazu gebracht, die Beute, in die sie verbissen war, loszulassen.

Das Wasser eines großen Flusses war zugefroren und es verschloß sich mit dem Himmel zu einer einigen Fläche von weißgetupfter Dämmerung. Die leichten Schneeverwehungen auf dem Eis gingen am Firmament in blasse Wolkenstreifen über. Der matte Schein von einem beleuchteten Fenster lag auf dem Fluß und streckte sich über den Himmel. Es gab keinen Unterschied mehr zwischen unten und oben, die Spiegelung zwischen beiden war so vollkommen, der Himmelsfluß so verwirrend schön, daß man sich in die Höhe und die Tiefe zugleich hätte stürzen mögen.

Sie wieder.

Wie sie hockt oder kauert auf ihrem Stuhl, die Knie unter die verschränkten Arme zieht, den Mund auf den rechten Bizeps preßt, sich rund macht, um sich zu verbergen, zu verschließen, und dabei die dunkle Scham anhebt, schutzlos bietet, die Runde nackt auf ihrem Stuhl. Während das Gesicht sich abwendet von ihm, zeigt sie die Scham, der Mund beißt kindisch in den eigenen Armmuskel, da nichts mehr zu erwidern ist auf seine Worte … Das flache Winterlicht fällt in die Stille zweier, die einander ungeschickt blieben. Die beiden langen Schatten entfernen sich im fünften Jahr des Mirakels, so steht es nun, da sie nicht hilfsbereit ist und nicht bei Laune, das restliche Laub zu kehren, die toten Äste zu sägen, dem Gang des Jahres bis zum Schluß zu folgen, er schilt sie von seinem Stuhl und sie schilt ihn von ihrem Stuhl. Und sie schilt ihn aus dem aufgerissenen Fenster, wenn er, bevor der Frost sie erwischt, die Zypressen in den Trögen mit Rindenmulch umhäufelt

oft fand sie sich jetzt abgelenkt, so tief abgelenkt, daß ihr beinahe alles, was um sie geschah, entging. Gewöhnlich werden Menschen, sofern sie in Gedanken woanders sind, von einem einzigen Wort, vom geringsten Ereignis in ihre Gegenwart zurückgerufen. Sie aber *blieb* mit ihren Gedanken woanders, auch während und nachdem etwas geschah oder sie angesprochen wurde. Es dauerte nicht nur Minuten, sondern manchmal Tage, Monate, bis es sie erreichte – ihr plötzlich in den Sinn schoß, was zu diesem oder jenem Zeitpunkt eigentlich passiert war. Die Vorhaltungen, die der Alliierte ihr neuerlich gemacht. Die Mitteilung, daß sie in ernste Geldnot geraten. Der Liebesakt mit einem Zufallsmenschen, dem sie sich beinahe, ohne es zu merken, ergab, weil sie den Kranschwenks nachhing, die sie vor Wochen beim Einbau einer Kirchenglocke beobachtet hatte. Während sie sich derart besann, war sie natürlich wiederum abgelenkt von allem, was neu stattfand und ihre unmittelbare Gegenwart forderte. So geriet sie in eine unabsehbare Staffelung des Versäumens oder, besser gesagt, des nachträglichen Erlebens. Sie selbst sprach von einem inneren *Stauraum*, in dem das Erlebte sich dränge und nach und nach von ihr *abgearbeitet* werden müsse. Sie könne es willentlich nicht verhindern, sie werde innerlich gezwungen, diesem oder jenem Wort, Ereignis oder flüchtigem Eindruck *nachzuhängen*, willenlos nachzuhängen. Sie hänge Waren aus dem Einkaufskorb nach. Sie hänge einem schiefen Gesicht aus der U-Bahn nach. Der *Stauraum* indessen fülle sich beständig weiter und die Ankunft der Dinge in ihrem Sinn verzögere sich immer mehr. Sie fürchte sogar, daß sie bis zum Ende ihrer Tage bei weitem nicht alles erleben könne, was sie tatsächlich erlebt habe.

Da sie ihn nicht kannte, doch Erwartung ihn bereits verschlungen hatte ... *sie wieder* vorzeiten, ein junges Mädchen im modisch altmodischen Badekostüm, braunweiß quergestreift, braun ihr herbes Haar, graubraun ihre kleinen schnellen Augen, ihre Lippen ein wenig pflaumenmusbraun ... angespannt lehnt sie am Geländer einer Treppe, die von der Strandpromenade hinabführt in den Sand ... wie angelehnt? Der rechte Arm liegt im V-Winkel über dem Busen, die Hand faßt die nackte linke Schulter. Das linke Bein steht angezogen, angewinkelt, die nackte Fußsohle drückt gegen die Geländerstange. Wie könnte sie, ein Mädchen mit dreizehn, anders lehnen in der wachsamen Erwartung? Wenn der Junge, der junge Mann die Verabredung einhält und tatsächlich pünktlich erscheint, dann ist es dieser da! Der Bursche mit dichten Schafswollocken, mit glatter nackter Brust und in Khakishorts ... ist er es? Kein

Zweifel … Sie rennt ihm entgegen, zögert nicht eine Sekunde, umarmt ihn, preßt ihren milden Trikot-Leib an den festen Jungensbauch, tritt auf die Zehenspitzen, hebt lächelnd das Kinn … Nach so viel hochgespannter Erwartung führt die Freude, ihn endlich zu sehen, zum ersten Mal zu sehen, zu einer unwillkürlichen Umarmung, ununterscheidbar von einem glücklichen Wiedersehen. Oder war's Erinnerung an die Zukunft, Vorgriff auf eine Zärtlichkeit zwischen ihnen, deren Geschichte doch erst mit diesem Vorgriff beginnt? Der Junge legt seine Hände lose auf ihre schmale Taille. Dann kehrt sie wieder um. Sie geht wieder zur Treppe, lehnt sich an und sieht ihm entgegen. Nun geht sie langsam auf ihn zu, und es begegnen sich zwei Menschen, die sich freundlich erkennen, weil jeder die Verabredung einhielt. Sie streckt ihre Hand aus, langer gerader Arm, wie Frauen das manchmal tun, wenn sie jemanden herzlich willkommen heißen. Er schlägt, ein wenig übertrieben ausholend, seine runde Kameradenhand ein.

Die wiederholte erste Begrüßung fällt deshalb nicht weniger vielversprechend aus, wenn sie auch ein wenig künstlich und verhalten wirkt nach der spontanen Umarmung, die sich dem Mädchen entrang wie ein Oh! oder Ja!, ein Laut des Entzückens beim Anblick des Unbekannten, dem sie in der kalten lichtlosen Region *vor* dem ersten Blick schon einmal gehörte

dieser Riesentintenfisch injizierte sein Sperma erstmal unter meine Haut. Es war nur ein kurzer Einstich, er legte seine Güter vorsorglich in meine Hauttasche ab, wie er es immer bei noch nicht geschlechtsreifen Weibchen tat

Ausgehen? Wozu?

Die alte Mutter des Pförtners vertritt ihren erkrankten Sohn im Empfang einer kleinen, etwas verstaubten Pension. Ratlos steht sie vor dem Schlüsselbrett, an dem siebzehn kleine Schlüssel hängen, so klein, als führten sie eher zu Briefkästen als in Zimmer hinein. Darunter waren die Zimmernummern auf kleine Leukoplaststreifen geschrieben, von unterschiedlichen Pförtnern, die mit unterschiedlichen Stiften in ganz und gar unterschiedlichen Größen die Ziffern gemalt hatten.

Einmal mit ausgestrecktem Zeigefinger fährt die Alte an den Schlüsselhälsen entlang und läßt sie schaukeln, erklingen wie ein dünnes Glockenspiel.

Drei Schlüssel fehlen. Drei Gäste auf ihren Zimmern! Drei Erzähler liegen schon zu Bett!

Einer von uns erinnerte daran, daß *sie wieder*, eine Frau von vierundvierzig Jahren, den ganzen Tag unten auf einem Sessel in der Lounge verbrachte, im kleinen Erker hockte, in der Conciergeloge zum Passantenschauen ...

»Kann man vom Zimmer aus telefonieren?« fragt sie, ohne es wissen zu wollen. Unter dem überflüssigen Fragen werden ihr schon die paar Worte zuviel und die Stimme fällt ab, der Blick bleibt aus dem Fenster gerichtet.

Die Alte gibt Antwort, langsam, aber immer noch den Schlüsseln zugewandt ... »Ja, es ist möglich. Sie können telefonieren. Doch wir haben keine Telefonanlage *in dem Sinn*. Es lohnt sich nicht. Ich kann Sie mit jeder Nummer verbinden. Ich kann es für Sie tun. Ich vermittle Ihr Gespräch. Wenn Sie mir nur die Nummer geben wollen ...«

»Ja. Später. Wenn ich auf mein Zimmer gehe.«

»Sie gehen gar nicht vor die Tür? Haben Sie schon unsere Russische Kirche gesehen? Die Drahtseilbahn? Die Kurpromenade?«

»Wozu?« antwortet die Frau von vierundvierzig Jahren. »Ich habe hier alles gesehen, ich bin hier aufgewachsen. Ich bin hier, um nichts zu sehen. Nichts wiederzusehen. Nicht mich zu erinnern. Ich bin hierhergekommen, um die Erinnerung an diesen Ort zu fliehen. Um ganz und gar hier zu sein. In diesem Raum, der zu meiner Schulzeit unsere Eisdiele war ...«

bescheiden, leicht den Kopf zur Seite geneigt, die Hand geöffnet wie eine Bettlerin, die offene Hand liegt auf dem Stuhl neben ihr, abgelegt auf dem freien Stuhl, sich ausweisende Innenfläche mit ausgestreckten Fingern, Angebot an eine andere Hand, die noch unterwegs, Angebot zur Versöhnung mit jedwedem, der sie übersah oder irgendwo stehenließ ... kleiner runder Tisch im Eissalon ... Ah, *sie wieder* in ihrer Eisdiele! ... Neben dem Stuhl, auf dem sie sitzt, ein leerer, ein *freier*, auf dem ihre geöffnete Hand liegt. Sie sieht die Leute hereinkommen, sie verfolgt jeden, der eintritt, mit einem geringen lieben Lächeln, die Augen wenden sich nach seinem Gang, bis er vorüber ist, die flache Hand klopft mit den Knöcheln einmal, zweimal sacht, fast unmerklich, auf den Rand des Freien: jedweder möge hier Platz nehmen, sich zu ihr setzen, denn jedwedem gilt ihre Erwartung. Die meisten übersehen sie und gehen weiter, einige lächeln gering zurück und gehen weiter. Keinem sieht sie bitter nach. Kaum ist er vorbei, wenden sich die Augen wieder dem Eingang zu. Zu viele kommen, zuviel Ankunft, als daß ihr Zeit für Enttäuschung oder Nachsehen bliebe bis zu den Hüften also im Anbruch des warmen Wassers, nackt im Felsloch, ihr Blick aufgerichtet mit dankbarem Lächeln, die Arme gefaltet vor den Brüsten, die Hände greifen überkreuz an die Schultern, nicht gerade eine Jungfrauenquelle, aber ein *verkörperndes* Wasser, in das ihre ausgezehrte Gestalt eintauchte und ihm wieder entstieg mit reifer, gerundeter Figur, und mit der weiblichen Fülle kam auch das Bedürfnis, sie zu bedecken, ein natürliches Schamgefühl oder zumindest die durchsichtige Gebärde, der schützende Vorbehalt, mit dem sie uns den Anblick ihrer Nacktheit gewährte – uns, die wir sie fortwährend als dürres Gestänge beschrieben, Frau mit spitzen Knien und kleinen Himmelfahrtsbrüsten, eine, die im übrigen ihre Blöße bis dahin vollkommen unbesonnen, erscheinungslos trug wie ein bleiches Hemd

ihm hingegen bleibt sie vor Augen ein wenig verwahrlost, ihre Haare zurechtfingernd, den Rock um die gedunsene Hüfte rückend, bis der Reißverschluß am rechten Fleck ... vielleicht nach einem *Glas zuviel* bei einem Fremden aus fremder Haustür tretend, wo sie nach wenigen Schritten unsanft gegen einen Poller stieß, heftig anschlug mit ihrer linken Seite, nahe dem Schoß, sich krümmte vor Schmerz, und das war alles, was der Alliierte noch sehen mochte von ihr, ein Mißgeschick, etwas Anzügliches an der äußersten Peripherie des Sexus, der ihnen einst heilig ... nicht mehr davon.

Einem von uns kam unterdessen die Laune, die Geschichte der einander Ungeschickten nach Art eines Melusinenmärchens zu erzählen. Zu ihrem Nixenwesen gehörte dann das streunend sehr Zerstreute, die unirdische Art ihrer Nachlässigkeit. Ihr Gesicht und ihr Haar, das Obere insgesamt, sind warm und licht. Ihren Liebhaber, ihren Alliierten, ihren *neuen Raimund* blendet sie mit dieser oberen Hälfte, er sieht die Höhere von Kopf bis Zeh und ihren Fischleib, nämlich ihre tieferen Beschwerden, sieht er nicht.

Im Gespräch läßt sie alle zwei Minuten das Einwegfeuerzeug zu Boden fallen, der Arm liegt ausgestreckt auf einer Sofalehne.

Vor dem Haus kramt sie nach ihren Schlüsseln in der Handtasche, findet sie nicht. Immer wieder faßt sie andere Dinge, den Kopf leicht angehoben, als höre sie den Fingerspitzen nach, die in der Wüste suchen. Dann reißt sie diesen schwarzen Beutel auf, starrt in seine liederliche Finsternis, wälzt die Siebensachen, wie ein Messie armtief in die Abfallkörbe greift.

Am Ende wird die Tasche ausgekippt auf einer Treppenstufe, der Schlüssel, verhakt mit einer ausgedienten Gürtelschnalle, wird aufgelesen, der übrige Inhalt schnell zurückgekehrt in den Lederbeutel, und was sie nicht erwischt, bleibt liegen, wird mit dem Fuß verstoßen.

Im Bad und in der Küche stehen immer die Gefäße offen, die Verschlüsse sind verschwunden oder anderswo verstreut.

An ihrem Rock klafft überm Steiß der offene Reißverschluß, ein Zipfel von apricotfarbener Unterwäsche steht hervor.

Sie behält so gut wie nichts von dem, was man ihr zuträgt oder gar ans Herz legt. Sie kommt auch nie darauf zurück oder nähme einen je bei einem früheren Wort.

Zettel mit Telefonnummern werden ständig verlegt, und es wird jedesmal neu bei der Auskunft angerufen. Jeden Morgen steckt sie das Fieberthermometer in den Mund und spricht und wippt damit, als wär es eine Zuckerstange, die man irgendwann zerbeißt.

Ihr Gesicht und ihre Figur stehen voller Bereitschaft und in einem seltsamen Zukunftsglanz. Alles übrige an ihr vergißt, läßt fallen, verliert, verlegt.
Sie fährt mit dem Auto scharf, ruppig und kontaktfreudig. In den vergangenen Jahren ist sie über leichte Blechschäden mit einem guten Dutzend Menschen näher ins Gespräch gekommen.
Es gibt nur wenige Gerichte, die ihr wirklich schmekken. Meist schiebt sie bei den Mahlzeiten den halbgeleerten Teller beiseite. Nascht aber gern von den Resten auf anderer Leute Teller.
Da nun das Obere an ihr licht war, alles sonst aber einem düsteren Kramladen glich, dessen staubiges Schaufenster eine zuckende, defekte Neonröhre nur flüchtig erhellt, litt zuweilen das Haupt sehr unter der hinderlichen Fischflosse. Die Fischflosse wiederum unter der unmäßigen Belastung, die ein erhobenes Haupt ihr zumutete. Das Haupt aber hatte zudem die Aufgabe, mit ständig neuem Glanz zu blenden, um vom Elend der unteren Behinderung abzulenken.
Diese Anstrengung, das untere Fischgefühl geteilt vom oberen Lichtgefühl überhaupt in einem Leib auszuhalten, kostete sie mehr Kraft, als ihr zu Gebote stand.

Eines Abends verschaffte sie sich Erleichterung, versuchte die Spaltung zu überwinden, indem sie eine große Menge Wein trank. Sie trank viele Gläser leer, und manches Glas verschüttete sie auf dem Boden, der Tischdecke, dem Sofakissen. Sie trank, sie floß, sie schwamm.

Nicht also beim Bad, wie im Märchen, sondern inmitten einer Weinlache unter Krämpfen sich windend und Wein wieder von sich gebend entdeckte der neue Raimund seine Melusine. Und sah, wie ihr goldenes Haar mit Ausgespienem verklebt war und ihre Augen gequollen zu höllenroten Bällchen. Als nun ihr Oberes nicht mehr blendete, sah er zum ersten Mal sein armes, behindertes Fischweib.

Da unsere Zeiten aber kaum weniger dämonisch sind als frühere, sondern eher durch tückischen Erklärungszauber noch unheimlicher, entwich die schöne Melusine der Welt und ging ihrem Mann im Nebel der Erklärungen und Bezweiflungen, der Selbsterklärungen und Selbstbezweiflungen schließlich verloren. Sie entwich ihm und wurde also in seiner Seele zu jenem traurigen Drachen, in den sie sich einst im Märchen verwandelt hatte, kaum daß ihr Gatte sie im Bad beobachtet und ihre *wahre Natur* entdeckt hatte.

Allerdings ging es diesmal nicht so plötzlich, nicht mit einem einzigen Wortbruch und Entsetzen zu Ende, sondern zog sich hin über Jahre. Natürlich bekam sie im Rausch immer wieder ihr großes Gesicht und gewann übergreifenden Ausdruck, helle Höhe, bevor derselbe Rausch sie dann in den Dreck schmiß, betäubte, erniedrigte und schließlich wieder verließ. Dann folgten Zweifel, Buße, Zerstreutheit, Selbstbesprechung und Selbstbestrafung. Während dieser Vorgänge erschien sie ihrem

Gatten völlig unbeseelt, glanzlos, trübselig wie ein ganz normaler Pflegefall unserer Tage.

Nun verließ sie ihn mehrmals und kam jedes Mal mit erfrischter Strahlung zu ihm zurück, hell und blendend wie am ersten Tag. Er machte sich dann sofort ans Werk und versuchte ihr aufgerichtetes Gesicht, ihre empfangende Klarheit mit allen Mitteln seiner männlichen Fürsorge zu schützen und Beschwerliches, äußere Störungen von ihr fernzuhalten. Es dauerte indessen immer nur kurze Zeit, und sie verfielen wieder dem hilflosen und ermatteten Kreisen im Problemkreis, rund um ihr Zwitter-Gebrechen, so daß jede Hoffnung schwand, die schöne Melusine könnte in irgendeinem Element überleben – sei es im Wasser, sei es zu Land oder gar im schwelenden Licht.

So blieb es dabei, daß sie ging und wiederkam, unzählige Male, bis sich ihre Spur schließlich zwischen den Sphären verlor und ihr Wesen verbraucht war

ein Kind hatte ihr auf der Straße einen Brief übergeben, mit einem schönen Gruß des Vaters, sagte es spitz, als wisse es genau, in welcher Angelegenheit es den Boten spielte. Der Brief, den sie nun öffnete, entließ einen Schwall von Verunglimpfungen über eine weibliche Person, die nicht *sie* sein konnte, das Kind hatte sich in der Adressatin getäuscht. Aber die Beleidigungen gingen ihr ein, als wären sie tatsächlich an sie gerichtet, denn sie trafen sie zu dem Zeitpunkt, da sie sich in einem besonders gereizten Verhältnis zu *ihm* befand und täglich einen solchen Brief der Abrechnung und der kleinlichsten Vorwürfe erwarten konnte. Jedes Wort, jedes Urteil und Fehlurteil in diesem nicht an sie gerichteten Brief hätte von ihm stammen können, von dem Mann, mit dem sie auf des Messers Schneide zu leben und dahinzugleiten gewohnt war. Lediglich ein paar äußere Umstände, Namen, Daten, Ortsangaben waren es, die nicht auf sie zutrafen, alles übrige, der eigentliche *Inhalt* des Briefs, seine ganze Ungeheuerlichkeit aber *war* an sie gerichtet. Ja, sie war überzeugt, daß er sogar das Medium eines nicht an sie gerichteten Schreibens nutzte, um sie zu verletzen. Wohl hatte er ihn nicht selbst geschrieben, aber im dunkelsten aller Zusammenhänge dennoch verursacht und ihr zugespielt. Jedenfalls schien es ihr jetzt undenkbar, mit einem Menschen, der sie so übel verleumdet hatte, je wieder ein Wort zu wechseln, nach diesen Zeilen war nichts mehr möglich, und einzig ein lebenslanges Stillschweigen konnte ihre Antwort sein

sitzt er nieder und schreibt seine Briefe, kennt er sich selber nicht mehr, allein mit der Schrift, wird er zum Teufel, von Bosheit besessen. Eine Vernichtungsflamme. Was er schreibt in seinem Brief, verrät eine Grausamkeit, die auszusprechen, von Angesicht zu Angesicht herauszubringen er nie imstande und viel zu feige wäre. Hier steht es schwarz auf weiß: das Unausgesprochene, das ganze üble Unausgesprochene, das unsere Gespräche immer begleitete, und selbst in meinen Armen hatte er's immer dabei!

da sie nun aufgehört hatte wieder-
zukehren, war's nicht weiter verwunderlich, daß sie an
jenem Abend wie elektrisiert sitzenblieb, als er nach seinem großen Auslandserfolg auf dem Empfang der
Firma erschien, hinter ihr an den Tisch trat, wo sie mit
ihrem Begleiter Platz genommen hatte, und der Begleiter sprang neben ihr auf und gratulierte dem *Star des
Abends, dem Stolz der ganzen Mannschaft,* während sie
sich nicht rührte, nicht einmal umdrehte, sondern mit
empfindlichstem Rücken geradeaus blickte, ein sibyl-
linisches Lächeln der Verzwungenheit auf dem Gesicht.
Hilflos und doch im Anschein einer überlegenen Resi-
gnation lächelte sie in sich hinein und beobachtete,
überaus wach und gelähmt zugleich, daß jetzt, in diesem
Augenblick, etwas ziemlich Unpassendes und Unfreies
geschah, in ihr und um sie herum, etwas, das auch in
der allgemeinen Wonne des Erfolgs sich nicht lösen
würde, so daß sie unvermeidlich zwischen faux pas und
éclat wählen mußte ... weil sie nach allem, was geschehen war, es einfach nicht über sich brachte, den ersten
Schritt zu tun, sich nicht berufen fühlte, ihn zu umar-
men und ihm zu gratulieren, sich großzügigen Herzens
und sozusagen unauffällig unter die vielen Umarmungen zu mischen, nein, sie blieb sitzen, saß abgewandt mit
dem krummen Rücken der Gemiedenen und wartete
sehnsüchtig, daß *er*, allein *er*, sie davon erlöse.

»Eine entsetzliche Bitte«, *sie wieder*, spät, allein vor der
kahlen Wand, die Kraftvolle, die um einen Kampf bittet,
irgendein Kräftemessen, nachdem alle Liebe überstan-
den, um irgendeinen Kampf noch! Eine entsetzliche
Bitte, die ganze Frau, um Besänftigung.

Unwürdige Gegner alle, die jetzt noch mit ihr plänkeln wollen. Hin und wieder ein eitler Nachzügler, der nur kommt, weil er sich gern in ihrer Gegenwart reden hört. Und sie hört sein Geräusch, in geringer Entfernung, er spricht mit der ruhigen Blasiertheit des in irgend etwas Eingeweihten, des Experten, der sich geschickt ausdrücken kann, ausgereifte Sätze reiht und dabei seine eigenen Worte kostet. Ein hohler Silbenputzer, der jede weibliche Endung, wie mit der Nagelfeile geschliffen, ausspricht, sich in vagen Anspielungen verliert über die *unstillbaren Wunden des Entzückens*, die er einst von ihr empfangen. Ihm steht ihr glattes Gesicht von damals noch vor Augen, ein Antlitz der Prüfung und der forschenden Frage: Was werde ich von dir, was wirst du von mir davontragen? An Erinnerung. An gemeinsamen Gelächter. Nichts, wie sich zeigt. Sie entsinnt sich seiner nicht.

Einer von uns, der sie schließlich aufstöberte in ihrem Winterquartier, erzählte, daß sie immerzu etwas zum Spielen in der Hand hatte, den Schlüsselbund oder ein Häufchen Silbergeld, als sie mit ihm vom Markt heimkehrte, die Basttasche über die rechte Schulter gehängt, *Hindernisse*, wie sie sagte, überwand, Geröll, Steinbrocken und Styropor, Bau-und Verpackungsschutt auf dem noch unbefestigten Weg zwischen den Blöcken der neuen Wohnanlage, noch unbezogen, in die sie, *von allen entfernt*, allein mit der Hausmeisterfamilie zu überwintern gedachte und kein Interesse zeigte, *in die menschliche Gesellschaft* zurückzukehren erzählte von ihren schnellen Seitenblicken, den zuweilen bösen Seitenblicken, wenn man neben ihr ging und die grauen Pupillen sich plötzlich verengten und eine abschätzige Kälte versprühten. Es war dann alles und jedes nur *neben* ihr, und jede Antwort, die sie bekam, hielt sie für *neben*sächlich. Jeden, der *neben* ihr blieb, den traf ihr heimlicher Vorwurf: daß er nicht wage und wohl auch nicht befähigt sei, ihr voranzuschreiten. Ihr ganzes Gehabe, von den Schultern bis zur Ferse, durchzog ein Ausdruck von sinnlicher Verächtlichkeit: daß auch dieser Mensch ihr die letzte und frömmste Lust, die der entfesselten Unterwerfung, versage: Aber es wäre nach dem Maß ihres Bedarfs unter den Lebenden wohl niemand mehr in Frage gekommen

> *sie wieder* abends im Café. Um sich in irgend etwas zu vergraben, den Blick zu senken, liest sie in ihrem Paß. Um nicht zu schauen, wie sie angeschaut wird. Die Unsicherheit mit dem Gesicht, keine Miene vorhanden, die ihr Schutz genug böte, nichts zu lesen dabei, da nimmt sie die Identität aus der Strandtasche und liest: Augen graubraun, einsvierundsiebzig groß, besondere Kennzeichen keine

einer von uns, der ihr einen Brief zu überbringen hatte, den echten, eigenhändigen Brief von *ihm,* versuchte sie vorsichtig einzustimmen auf die Versöhnung. Er fragte, ob es denn unter den Menschen einen gegeben habe, der ihr am Ende der liebste gewesen?
Sie sah ihn an und schwieg. Die Frage schien sie aber nicht loszulassen. Der Mund öffnete sich, und sie setzte an, ihm zu antworten. Doch die Antwort geriet nicht.

Sie blickte ihn an wie eine hilflose, zungengelähmte Person, der die Sprache den Dienst versagt. Alles in ihr arbeitete an der Antwort, als könnte es eine Antwort geben auf diese verschlagene Frage, also gab es den Einzigen unter vielen. Sie druckste nicht, sie sann oder schwankte nicht in ihrem Urteil, sie *konnte* nicht antworten. Sie brachte den Namen nicht über die Lippen ... Oder sie kam mit der vorsichtigen Umschreibung des Namens, die sie geben wollte, nicht zurande. Solange er bei ihr saß, unser Mann, arbeitete sie an der Antwort. Dabei sah sie ihn immer erschrockener, fassungsloser an. Manchmal kam ein gurgelnder Laut. Und manchmal sogar der leichte Vorsprung eines Worts, etwas schlüpfte heraus, und sie verschloß sogleich die Lippen. Aber sie wollte es sagen, Wille und Zunge rangen miteinander. Dabei wurden ihre Augen größer und flatterten hilflos. Jeder Versuch, sie ein wenig von der unseligen Frage abzulenken, wurde von ihr mit einem barschen Kopfschütteln zurückgewiesen. Erst die Antwort, dann weiter. Doch die Antwort wurde nicht fertig. Sie murmelte daran und ließ wieder ab. Vielleicht war es ihr unmöglich, gerade diesem Menschen zu antworten, jemandem, der sie mit dieser Frage schockiert hatte, und vielleicht würde sein unauffälliges Verschwinden ihr die Zunge lösen?

Auch daß ihr häufig etwas hinfiel oder sie ließ etwas fallen wie früher ... ein Zigarettenetui, den Deckel einer Tablettenröhre, zuweilen einen Ring, der ihr vom Finger glitt. Der Unterschied der Zeit bestand nur darin, daß es früher stets jemanden gab, für den sie etwas hinfallen ließ. Während in-

37

zwischen niemand mehr da war, der ihr etwas aufhob, auflas, bei dem sie sich mit einem besonders
huldvollen Augenaufschlag bedanken konnte; daß
jetzt die trockenen Lider gesenkt blieben und sie
oft angestrengt, oft vergeblich nach dem, was ihr
hingefallen war, den Boden abtasten mußte

ihr Gesicht gedunsen, blaß, rotfleckig. Bleiches, ermattetes Haar, eine große Strähne klebt flach auf der Stirn.
Sie traut sich nicht mehr zu, eine *Feststellung* zu treffen.
Sie sieht es wabern, was vor ihr steht, bekommt es nur
schwer zu fassen. »Ist es schon zu spät für einen Tee?«
Die Hände krebsrot wie Fleischerhände. Es ist das viele
Wasser, der Klumpe Wasser in diesem Menschen, unauflöslich, undrainierbar ... Ist es Tag, ist es Nacht, ist
es vorbei? ... Und was sie sieht, durchs Wasser sieht,
taucht auf, wird kräftig und nah, und blaßt wieder,
schunkelt und fällt dann fort. *Ist es vorbei?* fragt sie.
Vielleicht sieht jemand neben ihr die Teekanne fest und
still ... den Fliederstrauß ... den Türgriff ... während
ihr Wasserauge die Dinge nicht halten kann. Nur der
Mund ist verlandet wie eine Flußmündung. Es ist, als
schiebe die Zunge Sand, Brechsand, wenn sie die paar
Worte mahlt: »Ist es vorbei?« Der rissige Gaumen, der
knirschende Kiefer, der ausgedorrte Mund, in dem jede
Flüssigkeit, die sie zu sich nimmt, erlischt wie in einem
trockenen Tuch

einer von uns erzählte vom Zeitraum ihres Aufschauens, der ihm unendlich erschien und ihn auf
die Folter spannte, was nun von ihr folgen würde,
nachdem sie die Blätter gelesen, die er überbracht,

den echten Brief ihres Alliierten erhalten und gelesen, ihn zweimal gelesen hatte, danach der Zeitraum ihres Aufschauens, nachdem sie anschließend die Blätter zweimal gefaltet hatte und sie zurückgab wie einen Vertrag, verlockend und unannehmbar, und dann einmal den Kopf wiegte, fast unschlüssig, bevor sie endgültig verneinte

Hüte-die-Fährte

Und Geraint begann, sich mehr und mehr von seinen alten Kampf-
freunden zurückzuziehen und verbrachte die Zeit auf seinen Ge-
mächern oder im Schloßgarten, immer mit Enid zusammen, denn
mit ihr zusammen zu sein war das einzige, was ihm niemals Verdruß
bereitete.   *Aus dem* Mabinogion

Deine Stimme, die nicht mehr der Schall,
die nun das Licht mir zuträgt, in dem ich dich höre,
wo immer du sprichst, fern und anderswo,
ich verstehe jedes Wort, von überall,
mit wem du auch flüsterst und gehst,
ein verfluchter Parabolspiegel bin ich,
der aus dem ganzen Äther
nur eine einzige Wellenlänge empfängt. *Geraint*

Im Anblick des Meers entschwand mir das Meer.
Spät im Jahr auf einer Bank im Nebel
sah ich es wieder. Unendlich vergessen,
rollte es grau in der Luft.
Salzwind strömte in kraftlosen Schwaden.
Das weise Grau umschloß mein Herz. *Enid*

Du sitzt vor dem Spiegel und kämmst dein Haar.
Ich sehe dich, aber du sprichst nicht.
Vielleicht siehst du auch mich,
aber du erkennst mich nicht.

Zuviel Staub liegt auf meinem Gesicht,
du erkennst mich nicht. *Geraint*

Wie viele kahle Stellen habe ich dir gebracht?!
Ich habe dir einiges Aussehen bereitet.
Freuden- und Gewissensmale trägst du,
die heute kaum ein Mensch noch besitzt.
Auch im Verborgenen nicht.
Und doch: ich bin mehr du als ich.
Wie soll ich mich entfernen von dir?
Mein Körper ist ja die ganze Erde. *Enid*

In meinen Gedanken finde ich dich
in Gedanken versunken.
Vielleicht wäschst du die Arme
oder schälst Obst vor dem Zubettgehen.
Doch bist du nicht bei der Sache.
Sondern vielleicht bei mir.
Einem fast geräuschlosen Liebhaber,
der, weit weg von dir, auf einen
Stuhl steigt und eine Glühbirne wechselt.

Seltsam, meine Erinnerung weiß nicht mehr,
wie du sprichst. Sie tut, als hätten wir
die Jahre stumm vor dem Spiegel verbracht,
ich hinter dir, im Hintergrund, wo du
mich kaum erkennst. *Geraint*

Und wir? Sitzen noch immer, als ob wir studierten,
am Tisch vor aufgeschlagenen Büchern.

Schon weht das rote Laub in den Flur.
Jeder für sich holen wir wärmere Kleider
aus unseren Schränken.

Du sagst: Wir bleiben nicht ewig jung,
bloß weil wir noch immer am selben Tisch sitzen mit
    unseren Büchern.
Ich denke: Vielleicht doch. Vielleicht ist es zu spät,
um aufzubrechen. Vielleicht sind wir schon steinalt.
    Wer weiß?
Niemand sieht uns.
Zu alt, um draußen den aufgegebenen Weg
wiederzufinden. *Enid*

Wer verschwand?
Ich erschrak vom Schlag der Tür,
die jemand hinter sich zuwarf.
Ich erinnerte mich nicht an einen Streit,
noch war mir bewußt, daß sich jemand
bei mir aufgehalten hatte. Allein war ich
mit dem Nachwehen der Tür.
Wer verschwand?
So ist es, wenn der Schlag des Abschieds
uns aufhorchen läßt.
Wenn der Akt des Gehens die Betäubung löst,
in die uns der Akt des Kommens einst versetzte. *Geraint*

Alles zu lesen im Tympanon!
Ein dreifaches Band schlingt sich um jede Stirn.
Das obere erzählt von den »Treffern«:
    Gottes Berührungen.

42

Das mittlere sammelt unter dem Tierkreiszeichen
das Stete und Wiederkehrende in deinem Leben.
Das untere zeigt im Wirbel
Dämonen mit höhnischen Demutsgebärden.
Alles zu lesen im Tympanon deiner Stirn.
Geschichten, Gesichte, Passionen.
Steinern leben oder ein Leben, gelöst aus dem Stein?

Enid

Ich sehe jedesmal genauer hin und seh sie jetzt
von ihrem Ausgangspunkt –
Eurydike schaut selbst zurück im Augenblick,
da Orpheus sich (wie immer) nach ihr wendet,
und unter halb gehobenem Schleier prüft sie
den zurückgelegten Weg.
Blickt also *sie* zugleich mit ihm zurück,
obschon ins Leere, so daß sein Rückblick nie ihr Antlitz
traf, vielleicht dann … Man muß die Anordnung
leicht variieren und leicht variiert den ganzen Vorgang
unermüdlich wiederholen, bis er schließlich gelingt,
der Aufstieg, man ist auf bestem Weg. *Geraint*

Mein Messen, Zählen, mein Vorausberechnen,
deine Schritte auswärtsgehend,
woran ich rechnend hänge, um niemals aufzugeben.
Und rechne Gehensstöße um in Nahenspochen.
Entfernung um in abnehmende Entfernung.
Und rechne alles Schwinden um in Meer und
Meereswogen, die immer kommen,
immer kommend sich verlaufen. *Enid*

Kanope hier, der Krug für Innereien.
Was wir nie von uns berührten, mischt sich bald:
Herz und Lunge, Milz und Drüsenschleim.
In einem Krug vermengt man unsere Gewebe.
Ich kehre um zu dir, bin leer und ausgenommen. *Geraint*

Einmal erfahre den Schrecken unnahbar Naher!
Den Sturz der Tagestrompete,
im lauten Gedränge die feuchten Nacken:
unnahbar wie die von Kampfstieren.
Kein Halm auf den Felsen, der dir nicht winkt
und verschwindet. Kein Wort in den Zimmern,
das dich nicht ruft und verschmäht.
Kein Mensch, der dich grüßt und nicht verwechselt.
Und selbst der liebste kalt wie ein Götze –
unnahbar wie die Hand, die deine Asche verstreut.
Unnahbar bald auch mein Winterquartier:
zwei gekreuzte Pfosten versperren die Tür. *Enid*

Die letzten Tage der Farblosigkeit.
Winterblässe der Weide,
über der jedes Licht, selbst der unfaßliche Morgen,
Entzug und Ermattung erfährt.
Unter der räudigen Dürre schimmert das erste Grün.
Stillhalten, bis die langen Felder
über den Kuppen wieder blühn, stillhalten,
bis der blaue Atem wiederkommt,
kein Luftzug und kein Laut –
bis dann ein Schuh zu Boden fällt.
Woher? Ging jemand über mir in balkenloser Luft?
Ich sah dich einst in deinem rissigen Kleid,

drei Meter levitiert und vorwärtsfallend,
Enid haltlos in der Luft.
Luft fing an zu flattern, vorwärtsstrebend Enid.
Sie läuft wie auf Geröll da oben,
will keinen Augenblick von selber schweben
zum Stelldichein, das ich schon eingehalten,
am Ende deines Wegs.
Du torkelst, strauchelst, knickst, statt still zu liegen,
Und ich ... ich seh dich lange kommen, seh dich mit
tausend Mißgeschicken in der unbequemen Luft. *Geraint*

Frühlingsbeginn am kalten Himmel.
Trügen uns nur die heiteren Seelen der Toten
die bruderlos schwimmen in märzblauer Luft
heute *einmal* über den Tag hinaus!

Wie gut, daß die Zeit nicht läuft,
sie kullert nur, zu Perlen geronnen,
und das Immergleiche schimmert immer anders.
Am Ende *bist* du nichts als deine Sicht vom Haus,
der Gaukelpunkt ganz fern sind meine Augen. *Enid*

Verliebt in eine Unsichtbare
Sah ich mich überall von ihr gesehen:
Ich stieg verschämt in meine Hose,
ich gähnte nie mit offnem Mund:
Und aus Verlegenheit geschahs,
daß ich wegsah unter den Sternen,
die Hüfte verdrehte und mich verbarg.
Jemand fragte: »Tanzen Sie noch?«
Er sah an mir herab und schüttelte den Kopf.

»So viel Sand liegt auf Ihren Füßen, als hätten Sie
seit Jahrhunderten Ihren *Standort* nicht gewechselt.«

Geraint

In der warmen Nacht der Perseiden,
unter dem Schneefall von Sonnen
hörten wir den lautlosen Laut des Erlöschens.
Wir sahen in der Milchstraße den Kerl
mit zwei Beinen, sich wiegender Hüfte.
Unmöglich uns beiden, dem lichten Vortänzer nicht
    zu folgen! *Enid*

Zu den Vorteilen, die das Alter bereithält, versprach mir
ein Traum, gehöre: Geblendetsein.
Bis zum Nabel wärmt dich die Erde,
deine Hüfte, von Steinen gegürtet.
Teils ringst du mit unverwüstlichem Licht,
teils schiltst du laut mit den Toten.
Deine Suche nach Schutzlosigkeit hat sich erfüllt.
Nur einzelne Alte, niemals die Staaten streben nach
    schutzlosem Licht. *Geraint*

Es hängt ganz davon ab ... vielleicht reicht dir
aus der Nacht
die gnadenvolle Hand den Becher,
um dich aus deinem Traum vom Tod zu lösen,
tupft dir den Schweiß von der Stirn
und schenkt dir Wasser.
Vielleicht stirbst du auch im Morgengrauen,
unangerührt und schweißgebadet.

Der kleine Gast, gemacht aus deiner Haut,
sitzt fertig neben dir,
hat sich noch nicht entschieden. *Enid*

Einsamkeit, doch nur die äußerste,
ist noch einmal teilbar.
Man sucht sie nicht, um seinen Frieden zu finden,
sondern um seinem Dämon zu begegnen,
nackt und solus cum solo.
Denn unter Leuten ist dieser Dämon
über viele verteilt und hält sich in sicheren Verstecken.
Die Kunst der Wüste ist nicht die einer neuen Schule,
einer neuen Bewegung, eines marktgerechten
    Zwischenspiels,
nicht die einer entlehnten Frömmigkeit,
nicht die eines schwindelhaften Kults ...
sondern die einer tödlichen Begegnung mit sich selbst.

Geraint

Sie haben den alten Hohlweg freigeschnitten
aus der wilden Hecke und den Reisig hinter geschälte
Pfähle gestopft. Am Ende des Wegs auf dem Hügel
wohnt die junge Witwe mit hellem Gesicht.
Sie hockt im Frühling am Boden im tauenden Gras.
Wenn sie die Erde berührt, löst sie
das Wiedererwachen des Gatten,
weckt seinen krokustreibenden Leib.
Liebevoll pflegt sie, was man ihr übergab, säubert
die stillen Gefäße des Liebsten von Quecke und Giersch.
»Es ist mir entfallen, was war, was ist, was sein soll.
Ich habe den Schlaf der Wiederkehr geweckt in dir.

47

Immer leichter verstehen wir uns, in immer schöneren
Umschweifen gelingt uns zu sprechen, seitdem wir
durch die Siebe des Todes glitten wie Regen,
ohne Unrat zu hinterlassen.« *Enid*

Im Pflaumenhain unten im Bruch
standst du im Baum, ein Schemen im schwarzen Geäst,
ein Vexierbild.
Mittag ist es, und kein Glockenturm meldet ihn.
Über dem Acker schwebt das Erröten der Erde.
Rebhühner schnellen über den Feldweg,
zu kurz ihre Flucht, um dröllernd aufzuflattern.
Auf dem Heimweg, sobald das Haus
auf dem Hügel erscheint,
frage ich mich, wie denn ein einfaches Schließen der Tür
mich von der allesöffnenden Ebene trennt.
Ich zweifle an den sicheren Mauern.
Irgendwann wird der weite Raum eindringen
und alle Zimmer umkehren. *Geraint*

Ist nicht einer des anderen Verstummensgrund?
Kommt unser Stocken nicht ganz aus Verstehen? *Enid*

Der die Welt erschuf, hat nicht mit meinem Zimmer
    gerechnet.
(Sprich weiter mit deiner Frauenstimme!)
Und wer an meine Tür klopft, klopft bar an mein Herz.

Geraint

Wie viele Jahre, langsamer Mann, hast du gebraucht,
um die Verlassenheit deiner Hände einzusehen?
Über ein halbes Leben! Dein Herz allein wollte
  begreifen.
Und du, langsamer Baum, wie viele Male hast du
Entwurzelung gefühlt, um am Ende so hoch zu steigen?

Enid

Geheime Sigune im Dickicht der Linde
verwachsen mit finsteren Ästen
den harzhäutigen Leichnam noch immer im Schoß.
Wildsonne und heisere Nebel finden sie nicht. *Geraint*

Ich prügelte unseren Hund. Der Hund entlief.
Ich bat den Geliebten, den Hund mir wieder einzufangen.
Er sah ihn bald. Der Hund schlich einem Fremden hinterher.
Es war ein dunkler starker Junge, die Kapuze überm Kopf.
Mein Geliebter umarmte den Hund, er küßte
ihn und bat ihn um Vergebung.
Doch der neue Herr des Hunds warf meinen Liebsten
zu Boden. Beide gerieten in Streit. Die düstere
Kapuze stieß mit einem Dolch. Der Liebste sank
zur Böschung. Der Köter leckte seine Wunden.
Der fremde Herr riß ihn davon, verschwanden beide.
Man brachte mir den Ausgebluteten nach Haus.

Entziffern wie Sigune das Brackenseil
sie kam nicht bis zum Ende, der Hund entsprang.
Es wissen müssen, Liebster,
was nach dem *Hüte-die-Fährte* noch kommt!
Jetzt lauf, den Hund zu fangen, ich muß es wissen,
ein Spruch steht da auf Leben und auf Tod. *Enid*

49

Ich habe jede Sigle so gesetzt,
daß sie entziffert gleich erlischt.
Spurlos verfällt das Infältige entrollt. *Geraint*

Ein letztes Zuviel
und Gott faltet den allumfassenden Plan
zurück auf Handtellergröße.
Das Zuviel ist ein Würfelwurf
auf eine scheeläugige Zahl.
Nun läuft die lange Schrift, die ausgerollte,
zurück auf jenen dunklen Punkt, der sie entband. *Enid*

Der Narr
erwacht am Morgen und fragt seinen Dämon:
Warum habe nur ich ein so kleines Gesicht?
Ich kann es mit einer schmalen Hand bedecken.
Während Enid einen runden und kräftigen Schädel hat
und immer zwei Hände braucht,
um es entweder im Jammer oder vor unfaßlicher Freude
ganz zu verbergen. *Geraint*

Es ist mir unmöglich geworden, mich zu verhüllen.
Meine nackte Haut ätzt jedes Kleid,
sie löst jeden Stoff, trennt jedes Textil. *Enid*

Das Paradies der Verbote,
dem wir die Exerzitien unserer Lust verdanken,
ein Zimmer Licht,
wenn alle Türen offenstehen

und Diebe göttliche Ziegen ins Haus treiben.
Ein Ort der Lüste – eine zeitlose Luftspiegelung,
die allmählich mit dem heraufziehenden Schimmer
unseres Todes verschmilzt. *Geraint*

Ich bin die magre Flamme,
die bläulich aus dem Sandloch fackelt.
Ich habe die immense rote Hölle
in meine zarte Bläue aufgenommen.
Es wurde doch davon kein Weltenfeuer.
Bald kehrt das Sandloch seinen Hauch,
es atmet ein statt aus,
dann bin ich schon vorbei. *Enid*

Dein pantheistischer Rücken,
von unzähligen Kreaturen bezwungen,
dennoch unbeugsam und hoch,
wenn du nach der Liebe mit Brot und Früchten um den
Hals nackt durch die Straßen gingst
und dein Rücken überall durchschien,
auftauchte wie eine sonnige Amphore,
die durch den Mantel einer Menschenmenge leuchtet.

Geraint

Welchen Tod aber?
fragte ich den Zauberer,
als ich mein Leben in seiner Kugel kreisen sah.
Welchen Tod dann noch?
Doch die Wasser der Frage
trugen mich wieder ins Runde. *Enid*

Ein Absterben, das kein Ziel hat, nicht den Tod,
nur eine Spielart des Nichts,
ein kultisches Enden, das stets von neuem beginnt,
ein Ritus ohne den tödlichen Zustoß.
So daß nur unser Puls höher und höher schlägt
wie immer, wenn sich nichts verändert. *Geraint*

Den *Zeit*punkt versäumt
und darin noch einmal den pünktlichsten Punkt,
darin sie verschwindet.
Das Leben der Untenstehenden, das karg ist,
tief unter der Öffnung der Kuppel,
Tonsur aus Licht wie in Roms Pantheon.
Was, offener Mund, trägst du heraus?
Ah, dies kurze Sprechen tut weh!
Ein staccato des Schocks, der sich nie löste.
Immerzu reißt eine Melodie ab. *Enid*

Manchmal ist ein Wort wie ein Nabel,
Abschlußwirbel der Unendlichkeit.
Und manchmal bleibt's das Gesumm des Steins
im Bauch des Steins. *Geraint*

Arvore spricht, des Zauberers erste Frau:
Ich war die Dunkle und gab ihm Rat.
Ihm fehlte die Helle, die Hörige –
der listige Sachverstand.
Ich war seine langsame Gefährtin,
doch es gefiel ihm die leichte Viviane.
Sie lehrte er zaubern, und schreckliche Wunder

wirkte der Sachverstand.
Täglich empfing er die Helle
und ihre fremde Zunge, ihr Kuß
stahl ihm Voraussage und andere Künste.
Damit schloß sie ihn ein, begrub ihn für immer
im Dornbusch. Noch das Begräbnis täuschte
dem Greis die ewige Umarmung vor mit der Hellen,
der jungen Vernunft.
Ich war das selige Wissen, Trancegeist und Lied,
sie ist das Wissen, das ungedacht
allein sich selbst vertraut. Schlauheit und Beflissenheit.

Enid

Ich sah die gleichgültigen Blicke deiner Brüste.
Deiner Knie. Ich sah deinen Glockenrücken.
Ich sah irgendeine, die ich zum ersten Mal vor mir sah.
Das ist lange her. Deine Schönheit sagte mir nichts.
Sie blendete mich viele Jahre später.
Ich stand vor der Hütte, Februar muß es gewesen sein,
als dein Licht endlich hier eintraf. *Geraint*

Ich erhielt nicht einen Brief von dir,
beweisen kann ich nichts.
Ich könnte deine Liebe nie gewesen sein,
wenn einer später forschte, wer ich war. *Enid*

Gang der Vereinbarungen.
Gang der gebrochenen Vereinbarungen.
Schneefall, Fußfall.
Auf dem Heimweg kleine Fundstücke
aus den Tagen des Aufbruchs. *Geraint*

Was gehst du allein in Gegenrichtung
durchs goldgelbe Korn und sprichst jede
Ähre mit Namen an?
Keine Antwort. *Enid*

Sieh, die Mühe des Narren, so leise zu stolzieren,
daß ihn der Boden nicht bemerkt.
Er drückt aufs Knie, wovon das Bein sich streckt,
er läßt den Fuß erst schweben
und dann, den Boden mit lautem Räuspern überlistend,
ganz sachte treten, das andere Bein schon mitgezogen.
Wieder ein Schritt!
Noch siebzehn Kilometer bis zur Küste,
wo das Meer beginnt und sich kein Grab
mehr auftun kann plötzlich unter seinen Sohlen. *Geraint*

Die Tür, die du hinter dir zustößt,
wird steinern und blind.
Bist du je dort hinausgetreten?
Wie konntest du das Haus verlassen
durch eine blinde Tür? *Enid*

Das Haus im blauen Licht.
Drinnen hocken die Kröten
auf Lehnen und Dosen.
Beinahe versteinert und feuerblau.
Es ist, als habe ein Geschlecht,
das nach uns kommt, sein Wappen
vorausgeschickt. *Geraint*

Kein Blau hat mir so weh getan
wie dies von einer Blume,
deren Namen du nicht kennst.
Ich sah dein Schauen verbrennen.
Das Feuer Blau, das du nicht bist,
von einer Wegwarte,
die uns hier oben nichts bedeutet. *Enid*

Gibt's außerhalb noch Raum –
außer der Ruhe deines Gesichts?
Ist etwas anderes?
Wenn erst alles zusammengefaltet
Servietten und Hände
Kleidung und Pläne,
Wissen und Licht –
dann wieder der dunkle Ausgangspunkt. *Geraint*

Niemand wird von der Verlassenheit
seiner Schultern sprechen. Seiner Hüfte.
Seiner Füße. Doch kann er sich von der
Verlassenheit seiner Hände überzeugen.
Seine Hände, die er vor kurzem noch heben
und benutzen konnte, hängen, ziehen, wollen fallen.
Es ist, als finge unser Menschensturz mit unhebbar
schweren Händen an. *Enid*

Ich höre das Kichern der Märchenerzählerin,
die Witwe gönnt sich ein Schlückchen,
kein Licht brennt auf dem Hof,
wenn sie die Kräuter aufkocht,

nur der Hund schlägt an,
schnüffelt an seiner eigenen Spur.
Geht sich nach und läuft sich wirr,
er bellt, wo er sich findet.
Der Hund hat einen Stich, sagt sie.
Das kommt noch aus der anderen Zeit,
davon wissen wir nichts, er ist ja ein Ausgesetzter.
Auch sie trank nach altem Brauch
Die Asche ihres Mannes mit dem Kräutersud. *Geraint*

Nur selten im Leben sind wir die,
die eines Tages vermißt werden.
Doch zu den Höhepunkten unserer Anwesenheit
werden wir geliebt wie Vermißte. *Enid*

So wie ein schriller Pfiff in den Abend
den Mückenschwarm im Licht verrückt,
ihre Flügel klopfen die Luft weich
und sie wird schreckhaft wie die Seele. *Geraint*

Es gibt ein verbotenes Wort:
Vergänglichkeit. Nur Gott könnte es sagen.
Der Fisch sieht nie den Fluß, mit dem er schwimmt.
Das Bewußtsein nicht das Licht, mit dem es zieht. *Enid*

Wie könnt ich erwägen, wie leicht ich einst war?
Unsere Erinnerung wiegt unser vergangenes
    Bewußtsein fehl.
Denn es ist unmöglich, sich gleichzeitig zu erinnern

und den Zustand eines vergangenen Bewußtseins
   wachzurufen. *Geraint*

Gott, laß alles sein wie vorüber!
Mach, daß wir unser Leben führen
in steter Gewesenheit und sind
und nicht mehr sind zugleich. *Enid*

Wir starren schon auf Nimmerwiedersehen
zeitlos in die gleiche Richtung.
Unterm Sonnensegel ausschauhaltend
nach dem Land, das niemals näherkommt.
Unsere Schritte bilden wie magnetgelenkte Eisenspäne
unvollendete Figuren vor dem Tod.

Zuweilen kommt auf unsere doppelten Gesichter
ein verirrter Schein, ein unverankertes Mißfallen,
als wären wir einander nicht ein offenes Buch –
manchmal, ich wiederhol's: ganz unverankert,
ein Schreck aus lebenslang Zurückgehaltenem: »Du?«
                                        Geraint

Schwankend mein Herz
wie der Kahn auf den Wellen.
Schwankend, wie im Mutterschritt,
mein Leben,
als stünd es bevor. *Enid*

Jeder Mensch auf seinem Stuhl
ist ein den Engeln Nachstürzender.

Und seine blaue Initiale,
von Dante selbst gemalt, flimmert
über ihm, solang er stürzt. *Geraint*

Deine Wäsche hat die Wärterin
schon durch den Trichter gepreßt.
Du siehst bedürftige Schatten
Deine Kleider tragen. Doch müßte man
genauer hinsehen können. *Enid*

Ich stieg durch einen tausend Jahre alten Turm
aus lauter letzten Steinen.
Ich stand auf seiner Warte unterm leeren Fahnenmast.
Ich sah hinab zum kahlen Strand,
wo Wasser rauschten einer nie sich füllenden Nacht,
wo ein dunkles Meer nur ewig Anlauf nahm,
und ewig nah war unser Ende. *Geraint*

Die lange Flucht in eine Rose und
das maßlose Ausruhen am Teich
lassen mich zweifeln, ob etwas stillsteht
oder ich seinem Rasen vollkommen gleiche.
Wie schnell glitten unsere Worte auf des Messers
    Schneide!
Wie erreichten wir dies nie gekannte Maß an
    Zweideutigkeit? *Enid*

Dieses Stück Land kann ich dir nicht geben!
Sagt meine reiche Geliebte.

Und ihr Haar fällt auf die Flurkarte. Sie lächelt
und schenkt es mir doch.
Sie schenkt mir und schenkt noch dazu, die liebe
    Begüterte!
So stehen wir mit ausgestreckten Armen
grenzdeutend am Hang: die unerhörten Jagden
der Schwalben, jede ein Liebespfeil, kreuz und quer
    verschossen,
Paarfindungflüge, geprüft wird auch, ob sich
das Doppel bewährt bei blitzschneller Kehre
bei Stürzen mit Überschlag –
sie straffen das Flurnetz in unseren
    Schenkungsgesprächen.
Ungezügelte Böen,
heiße staubige Wirbel stoßen die Fenster auf
und suchen in aufgeräumten Zimmern nach
den Kindern. Territorium, sagt sie, heißt ja
nach dem Erschrecken, a terrendo,
weil die Kerle mit schrecklichen Rutenbündeln
die Menge der Habenichtse vertrieben,
Platz zu schaffen für den Magistrat.
Dem Atlas gleich trägt sie ihr Haus
auf den Schultern mit vielen erleuchteten Fenstern.

Geraint

Einer, der mit geradem Finger weist:
dort kommt dieses hin und hier wird jenes sein –
darf sich nicht wundern, wenn aus der Ulme
ein blutjunger Schatten vortritt, im geblümten Kleid,
das der Sommerwind glättet im Schritt,
und ergreift die gebietende Hand,
entzieht in die Ulme den Tüchtigen.

Zuletzt wird über den Menschen eine Verlegenheit
kommen, so daß er sich duckt unter den Sternen,
sich windet unter den leichten Küssen des Schnees
und seine Augen bedeckt mit der Hand seiner Klause.
Denn auch den Garten Erde verläßt er durch
    den Bogen der Scham. *Enid*

Der Menschenlump ist wie ein Tisch voll Flieder.
Sein Geist ein Duft, verströmt, verflüchtigt sich.
Sein Werk: wie wenn er zwischen Knien
Erde dreht in einer alten Kaffeemühle.
'ne Füllung Erde dreht, um Staub zu säen.
So mahlt er seinen Grund, Ertrag gleich null,
und ohne Ende.
Zu Tränen rührt den heiseren Idioten
der Regenbogen auf dem schwarzen Wetter.
Als schlüge ihn ein Kind um den gebrechlichen Planeten.
Gemalt gebunden und beschlossen:
Durch diesen Bogen in den Himmel fliehen. *Geraint*

Ein Sperber bog in meine Bahn.
Er stieß mir steil entgegen, als wollt
er meine Augen jagen.
Doch hielt er plötzlich vorm Gesicht,
wie gegen Glas geprallt,
das Gefieder sträubte sich,
im Anflug stand er still und panisch
aufgeplustert in der Luft:
seine Federn wurden weiß,
das Tier rund wie ein Huhn,
ein gebanntes Geschoß. *Enid*

Der hohe Sommer belauscht uns mit staubigen Ohren.
Es hat keinen Sinn, wir wissen es nicht.
Es kann ja alles nicht stimmen, was wir so meinen:
es *sähe* der Mensch, indem unzählige Lichtstäbe
heimlich die Dinge berührten.
Und andere sagen: daß die Augen nur ein Sieb seien
und die Pupillen nur zwei schön bedeckte Löcher,
durch die die Dinge ihre Staubstäbe schickten –
es kann ja alles nicht stimmen: wir wissen es nicht.
Wir besitzen nicht das Zeug, um von unseren
Sinnesorganen etwas Wahrheitsgemäßes zu sagen.
So sprachen die Denker am Strand,
Vorsokratiker wie Stoiker,
gemeinsam sprachen sie ratlos
und ihre Ratlosigkeit lebt.
Mit dem Wort tangere *(berühren) bezeichneten sie auch*
das Stehlen, denn mit dem Berühren nimmt man von
den Dingen, die man berührt, etwas weg, was jetzt
kaum die umsichtigsten Naturphilosophen begreifen.
Olfacere *nannten sie das Riechen, gleichsam als ob sie*
selbst durch das Riechen die Gerüche machten (Vico)
Hier müssen wir aufgeben, mehr wissen wir nicht.
Und unser Wissen bleibt ungereimt. Wie schmerzlich,
daß Spätere einmal ein besseres Wissen erleben!
Aber auch sie werden sich irren.
Wenn auch in anderen Dingen
als in der Kenntnis unserer Sinnesorgane.
Diese wird nichts mehr zu wünschen übrig lassen und
   Vollkommenheit besitzen. *Geraint*

Zeit ohne Vorboten:
Tritt ein Kind in den Weg, sagt:
Ich bin's!
Klopft ein Nachbar an die Tür, sagt:
Ich bin's!
Springt der Tod aus dem Busch, sagt:
Ich bin's!
Fließt zu Mittag der Wind durchs Ried, sagt:
Ich bin's. *Enid*

Obwohl alle logen, sprachen wir die Nacht über
sinnvoll und ruhig. Am Morgen ruderte ich über den See,
ich legte das Boot an die kleine Insel, wo die Wenden
eine Pfahlburg bauten.
Jemand hatte gesagt: Ob uns ein Moses aus der Wüste
der Geschichte führt?
Ich sah den feinen Wipfelgrat, die schön gestaffelte
    Heereslinie des Walds.
Ich sah das Geäder der leeren Linde am Ufer,
die Lunge des Nebels, und auf dem Hang mit den
wandernden Kühen stand mein Haus im grauen Morgen.
Es wird sein, wie ihr sagt: diese Mauern stehen nur da,
damit Ranken sie überwinden, Efeu und wilder Wein,
Dickicht, das sie schließlich zerbröckelt.
Der Frühling kommt und Hundert Jahre gehen zu Ende!
Ich denke mir nichts dabei. Fast nichts.
Schwache Rötung einer alten Wunde, die gut vernarbte.
Sei langem verlor ich nichts in der Zeit.
Verlange und ordne nichts in der Zeit.
Und wenn mir ein paar Tropfen Regen über die Wange
laufen, denke ich: So war's, als du noch weintest.
Winzige Spinne, leicht wie eine Aschenflocke,

seilt sich vom Haar und krabbelt hochbeinig
über den Handrücken. Bringt einen Glückwunsch
zur Zeitenwende. *Geraint*

Vorbeisturz des Kometen: der Brand der Krone
wartet über der Scheune, ob wieder ein Wunder,
ein Nullpunkt ihm zugeschrieben.
Jedoch, wer die Sterne sieht und nicht an sie glaubt,
ist nur ein Glimmpunkt der Asche, der sich
der großen Flamme entsinnt.
Die Dinge selbst vergehen undeutbar.
Nur unser fahles Herz überträgt sie leblosem
	Verstehen.
Eine Million Kilometer weißes Verglühen.
Tag und Stunde seiner Wiederkehr sind uns genau
	bekannt.
Wenn nur der Schweif uns *einmal* näher käm
und wischte nebenbei die Große Schultafel aus. *Enid*

Von aller Nacht verlassen
beim immergleichen Zwielicht der Ruinen
erstarrt die Faust der Blasphemie.
Empörers Uhr ist stehn geblieben.
Erhobene Faust, der Arm schlief ein.
Sie sind von Skepsis blöd geworden.
Ihr Zweifeln wurde kindisch.
Doch was du selbst erwiderst oder träumst,
du fügst es nur dem Kitsch der Freiheit zu. *Geraint*

Meine Geschichte ist langweilig,
aber mein Goldgrund ist unvergleichlich,
ist wunderbar wie bei keinem und jedem.
Ich stamme aus einer Villa am Rande der Heide.
Meine Eltern sind wohlhabende Leute.
Ich spielte mit vielem lustlos und wollte
nicht gern aus dem Haus.
Nur im Garten unter den Bäumen hörte ich
gern den sprudelnden Vögeln zu.
In meiner Unbegabtheit besuchte mich manchmal
    der Geist.
Dann sprach ich wie eine Pythia des Reichtums und
    des Desinteresses.
Aber was sonst aus der Welt kam, ist an mir
    vorübergeweht.
Erlebt habe ich nur den Staub, aufgewirbelt aus meinem
    Goldgrund. *Enid*

Dein Gesicht hat dein Leben
zu Unschuld verbrannt. *Geraint*

Hervorgegangen aus einem weiblichen Seufzer,
den eine Serviette unterdrückte,
sind wir die Nachgebornen eines Traums,
den unsere Mutter hegte vor dem Schlafengehen.
Wir leben diesem Hoffnungsschimmer hinterher,
der plötzlich in ihr Auge trat beim Abendbrot. *Enid*

Der Schlaflose im Bett, Oberkörper aufrecht,
mit der Lupe am Buch entlang, das Licht,
ein Schmetterling, ist durch die Mauer gebrochen,
Licht aufgefaltet einströmend oder Licht eng
     und gefaltet.
Draußen steht Enid barfuß, mit funkelndem Saum.
Ihr Finger weist in die leere Mittagsgasse.
Der Flügelschlag von engem, von breitem Licht.
Lupe und Ausschau.
Worauf ihr Finger weist, ist etwas voll Ankunft
     dem Herzen.
Ist »Das da!« und ist nicht da. Am Ende des Fingers
beginnt die Reise des Fingerzeigs rund um die Welt.

Geraint

Das Partikular

Ich lebe? Ich sitze dem Porträt, der mit der Sensenspitze malt!

Ich frage mich, woher mein Vorurteil gegen diesen hageren Hünen rührt. Wahrscheinlich weil man einen Mann von Zweimeterzehn von vorneherein für unbegabt hält, als Künstler nicht ernst nimmt. Er selbst empfindet seine Länge (niemals wagt er das Wort »Größe« zu benutzen) als Wunde, als Verstümmlung seiner Sinne, als Auswuchs und gelebte Unförmigkeit, gegen die er sein ganzes Talent aufbieten muß.

Der Mann, der mich malen sollte, sah beständig auf mich herab. Würde sein Porträt jemals meine ganze Hohlheit enthüllen?

Er machte sich an die Arbeit. Zigarren und lange Gespräche. Viele Fotos.

Seine Entwürfe fielen nicht befriedigend aus, etwas Unbestimmtes zwischen Paul Klee und Odilon Redon.

Ich mochte sie nicht. Ich zwang ihn, mich aufs neue, mich länger und schonungsloser zu sehen. Ich verlangte, *daß ich ihm säße ... daß ich ihm säße!*

Ich wollte ihn dahin bringen, mich zu sehen, bis ich ihm durchscheinend würde und er den ganzen Abgrund an Falschheit und Nichtswürdigkeit in mir aufdeckte. Ich hatte Zeit, ich wollte ihm sitzen. Ich wollte ihn herausfordern. Aber ich zweifelte an seinen Fähigkeiten, ich haßte den kahlen Baum, der vor mir stand ...

Sehen Sie mich? fragte ich.

Ich sehe Sie sehr gut, sagte der lange Maler.

Was sehen Sie?

Sie brauchen den Kopf nicht mehr zu heben. Ich sehe Sie auch so.

*

Um nicht auch die Jugendbriefe seines Auftraggebers noch lesen zu müssen, die Schulzeugnisse, die Sporturkunden, die Prüfungsberichte, hatte der Maler sich vorsorglich in eine Krise, einen Zusammenbruch geflüchtet, war zeitweilig von seiner Staffelei und aus dem Haus des Mannes geflohen, dessen ganzes bisheriges Leben er hatte studieren müssen wie ein akademisches Fach, denn erst in Kenntnis des ganzen *biographisch spirituellen Komplexes* hatte er mit den ersten Entwürfen beginnen dürfen. Es wurde im Grunde genommen von ihm verlangt, daß er jede *Lebenskrume* berücksichtige, jede *Lebensritze* mit Phantasie ausfülle, bevor er in die Schlußphase der Vorarbeiten eintrete. Keine Grundierung, keine Skizze, kein Strich ins reine, bevor der Auftraggeber, der ihm Sitzende, nicht sein ganzes Leben vor ihm ausgebreitet hätte, übrigens in völlig ungeordneter Form, wüst wie der Kram eines ausgeschütteten Rucksacks ... Das Leben, das Leben! Dem Maler wurde es das ärgste Wort. Wie weit noch sollte er sich vertiefen in dieses Mannes Morast?! ... Aus diesem Morast, hätte er am liebsten ausgerufen, soll ich ein Antlitz auftauchen lassen? Für jeden Betrug, den du begangen, eine eigene Farbnuance? Der Nimbus, das Strahlband mit lauter kleinen Motiven der Hochstapelei und der Selbstüberschätzung! Das Impasto gemischt aus dem Schimmer der Feigheit und der Untreue? Die fleischliche Röte aus lauter Schnödheit und Niedertracht?

Das steife Gesicht des ihm Sitzenden, der Hals, den er nicht wenden mochte, der zynisch lächelnde, verzogene Mund, der immerzu sprach, die dunklen, wäßrigen Augen, von hängenden Falten umrandet, der wie besessen ihm sitzende Mann, der sich unentwegt zu sich selber bekannte, seinen Kopf nicht mehr wenden wollte, der Mund hing schief, der rechte Mundwinkel verkniffen, der fürchterliche Mund trieb unentwegt *seinen* Maler voran, die Augen suchten ihn, kleine schmutzige Tümpel suchten *ihren* Maler. Sie blickten kaum mehr nach rechts oder links, der Mann sah nicht hinter sich oder an ihm vorbei und reagierte mit keiner Kopfwendung darauf, wenn ein Anruf kam oder an die Tür geklopft wurde.

Der Porträtmaler betrachtete die nackten Männerwaden des Auftraggebers, haarig, mit heruntergerutschten Strümpfen. Er sah ihn Wache sitzen in klobigen Schuhen, schlapper Unterhose im Zebralicht, das durch die Jalousien fiel. Wache sitzen vor ihm, dem Maler, seinem Häftling. Er hörte die Gestalt Speichel schlürfen und sich räuspern. Er hörte das jeder wahren Verlorenheit Widersprechende seiner Worte. Jedes Wort war ein zu hoch gegriffenes für die Lage, in der sich der ihm Sitzende befand.

Was also war von diesem Wesen auf die Leinwand zu bringen? Ein Verschwundensein, das allein noch der Verschwundene selbst überwachte. Ein Gemälde, von dem aus der Porträtierte jeden zuerst erblickte, der ihn erblicken könnte. (»Denn es findet sich oft ein Auge, wo du nie eines vermutet hättest …«) Das Porträt, das der einzigen Obacht des Porträtierten, nämlich ungesehen zu bleiben, gerecht werden mußte.

Der Künstler kam nach jedem Zusammenbruch zurück, nahm seine Arbeit wieder auf und schwieg. Er verschwieg seine Einwände und seinen Überdruß. Er verschwieg so viel, bis er meinte, sich von der Blechdose mit den Pinseln nicht mehr zu unterscheiden. Er war Schlangenhaut, Wolfsfell, Flosse und Schildpanzer und was sonst die Natur an stummer Hülle, wortlosem Dasein hervorbringt. War eins mit der Wand dieses abgedunkelten Zimmers, in dem man Tag und Nacht nicht unterschied. War selbst wie eine Leinwand, auf die das Leben des Auftraggebers seine Licht- und Schattenspiele warf.

»Bemerken Sie das Unausgeprägte meiner Gesichtszüge? Wundert es Sie nicht? Ich bin der Unfertige erst mit den Jahren geworden. Die Gesichtszüge gingen über das Charakteristische hinaus, sie machten nicht halt, das Markante, Gezeichnete war schon zu seinem Ende gekommen, das Gesicht war bereits fertig, als die Falten und Kanten sich wieder zu dehnen begannen. Die Kanten, die das Erlebte geschlagen hatten, rundeten sich wieder, das fertige Gesicht schmolz wieder zu neuer bildbarer Masse, zu amorpher Erwartung. Es wurde dicklich und gerötet-begierig, als ob es – nach vollständigem Verzehr des Erlebten, nach dem Verschlingen aller festen Gewißheiten – sich vorlehnte und fragte: Was noch? Was ist noch *da* auf der Welt, um mich zu formen, mich unersättlich formtilgendes *Antlitz*?

69

Es gab unter meinen zahllosen Peinigern einen riesengroßen Lehrer, ein Hüne wie Sie, der mir schmutzigem Winzling befahl, tausendmal in mein Heft den Satz zu schreiben: Warum ich ein Schmierfink bin. Mit der tausendfachen Abfolge des einen Satzes, ungleich und immer erschütterter geschrieben, wurde seine Begründung tausendmal aufgeschoben. Und ich dachte: Eine fehlerhafte Aufgabenstellung, diese Strafarbeit, zu meinem Glück! Ich mußte tausendmal ansetzen zu einer Selbsterniedrigung und brauchte doch keinen einzigen Gedanken an ihren Inhalt zu verschwenden. Ganz anders Nietzsche, der nach dem Muster eines solchen Strafarbeitssatzes seine Titel schmiedete: *Warum ich so gute Bücher schreibe. Warum ich so klug bin* ... Nur um letzten Endes aus der Strafarbeit ein ungeheures Pamphlet gegen seinen riesengroßen Lehrer zu fertigen. Denn er gab tatsächlich: eine Begründung. Er ließ sich drauf ein. Und dabei verfuhr er lediglich nach dem Prinzip der Umkehr, das er immer und überall anwendete. Aus der verlangten Selbsterniedrigung machte er im Handumdrehen eine Selbstüberhöhung. Dennoch, das Prinzip bleibt dasselbe und es dreht sich ausschließlich um die Achse der Strafarbeit.

Immerhin bin ich der Meinung, daß ich mit meinem begründungsvermeidenden tausendfach wiederholten *Titel*satz mehr zur Erhellung der gesamtmenschlichen Strafarbeit beigetragen habe als Nietzsche mit seiner scheinbar so triumphalen und tatsächlich gegebenen Begründung: weshalb er eben *kein* Schmierfink sei ... Einer lediglich frechen, den simplen Insurgenten-Trick nutzenden, völlig eigenmächtigen Verdrehung von Selbstverurteilung in Selbstfreisprechung.

Sie sehen übrigens meinen Rücken nicht, Meister. Ich sitze mit dem Rücken zum Kommenden. Mit annähernd steifem Rücken, auf den bis an sein Ende, bis unter die Ferse das Kommende seine Orakel kritzelt ... Gilda las mir, um mich zu amüsieren, eines Tages mein Geburtstagstelegramm vor, das Telegramm, das ich ihr zu ihrem 22. Geburtstag geschickt hatte. Sie schüttete sich aus vor Lachen, weil sie glaubte, es sei völlig verstümmelt übermittelt worden. Ich errötete und schwieg oder lächelte sehr gezwungen, denn der Text war durchaus korrekt übertragen worden. Ich hatte mich bemüht, den ein oder anderen *wertvollen* Ausdruck zu verwenden. Das mochte in der gedrängten, unrhythmischen Telegrammform lächerlich klingen und wie schiefgegangen erscheinen ... Doch die Glückwünsche, die sie mir zum Ulk vorlas, hatte ich wörtlich so an sie gerichtet. Ihr Vortrag kränkte mich, doch ich lachte mit ihr über meine ernstgemeinten Worte.

Sie erinnern sich doch an Gilda? Ich setze da wieder ein, wo sie mich mit ihrem Vater besuchte, nur ein einziges Mal besucht hatte, und es kam dann, während der Vater das Zimmer verließ, um ein paar Flaschen Wein zu kaufen, zu diesem berühmten Augenblick, in dem sie mich mit ihrer heftigen Hingabe überraschte, vor mir niederkniete und eine besonders *devote* Handlung an mir vollzog. Danach kam sie nie wieder. Sondern immer nur ihr Vater. Und jedesmal brachte er mir diesen schmerzlichen Duft von ihr mit ins Zimmer!
Gilda ist unterdessen einige Male wiedergekehrt, Sie kennen ja meine Träume noch nicht! Sie wissen fast alles von mir. Sie wissen Bescheid wie niemand sonst. Aber Sie kennen meine Träume nicht. Das soll sich nun än-

dern. Sie dürfen nicht vergessen, erst der Traum kann Ihnen einen Menschen, den Sie hier lediglich *vor sich* sehen, wirklich zu Gesicht bringen. Wenn Sie erst mit einigen meiner Träume vertraut sind, werden Sie in einer einzigen hypnoskopischen Sekunde mehr von mir erwischen, als aus allen Begebenheiten, allen Urkunden meines Lebens hervorgeht, die Sie bereits studierten.«

»Gilda«, warf nun der Maler leise ein, »um ganz sicher zu gehen, Gilda war die Tochter des Geschichtslehrers am Gutenberggymnasium, mit dem Sie sich eine Zeitlang regelmäßig zum Kartenspiel trafen. Aber an diesem Abend, als der Vater vom Einkauf zurückkehrte, saßen Sie zum ersten Mal zu dritt in der Runde. Es wunderte Sie, daß ihr Vater nicht protestierte, als Gilda mit ihren verschiedenen Liebhabern zu prahlen begann, wahrscheinlich um Sie zu quälen, nachdem sie sich kurz zuvor besonders devot verhalten, und sie tischte nun ziemlich schmutzige Männergeschichten auf, während Sie zu dieser Zeit noch Ihre Josephsehe mit Claire führten und auch jetzt, zu dritt, heimlich darunter litten ...«

»Sie können sich also vorstellen, was es bedeutet, unter solchen Voraussetzungen mit einer Nymphomanin am Kartentisch zu sitzen, die sich nach jeder Runde, die sie gewinnt, mit spitzer Zunge die Lippen befeuchtet, sich mit den Händen anzüglich über ihr blondes Haar streicht, wobei sie jedesmal an die Lampe über dem Kartentisch stößt. Ich hatte heute nacht wieder eine furchtbare Begegnung mit ihr. Ich war in einem Urklumpen von Gewalt und Niedertracht mit ihr vereint, bildete eine Art protosexueller Geschwulstkugel mit ihr, die sich über die Erde wälzte und am Ende in zwei Teile aus-

einander brach: Mann und Frau. An sich. Pur. Noch kurz
vor dem Traumriß hielten wir einander an den Kinn-
laden gepackt und brüllten uns erbarmungslos an. Wie
zwei Ertrinkende waren wir, die sich kurz vor dem Un-
tergang noch morden wollten, die nacheinander griffen,
nicht um sich aus den Fluten zu retten, sondern um dem
anderen die Sehnen aus dem Hals zu reißen.

Die Insel Zehl, auf der ich häufig Zuflucht fand, oft in
letzter Minute, liegt draußen auf dem offenen Men-
schenmeer, wenn ich so sagen darf, im magischen Winkel aller nur möglichen Begegnungen. Auf ihr verkehren keine trügerischen Idole, sondern Menschen, wie sie
jeder kennt – wenn auch gefangen im Kristall ihrer
schönsten und sprechendsten Gebärde. Die Insel war
nie ein Wunschgebilde, kein Fabelland und erst recht
kein Idealstaat. Zehl erhebt sich allerdings schroff aus
den Fluten gewöhnlicher Berührungen und Kontakte,
ihre Erde zeigt das Versteinerte von lauter flüchtig
Schönem, ihre Gestalt das Oval des menschlichen Gesichts, das Oval des Auges und das Oval des Siegels.
Nichts geschieht auf ihr außerhalb der Zeremonie des
Zufalls. Und nichts außerhalb des Markts und des
Tauschs von sinnlichen Gaben, von devoten Handlungen zwischen zwei Fremden, zum Beispiel zwischen
Mann und Frau ... Ich argwöhne manchmal bei der Ankunft, ich sei in die Gärten von Alamut versetzt, in jenen wunderschönen Park, in den Hassan Sabbah, der
erste Führer der Ismaeliten, seine Gesellen tranportie-
ren ließ, um sie zu besseren Mördern zu machen.
Nachts wurden sie mit Haschisch eingeschläfert und aus
der Wüsten-Festung in die Gärten von Alamut ver-
schleppt. Dort erwachten sie und sahen sich von herr-

73

lichen Mädchen empfangen, bei denen sie die Freuden der Liebe genossen, bis sie wieder einschliefen. Dann wurden sie zurückgebracht in ihre Burg und sahen beim Erwachen um sich nur Wüste. So waren sie überzeugt, in ihrem Traum das Paradies betreten zu haben, für das sich zu morden lohnte.

Einmal muß es so sein, daß das Zeitalter der Trance *nicht* zurückliegt, wenn wir, schockiert von zuviel Bewußtsein, danach suchen in unserer Erinnerung, einmal *muß* es das *jetzige* sein, das uns wirklich umgibt! Das Regime, das zwei Zeiten eingeführt hatte, die Amtszeit und die Selige Zeit, wie andere Länder in zwei Staatssprachen sprechen, lag hinter einem hohen schmiedeeisernen Tor. Das Hohe Tor wurde jedoch niemals geöffnet. Es bedurfte des ungeheuren Drucks der Menschenmenge, die sich davor stets versammelt hielt, um jeweils einen einzelnen durch die mit scharfkantigen Edelsteinen bestückten Stäbe zu pressen. Und durch den gewaltigen Andrang aller, die hinüber wollten, gelang es, jeweils einen tatsächlich hinüberzubefördern. Mit schlimmen Verletzungen, Rissen, Brüchen, Schnittwunden und Quetschungen kam dieser *drinnen* an, halb tot im Vorhof der Seligen Zeit, und verschwand als erstes in einer Art Zollposten, einem Wächterhaus, das einem fünffach vergrößerten Beichtstuhl glich und nach beiden Seiten eine pechschwarze Öffnung zeigte, so daß darin schwarze Leere herrschen mochte. Ihrem Anwehen verdankte der Verletzte offenbar seine erste Reinigung. Anschließend wurde er von einem Mönch in braunrosa Kutte abgeholt und in Tücher gehüllt. Der Verletzte war fast nackt, blutete aus seinen Wunden, hinkte und schleppte sich vorwärts, doch auf seinem

Gesicht lag schon der erste Schimmer vom großen Entzücken, als er nun hinab zu den Heilenden Gewässern geführt wurde. Wenn die Menge das sah, drängte sie aufs neue heftig gegen das Tor, um wieder jemanden aus ihrer vordersten Linie durch die viel zu engen, für Menschenleiber eigentlich undurchdringlichen Stäbe zu pressen.

Gut Zehl auf Zehl bot eine möblierte Wohnung für zwei Monate, ich mietete mich ein bei der Gutsherrin, doch die vorigen Bewohner kehrten von Zeit zu Zeit in die Räume zurück und gingen dort ihren alltäglichen Verrichtungen nach, ohne auf mich zu achten. Ich mied jeden Zwist und gewöhnte mich daran, daß ich in den beiden ineinander übergehenden Zimmern häufig jemandem aus dem Weg gehen mußte, weil er ihn für sich beanspruchte. Ich hatte mich schließlich unter eine Stehlampe an einen kleinen Tisch im Erker zurückgezogen und erledigte dort meine Aktenarbeit, während das Leben meiner Mitbewohner in denselben Räumen so weiterging, als sei ich nicht anwesend. Es waren zwei Frauen und drei Männer, die sich unablässig mit irgendwelchen Einrichtungsgegenständen beschäftigten. Ihre Vorfreude auf den Erwerb, ihr Kauffieber, ihre helle Aufregung bei der Erwähnung eines Möbels legten eine Art Bann um sie, und es war mir nicht möglich, nur einen einzigen von ihnen anzusprechen, ohne daß er, kaum hatte ich das Wort an ihn gerichtet, sich erhob und einen anderen Mitbewohner im Nebenzimmer beim Namen rief ... »Käthe!« oder »Ludwig!«, denn es fiel ihm im selben Moment, da ich mich an ihn wandte, irgend etwas ein, es fiel ihm immer etwas ein, das er einem anderen aus der

Schar noch mitzuteilen hatte oder noch einmal zu erwähnen oder zu bekräftigen sich gezwungen sah.

Der Alltag meiner Mitbewohner oder der wiedergängerischen Mieter der beiden Zimmer zog derart hermetisch und unbeirrbar an mir vorbei, daß ich zuweilen an meiner eigenen körperlichen Anwesenheit zweifelte. Vielleicht gab es zwischen ihnen und mir eine durchsichtige Zeitmauer und ich selbst war nichts anderes mehr als der Geist eines Voyeurs, ein noch reizbares, aber unpersönliches Abstraktum, das seinen Namen und sein Gesicht verloren hatte. Ludwig Käthe *Gilda* Ortwin Stefan, so riefen sie einander in unentwegtem Wechsel und waren die rücksichtslosesten und entrücktesten Menschen, denen ich jemals begegnet bin. Sie waren wie besessen von ihrer Gemeinschaft und bildeten ein einheitlich fünfköpfiges Lebewesen, das sich von anderen gewöhnlichen Gruppenkörpern unterschied. Sie waren zu fünft, sie waren fünftig in allem, sie waren *pentatrop*, und sonst waren sie nichts.

Einmal sah ich sie suchen, auf dem Boden, unter dem Teppich, nach einer Münze oder einem verlorenen Schlüssel sich bücken und im Halbdunkel die Dielen betasten, die Schrankfüße und Stuhlbeine, drei Männer zwei Frauen, alle zugleich, im Vorraum zur Gutshofbibliothek, wo sie nach einer langweiligen Partie Canasta plötzlich ins Suchen gerieten … Alle auf einmal, als sei's wie ein Gelüst über sie gekommen, etwas zu suchen, und allmählich hoben sie die Köpfe wieder vom Boden, richteten sich auf und fingen an, die Scheuerleiste und Paneele zu betasten, die Tapeten, die Wandteppiche, die Bilderrahmen und Fensterkreuze. Sie tasteten wie Blinde, wie Laban den ganzen Hausrat des Jakob

76

betastete auf der Suche nach seinen Teraphim, die seine Tochter Rahel ihm entwendet hatte. Und sie versteckte die Teraphim unter dem Sattel ihres Kamels und weigerte sich aufzustehen, denn sie hatte ihre Tage ... Dann sah ich: es war kein Suchen mehr. Der Tastsinn, beim Suchen zuerst ein Behelf, hatte sich im Halbdunkel selbständig gemacht, er hatte sich über alle anderen Sinne erhoben und diese Fünftigen, von ihm überwältigt, waren nicht mehr imstande, einem anderen ihrer Sinne, etwa ihrem Auge, zu trauen.

Die Menschheit rätselt bis heute, was es auf sich hatte mit den Teraphim des Laban, kleine Hausgötzen vermutlich, auf die er nicht verzichten konnte. Grausige Bescheibungen von Teraphim sind uns von den dekadenten Kulten der Babylonier überliefert. Köpfe getöteter Kinder, die mit vergoldeten Lippen Orakel anstimmten, wenn es den Magiern gelang, sie zum Sprechen zu bringen. Später sollen es dann Androide gewesen sein, künstliche Menschen von Silber und Gold, aus denen die Gestirne sprachen und die Nebel der Zukunft.

Dabei wird einem von neuem bewußt, daß all unsere hochentwickelten Güter nur gemischte Wandlungen sind, die aus ein paar fundamentalen Gegebenheiten entstehen; daß nur eine Handvoll Kulte Bilder Gefühle Gedanken das Schicksal des Menschen bestimmt. Nirgends ein Rad der Wiederkehr, sondern beständig aktive Grundmuster, die in den Schleier der Zeit gewoben sind und am Ende auch aus dem dichtesten Gewebe hervortreten, wie kunstvoll sie darin verborgen sein mögen ... So läßt sich denn vermuten, daß zwischen den Hausgötzen und den abgeschlagenen schöngeschminkten Kinderköpfen, den Leblosen, die unter

Zauber weissagten, bis hin zu unseren neuronalen Maschinen, unseren biotechnischen Wunderwerken ein Band der Verwandtschaft besteht

einfach bei ihr übernachten, sagte ich mir, in der Wohnung, die nicht ganz die meine war, in der Gilda räumte oder einräumte, alles unverzüglich wieder in Unordnung brachte, sich selbst in den Weg rückte, was sie gerade erst freigeräumt hatte, laszive Unordnung, die sich in ihrer nachlässigen Kleidung fortsetzte und mir wiederum das Wunder ihrer *devoten* Handlung von einst wachrief, bis das *membrum* zu pochen begann. Ich dachte, Wiederholung wäre möglich, wenn auch nur im Vorübergehen, ganz nebenbei, im Zuge ihres ständigen Aufräumens, überdeckt von Erzählungen, pausenlosen Mitteilungen über gesehene Filme, Einrichtungen, Einrichtungsgegenstände, Handwerker, Handwerkerleistungen, Handwerkerehre, Käthe kam, nur um sich im Flur vor dem Spiegel umzuziehen, ließ ihre Kleider auf der Anrichte liegen, auch sie redete und rückte bei allem mit, was Gilda redete oder rückte … »Ich bin hier nie richtig eingezogen!« rief sie mit zwiespältigem Entzücken, als wünsche sie das *richtige* Wohnen jetzt endlich nachzuholen. Welche Grazie besaß Gilda bei ihrer ununterbrochenen Beschäftigung! Sich bücken, sich recken. Die steifen Arme in Kisten strecken, Unordnung aus Unordnung befördern und kreativ werden lassen, eine Dose mit dem Fuß stoßen, einen Nähkasten mit dem Knie schieben, die ganze Körperschönheit tritt überhaupt erst hervor, wenn der Körper von sich selbst abgelenkt, wenn er in Fahrt ist, sich abstrampelt und vergißt.

Halbnackt sich regt, im Aufbruch zuhaus, stolpert im beladenen Flur, wobei ein Schuh verloren geht, Einblick ins Badezimmer, wo sie die Zähne putzt, die zweite Linse sucht …

Die drei Männer kamen, alle in Schwarzweiß, mit einem Überschuß an Weiß, auch sie wollten mitreden. Alle fünf begannen durcheinanderzulaufen, erst schlendernd, dann rascher, beschleunigt von einem Herzkasperl-Rhythmus der Radiomusik, Percussionsinstrumente, sehr leicht, sehr hochgetrieben, aufreibend, drei Männer zwei Frauen, in der Eile des Aneinandervorbeirennens kaum zu unterscheiden, sehr kurze Stops jeweils zwischen Einer und Einem, sehr kurzer Ausruf: Ja! Oder: Nein! Sie riefen sich bei jedem kurzen Stop entweder ein Ja oder ein Nein ins Gesicht. Entweder beide Ja oder beide Nein. Oder aber im Widerspruch. Später im Bad wurden die Tänze etwas aggressiver, alle nackt unter bunten Überwürfen, die von den Schultern rutschten, unter ihnen und einbezogen nun auch ich, dem bei einem bestimmten Tanzsprung Gilda jedesmal ans Kinn faßte und es zur Seite bog, so daß ich nicht in den Spiegel sehen konnte, sie rissen mich ins Gefünft hinein, es rauschte, ich tanzte, als wär ich nie saumselig, nie dreimal selig des Säumens gewesen, und Gilda sprang immer wieder ihren kämpferischen Spreizschritt aus und wies mit ausgestrecktem Arm in den Spiegel und schrie zur schnellen Musik: »Warn! … Warn! … Warn!« Und damit meinte sie nicht sich selbst, nicht ihr Spiegelbild. Sie forderte vielmehr, der Spiegel, das bare Ding oder sein Eigenwesen, sollte ihr (oder allen fünf?) zur rechten Zeit (wann?) eine Warnung (wovor?) geben. Der ganze Vorgang, das »Tänzchen«, nannte sich Quipp, und sie selbst, alle fünf, waren nun Menschen mit Einheitsnamen Quipp, und ich nahm zeitweilig ebenfalls ihren Namen an.

Die Gutsherrin trug einen altrosa Strohhut und beige Shorts. Sie ging am linken Straßenrand und neben ihr fuhr mit dem Geländewagen der Gehilfe im Schritttempo ... Der Mann hatte ein Trinkergesicht, eine derbe fleischige Nase, er trug eine dunkelgetönte Brille vor den glibbrigen Augen, Augen in Aspik, strohgelbes Haar, das in platten Locken anklebte. Ein schwitzender, sich ausdünstender Mann, der von seiner Chefin in kurzen scharfen Worten zurechtgewiesen oder getadelt wurde, worauf er nur ein paar maulfaule ausweichende Antworten gab, dafür aber auffordernd und ungeniert zu ihr hinüberblickte, den Arm aus dem Fenster hängen ließ, mit dem Daumen gegen das Türblech schnippte, aus Verlegenheit zweifellos, doch wirkte es frech und anzüglich, und er fuhr im Schrittempo neben ihr. Um sie zu beschwichtigen und von seinem Versagen abzulenken, sprach er vom guten Zustand der Herde. Die Viecher stünden gut im Fleisch. Antonie, die Gutsherrin, ging augenblicklich rascher voran, blitzte ihn an und fuhr ihm über den Mund. Er hatte einfach schlampig gezäunt, die Umzäunung nicht kontrolliert, den Tank nicht mit Wasser nachgefüllt, sie zählte voranschreitend seine Fehler, Versäumnisse auf, zwei Schritte ein Tadel. Nur sein Saufen erwähnte sie nicht, damit wäre alles gesagt gewesen: die ganze Körperlichkeit des stinkenden Mannes, das Gekrusche um ihn herum, die schlunzigen Dinge, die Unordnung im Wagen auf den Sitzen überall Reste Flecken Kippen Bierdeckel zerquetschte Papiertaschentücher Dreckatolle, der Dreckstolle ... Bemerkte gar nicht, daß seine Chefin die Schuhe

von den Füßen schilferte und nun ausgesprochen leicht-
füßig über den Asphalt rannte, die dünnen Halbschuhe
in der Hand, und sofort die Ausbruchsspuren der
Herde fand, weil sie die Tiere besser kannte als ihr
dumpfer Gehilfe, neben dem sie es im Führerhaus nicht
aushielt, dem stinkenden Mann, der sie kurz zuvor aus
dem Schaukelstuhl geholt hatte, aus einer zwielichtigen
Träumerei nach dem Mittagessen, als die Nachricht eintraf, die Kühe sind los

ah, was wüßten wir nicht alles beizubringen über die
beiden! Wir, du, der endlose Maler, und ich, dein end-
gültiges Bild. Wir, die wir sie vor uns sehen, die wir
blind verliebt sind in die altmodischen Befangenhei-
ten zwischen Mann und Frau, blind verliebt in die
Unachtsamkeiten zwischen ihnen, in ihr hartes und
unumgängliches Gegenüber, sobald sie sich zum Greifen nahe gekommen ... Täglich frisch zerwühlte Bet-
ten und die Zerstreutheit und Unordnung der Dinge,
die sie überall liegen lassen und die den Schmutzre-
sten in seinem Führerhaus in nichts nachstehen, man
rennt ohnedies in einer Welt herum, die ein Zerstreuter
schuf!

Dabei muß man sich einmal Antonies bisheriges Leben vor Augen halten, man muß sich einmal
vor Augen halten, wie in einer vornehmen oder einstmals
vornehmen Familie die Kunst, die nicht beherrschte, lieb-
haberisch ausgeführte – Pirandello auf der Waldbühne
im eigenen Föhrenwald! – also die ganze diabolische
Liebhaberei, die seufzende, ächzende Kunstfrömmig-
keit dazu führt, die bereits maroden Verhältnisse des
Gutshofs endgültig zu ruinieren. Wiese und Weideland

größtenteils verbracht und verkrautet, Tierhaltung aufs Minimum reduziert, das Gutshaus halbverfallen, die Schnapsbrennerei einem Sexualtherapeuten überlassen, der Kornspeicher ein Bildhaueratelier, die Seen an Angler verpachtet und von übertriebener Karpfenzucht verschmutzt, der Verwalter, nur teilzeitbeschäftigt, ein Versicherungsagent, seine Frau töpfert im Gärtnerhaus, töpfert tagelang stumm vor sich hin, auf einer kostbaren Erde, auf herrlichem Land wird täglich das *Feuilleton* gelesen! ... SO IST ES – WIE ES IHNEN SCHEINT. Die Zerstörung des Hofs einerseits und ein paar Meter davon entfernt noch immer das alte Laster, die Kunst. Das Sommertheater. Antonie sprach noch einmal von der *unendlich leichten Fracht,* die ihr sterbender Mann auf ihren Armen war, und meinte, daß sie ihn erst ganz zum Schluß als das fremde Wesen erkannt habe, das er ihr längst hätte sein können, wenn ihnen rüde Vertraulichkeiten nicht den Blick aufeinander verstellt hätten. Doch seien sie in den letzten Wochen seiner Krankheit noch einmal zusammengewachsen, hätten Glas um Glas miteinander geleert, obwohl er schon so dünn wie das Hafermännlein gewesen sei, und zuletzt habe er sogar auf ihrem Unterarm sitzen können – wie ein Kind! Wie ein Kind! Der Tod war ihm schon lange sehr nahe, aber noch war er bloß bis in sein Bewußtsein vorgedrungen, war der ganze Nahe in der Dunkelheit der Nacht, der vorerst nicht zustieß, ihm nicht zustoßen wollte, solange er sich noch fürchtete vor ihm. Er jaulte vor Todesangst, er kämpfte nicht, er winselte nur um Aufschub. Vielleicht hatte er deshalb keine Chance, er winselte und war nicht bereit, mit diesem Nahen zu ringen, sein Wille bot ihm keinen Widerstand. Die kleinen Äuglein kauerten sterbenselend, sphäreneinsam, zu keiner menschlichen Miene mehr gehörig, in ihren Höhlen – und eines Nachts, schwapp! schon hatte der Nahe ihn

aber wie war das mit deinen Gedächtnislücken, Antonie? Im Beisein deines Mannes, der immer ein erbärmlicher Bescheidwisser war, entfiel dir jedes zweite Wort. Wie oft bekamen wir das zu hören: Tut mir leid. Ich komme jetzt nicht darauf! *Seine* Frau eben. Ganz die Seine. Bald sagte die Seine kaum noch etwas richtig, keine Information, kein Sachverhalt stimmte. Sie meinte es nicht wissen zu müssen, denn er wußte es. Sie behielt so gut wie nichts mehr in ihrem Gedächtnis. Humpelte von Stockwort zu Stopwort, von Fehlwort zu Falschwort, und das nur, um ihm zu der spießigen und potenzfördernden Genugtuung zu verhelfen, sie gründlich zu belehren. Denn die süßen Belehrungen führten erfahrungsgemäß zu den dankbarsten Umarmungen. Aber sie behielt eben von seinen Worten nicht viel und stand ihm immer zu frischer Belehrung wieder zur Verfügung.«

*

Der Auftraggeber stand plötzlich neben dem Maler, und der stand neben seiner Staffelei und säuberte seine Finger von Farbklecksen mit einem Bausch zerrissener Tücher, die ebenfalls von Farbresten starrten, so daß die Finger damit nicht zu säubern waren. Doch der Maler versuchte es unermüdlich, er rubbelte, als träte irgendwann eine Gewinnzahl aus seiner Haut hervor, und betrachtete dabei abwechselnd sein vorläufiges Gemälde und seine Finger.

83

Weiße Gitter. Der Maler hatte bis jetzt nur drei
weiße Gitterstäbe zustande gebracht. Hemmungs-
lose Monochromie. Schrubbte und wischte, scheu-
erte und rieb, das dauerte und hörte nicht auf, geschah ebenso geschäftig, ja feurig, wie andere den
Pinsel ansetzen und ihr Gemälde vollenden.
Der Auftraggeber wandte sich ab, er kommt mir
langsam auf den Grund, dachte er und blickte wieder unter sich.

»Ich sitze Ihnen! Und es ist, als hätte ich seit meinen
Kindertagen nichts anderes getan. Stillgesessen und immerzu auf den *einen anderen* gestarrt, den ich vor mir
hatte. Beinahe vierzig Jahre, ohne mich zu rühren, Ihnen
Porträt gesessen, Meister! Aber was sieht das Auge des
Todes von mir? Nur mein mühseliges Entgegenkom-
men. Nichts als ablaufende Zeit. Gesehen aber, wahrhaftig gesehen werde ich nur durch Sein Partikular. Das Partikular, durch das der Ewige uns sucht, erfaßt uns ohne
zeitliches Brimborium, ohne geschichtliche Ergänzung
und Verfälschung. Erkennt jeden in seiner *göttlichen
Vereinzelung.* Jeden dürftigen Stein unter Millionen in
der Kiesel-Schwarte der Bucht. Denn des Allerhöchsten
Auflösung sieht dich mutterwindallein auf Erden.

Ich schäme mich des Übermuts, der mir ins Blut schießt,
sobald vom Himmel ein schwaches Hoffnungslicht für
mich abfällt. An den Rand des Größenwahns treibt
mich das geringste Kompliment für einen anwaltlichen
Schriftsatz, der mir gelang, so daß mir in einem solchen
Augenblick mein beständiges Unglücksgefühl als aus
der Luft gegriffen, als von jeher falsch empfunden erscheint. Es genügt ein winziger heller Ton und der liebe

schwarze Horizont reißt entzwei und quillt von goldnem Morgen über … Doch es dauert nicht lange und ich bin doppelt zerknirscht über den Seitensprung meines Herzens, ich schäme mich für die hastig vollzogene Untreue, mit der ich meinen aufrichtigen Kummer hinterging, der es immer gut mit mir meinte, Saturns mustergültigem Sproß. Denn sehen Sie: sicherster Beweis für meine Existenz tief unten sind die jähen steilen Höhenflüge, blind und unbegründet, die haltlos fröhlichen Gedanken, die mein schweres Herz wie eine Hand voll Sand in die Luft werfen. Die rauschhafte Verkennung der eigenen Lage, das Blumenmeer der Selbsttäuschung, die selige Einbildung, daß es anders um mich stünde, als es in Wahrheit steht, sie sind meine Gärten von Alamut!

Gott schützt den Lustmenschen, Meister, und den Dünnflüssigen, den Geschlechtsschmächtigen stürzt er ins Verderben! Ich selbst hatte den gewaltigen Vorsprung, zu dem mir Gildas devote Handlung sehr früh verholfen hatte, nie wieder eingeholt, am wenigsten während meiner Josephsehe mit Claire. Es war in meinem Leben nie wieder zu einer vergleichbaren Begegnung gekommen, die ja unauflöslich mit Überraschung und Unverhofftheit verbunden blieb und daher auch nicht wieder gesucht oder nachgeahmt werden konnte. Ich spürte aber, wie nah ich der Quelle einer einzigartigen Kraft und Großzügigkeit gekommen war, die es anderen Menschen ermöglichte, über alles Nebensächliche hinwegzugehen, über Geschichte, Orte, Namen, irgendwelche ironischen Anspielungen, und über alles Kleine und Konkrete, das ja auch ich hasse wie die Hölle, all dies kann der Sexus tilgen, absorbieren, während andere, die nicht mit ihm begnadet sind, alles pinglig und geistreich beim Namen nennen, und der Name hängt wie ein schlaffes Penis-Futteral an irgendeinem Ding, das der Priap wortlos genießt. Der Hunger der Sinne geht bei ihm über jeden Namen hinweg und kennt nur die Person, die Gestalt. Geht über jedes Detail hinweg und kennt nur die Verausgabung.

Denjenigen, der zur Treue neigt und sich auf den einen Menschen beschränkt, umgibt der Geruch des Geizes. Wer sich gar *rücksichtsvoll* verhält, wird tatsächlich niemals so heiß geliebt wie der stromernde Saat-Verschwender, der wohl von der Person, die an ihm hängt, als rücksichtslos, als Schwein, Betrüger und Verräter bezeichnet wird – aber an seinen sinnlichen Gütern möchte sie dennoch ihren Anteil haben!

Gilda!

Inzwischen war sie aus ihrem Versteck hervorgekrochen, einem Zwischenboden, einer erhöhten Nische, in der sie mit Ludwig ihre erste Nacht verbracht und sich anschließend eingenistet hatte. Von dort sprach sie ständig aus etwa zweieinhalb Meter Höhe zu ihm herab, bewegte sich nicht mehr von ihrer Bettstatt, die er fürs erste nicht mehr mit ihr teilen wollte. Er mußte ihr Essen und Trinken raufseilen, und sie reichte ihre Ausscheidungen in einer großen Schale wieder runter. Es war eigentlich eine Art Stauraum, in dem sie wochenlang vegetierte, umgeben von alten Koffern, Bücherkisten, Kleidersäcken. Gleich am Morgen danach hatte sie die Leiter hochgezogen, kurz nachdem er hinabgestiegen war und sie allein gelassen hatte. Sie hatte sie in die Längsseite der Nische geschoben und wollte nicht mehr hinunter. Die Berührte nannte sie sich. Und sie redete von oben immer dazwischen, wenn er mit seinen

Freunden bei Tisch saß. Sie nannte die Nacht auf dem Zwischenboden ihr *Erweckungserlebnis*. Seither habe sie den Weg in ihr *Marterparadies* beschritten.

Gilda trug das gefettete Haar straff gekämmt, am Hinterkopf verknotet. Ihr rundes Gesicht geriet in Bewegung, als ich sah, mit wem sie im Bett lag! Während der Umarmung drehte sie den Kopf zur Seite und blinzelte in mein Hypnoskop. Die Lippen wie in äußerstem Unwillen verzogen, als bisse sie in eine Zitrone, schnitt sie mir unter der Liebe eine Grimasse! Die Hände waren mit den Ballen gegen die Schultern des Mannes gesetzt, sie umfaßten ihn nicht, sie standen gerade mit geschlossenen Fingern ab, wie man sich gegen eine Wand stemmt ... Gewöhnlich hasse ich die Sekunden, wenn sich im Frühlicht das Traumgesindel drängelt vor meinem Hypnoskop, ein undisziplinierter Haufen, der neugierig um die Linse wimmelt, überdeutliche Gesichter, die zu essenden, sich kratzenden, in die Hose nässenden, völlig vom Menschsein abgelenkten Kreaturen gehören, Gesichter, die umgekehrt mich zu sehen wünschen, den Schläfer, von der anderen Seite des Hypnoskops! Wie Eingeborene im Urwald, die in die Kamera des Ethnologen hineinwollen!
Es wird ja demnächst von Zwischengängern nur so wimmeln, sobald wir über die geeigneten technisch-divinatorischen Voraussetzungen verfügen und die Grenze zwischen Trance und Realität so durchlässig ist, daß wir uns nur noch jemanden vorzustellen brauchen, und schon tritt er uns »wie gerufen« in leibhaftiger Gestalt entgegen. Du kannst an niemanden mehr denken, ohne ihn sofort herunterzuladen ... Gewöhnlich also hasse ich diesen morgendlichen Aufwasch. Aber

diesmal glaubte ich, weshalb auch immer, Gilda in ihrer endgültigen Gestalt zu erblicken. Eine Frau ohne Geheimnis! In die ein Mann gar nicht eindringen kann, sondern durch die er sofort hindurchdringt, aber dabei blaßt sie ihn, kahlt ihn, leert ihn … Und ich sah: es war nicht Ludwig, mit dem sie lag, Ortwin war es, nicht der Bär, sondern der Aal! Er nahm jetzt ihre Hände von seinen Schultern und legte ihre Arme überkreuz auf die Brüste, hielt ihre Handgelenke fest und pumpte mit seinem ganzen Körper, pumpte und pumpte, als wäre die Liebe ein Wiederbelebungsversuch.

Als ich ihr kurz darauf – tatsächlich zum ersten Mal! – die Hand gab, war ihr Kopf bis auf einen dunklen Schimmer kahl rasiert, ihr rundes festes Fleisch fiel mir auf, doch schien sie mir auf einmal unförmig in dem Sinn, daß sie dies Fleisch nicht zu tragen verstand.
Ihr kurzärmliges ultramarinblaues Kleid war mit einem Lilienmuster geschmückt. Die Augen waren glupschig, das Gesicht sehr rund und aufgeschwemmt. Die Arme speckrund mit Einschnitt an den Gelenken wie bei einem wohlgenährten Baby. Das Doppelkinn war eine eigene schöne Backe. Unverzichtbar war ihr ein einfacher Eßlöffel, den sie zwischen den Fingern wippte, hin und her fächerte und dabei mit der Zungenspitze die Oberlippe bestrich, unterhalb der stark ausgeprägten Schnuddelrinne, ebenfalls hin und her, so daß sie den Eindruck erweckte, besonders auf der Hut zu sein oder gerade dabei, sich einen listigen Streich auszudenken, es jemandem heimzuzahlen oder jemanden sogleich auf frischer Tat zu erwischen.
Wenn man langsam und ruhig mit ihr sprach, unter-

brach sie das Löffelwedeln und steckte das Teil unter
ihren Gürtel.

Ich fragte sie – und fragte versehentlich in einem Ton,
den man an ein Kind wendet, das seine Lektion wiederholen soll: ›Gilda, worum ging's dir damals, als du mich
ein einziges Mal besuchtest? Ich kann es mir bis heute
nicht erklären.‹ Und Gilda stand vor dem falsch gewählten Ton meiner Anrede still, angehalten im Raum, und
antwortete im gleichen Ton wie angesprochen: ›Mir
ging's damals um etwas Neues. Neue Formen, Neue Er-
fahrungen, Neues Begreifen. Ich meine faßbar, wenn ich
sage: begreifen, greifbar, begreifst du? Faßbar. Da.‹

Und in diesem Augenblick, als sie den Finger gegen
meine Brust stieß, ergriff ich unwillkürlich ihr Handgelenk. Doch sie ging weiter, und ich merkte, daß mir ihr
Handgelenk geblieben war. Ich hielt Gildas Hand noch
fest, als sie schon längst am Küchentisch saß und sich
nicht mehr halten konnte vor Lachen, und ich versuchte
so zu tun, als wunderte mich gar nichts mehr, auch der
Handstumpf nicht, den ich immer noch festhielt, Tränen in den Augen, weil ich mein Entsetzen kaum beherrschen konnte. Niemand außer mir wußte zu diesem
Zeitpunkt, daß die mitleidlose Gilda längst nicht mehr
allein die Alliierte des Bären war, daß sie inzwischen mit
Ortwin etwas geheim hielt. Ihr blauer murmelnder Arm
bog sich schon um Ortwins runde Schulter.

Als ich ihr wenig später von unseren Sitzungen erzählte, witzige und schrullige Episoden, wie ich fand,
ein wenig ins Reden kam und ihr unter anderem die
peniblen Vorbereitungen schilderte, die Sie, *mein* Maler,
für Ihre Arbeit zu bewältigen hatten, da lächelte sie
zwar gleichmäßig zu meinen Worten, schien aber von

keinem wirklich angesprochen. Sie beschränkte sich darauf, meine Art des Redens zu studieren, zeigte mir an, wie sehr es ihr gefiel, mir zuzuhören und dabei mit dem Rücken am Türrahmen zu lehnen, ohne sich im geringsten für meine Erzählung interessieren zu müssen. Als ich beim Aufundabschreiten in ihre Nähe kam, hielt sie mich plötzlich fest und küßte mich schnell. Auch ich küßte, drängte aber nicht, löste mich wieder, ging weiter, ein Kuß, dachte ich, nur so, einfach aus guter Laune. Aber, siehe da, meine Erzählung wurde daraufhin merklich leichter und heiterer und ihr Zuhören strahlte jetzt von Überhören. Als ich mich wieder näherte, vor sie zu stehen kam und von Ihrem ersten Nervenzusammenbruch erzählte, Meister ... von Ihrem Kollaps hinter der Staffelei, da strich sie mir leicht mit der Hand durch die Haare, und dann, eh ich mich's versah, klemmte sie mir ihren Arm um den Nacken und versuchte mich runter an ihre Hüfte zu ziehen, kaum daß ich mich, fast gewaltsam, entwinden konnte, um meine Erzählung fortzusetzen, aber da waren wir auch schon zwei raufende Kinder, die ausprobieren, wer wen in den Schwitzkasten nimmt ...

Trotz der tieferen Einblicke, die ich meinem hochauflösenden Hypnoskop verdankte, und bei aller Sorgfalt, mit der ich die unscheinbaren Dinge beachtete, die Winke vom Rand, war es mir offengestanden unverständlich, weshalb Gilda mich plötzlich geküßt hatte. Etwa nur um meine Erzählung vom Zu-Tode-Gemalt-Werden zu unterbrechen? Oder gar um selbst mit dem Leben zu spielen? ... Ich hatte ja gerade erst – und wahrscheinlich als erster und einziger – mitbekommen, daß sie sich heimlich von Ludwig dem Bären gelöst hatte, und er, der Mächtigste unter den fünfen, der Schweiger und Atmosphäriker der Gruppe, war gewiß nicht jemand, mit dem man frivole Späße trieb. Den schwerfälligen Mann mit den breiten Beinen, der sie fast immer auf dem Stuhl genommen, vom Stuhl aus bevormundet und kommandiert hatte, mochte man sich nicht in Verzweiflung und Vergeltungswut vorstellen. Aber sie war nun zu Ortwin übergelaufen, dem Aal, und alles sah danach aus, als sei sie *endlich* nach einer langen Zeit heimlicher Begier, bei ihm angekommen, als habe sich ihre Sehnsucht erfüllt und sie mit Leib und Seele wieder zu *strömen* begonnen. Ludwig der Bär hatte vorerst die Beine geschlossen und war von seinem Stuhl aufgestanden; ratlos, tappsig, gequält von Verdacht war er ans Fenster getreten und war dumpf am Fenster stehen geblieben, der massige Schweiger.

Er machte sich die umständlichsten Vorstellungen von der Untreue Gildas, er lebte buchstäblich von diesen Vorstellungen. Aber er suchte nach keinem Beweis, er wollte unwissend, unschlüssig in dieser Sache bleiben, lieber ein Idiot als ein Bescheidwisser. Er hegte und wiegte diesen *nicht festgestellten* Treuebruch. Kein Schlaf, kein Buch, kein Meditieren, nichts konnte ihn von seiner Ungewißheit ablenken. Und alles auf der Welt führte zurück in den Verdacht.

Aber Ortwin, der immerhin eine Familie auf dem Festland zurückgelassen hatte, als er mit seine Freunden Käthe und Stefan nach Zehl aufbrach, um schließlich mehr als die anderen im Gefünft aufzugehen, beinahe zu verschwinden, was war mit ihm? Hatten Gilda und er nicht gerade erst begonnen? In seiner unmittelbaren Nähe, beinahe unter seinen Augen hatte sie mich geküßt, so daß es den Anschein bekam, als hätte sie sich meiner nur bedient, um den kühlen Aal ein wenig in Eifersucht und Unruhe zu versetzen.

Aber verhielt es sich so? Nein, sie hatte etwas besiegelt mit mir, es war nicht nebenbei geschehen. Je länger ich unserem Kuß nachhing, um so weniger mochte ich zweifeln, daß ich plötzlich und völlig unverhofft der Erwählte war.

Bei allem, was Gilda mir seit ihrem einzigen Besuch und über die ganze Dauer meiner Josephsehe bedeutete, war es wohl wenig verwunderlich, daß ich nach ihrer zweiten überraschenden und unverhofften Handlung zunächst den Kopf verlor. Sofort war ich bereit, wider alle Wahrscheinlichkeit ihre erneute Zuwendung als die Einlösung ihres auf Knien mir eingehauchten Versprechens zu begreifen. Denn hatten wir uns seitdem nicht wie in einem langen Schlafwandel unfehlbar aufeinander zu bewegt?

Unter den geschilderten Umständen war ich andererseits auf Gut Zehl die unwahrscheinlichste Wahl, die Gilda treffen konnte. Sie war zu diesem Zeitpunkt bereits die erfüllteste Person, war eben in die Arme des Mannes gesunken, dem sie sich vorsichtig und absichtsvoll seit langem genähert hatte. Und das unverschämte Glück, das sie verströmte, jedenfalls solange der Schweiger sich nicht in der Nähe befand, ließ mich jedesmal verlegen beiseite blicken. Vielleicht hatte ich sie mir deshalb nicht genau genug angesehen. Dann wäre mir vielleicht aufgefallen, daß ganz so herrlich ihre Unbefangenheit nicht war, wie sie auf den ersten Blick schien. Festgehalten im innersten Konflikt zwischen Bär und

Aal bog sie sich nach allen Seiten und suchte nach einem Ausweg ... Und wie sollte ich meine Rolle anders verstehen, als bloß der erlösende Dritte, der vorübergehende Entlastungsgeliebte für sie zu sein?

Nein, zum Teufel, das war nicht die Botschaft, die sich mir im Kuß übertragen hatte! Kein Argwohn konnte etwas daran ändern: Ich war der aus unerforschlichem Überschwang Neu-Erwählte. Unversehens war ich vor den langersehnten Ortwin gerückt, in mir hatte sie ihn überwunden. Oder sollte man sagen: die große Kraft, die sie für den Abschied von Ludwig aufbringen mußte, der gesamte Schwung der Lossagung hatte sie über das eigentliche Ziel, nämlich den Ortwin, hinausgetragen?

Nun, der Schweiger stand immer noch am Fenster, stand und sann, wie er Ortwin *versenken* könne, ausschalten, ohne dabei jener unerwünschten Gewißheit einen Schritt näher zu kommen. Nur um sich ein wenig Luft zu verschaffen, die atemberaubende Last der Vorstellungen zu mindern. Indiskretionen, welche Antonie, die Gutsherrin, mit der er sich ein, zwei Mal betrunken hatte, fein ausstreute, hatten ihm ein wenig von der bitteren Wahrheit verabreicht, aber bereits in tröstlicher Dosis. Er erfuhr, daß sein Rivale, sein Nachfolger, wie Antonie ihn mit glatter Zunge nannte, daß Ortwin also wider alle Erwartung und wider alle Wahrscheinlichkeit in der Geschichte erotischer Wechselfälle bereits der Überwundene sei, daß er binnen kürzester Frist zum Leidensgleichen mit ihm, Ludwig dem Bären, gemacht, vom Entzücken in die schwärzeste Enttäuschung gestürzt worden sei. So hörte er in einem Ton, der ihm wohltat, Antonie von der Verfassung des Ortwin reden. Daß es aber zu einem Dritten, zu diesem sonderbaren Hilfreichen überhaupt kommen konnte, erschien Ludwig als der sicherste Beweis für ihren episodischen Abschied, und er sah Gilda bereits auf dem Rückweg zu sich und seinem Stuhl. Ja, der Dritte, für sich ein Nichts, war ihm willkommen als der Vernichter und Tilger des Einzigen, der Ortwin kurzfristig für sie gewesen sein mochte. Und als er den schnellen Umsprung der Verhältnisse genauer betrachtete, neigte er schließlich zu der Ansicht, daß er selbst, seine Energie, die Potenz seines Schweigens, die geheime Ursache, das Epizentrum für die flache Erschütterung gewesen sein mußte, die den Fünfer-Kreis (aber waren wir nicht längst zu sechst?) vorübergehend durcheinander gebracht hatte. Der massige Mann setzte sich auf seinen Stuhl zurück und öffnete wieder seine Beine. Er hatte sich alles ordentlich zurechtgelegt und wartete ab. Zu unser aller Überraschung war Ortwin über Nacht von der Insel Zehl geflohen. Auch Gilda und ich beschlossen, demnächst den Gutshof zu verlassen und uns im Nachbardorf in eine umgebaute alte Schmiede zurückzuziehen. Nun, wir sind dort niemals angekommen.

Weshalb ich mit den Händen schon tief im Quell, im Anbruch des Wassers plötzlich Unlust empfand? Weshalb ich im letzten Moment, beinahe schon im Überfluß der Freude, mich zurückhielt? Ich weiß es nicht. Mir fehlte es offenbar an der nötigen Habgier, an der Unbefangenheit, um dem leibhaftigen Leib dieser Frau zu begegnen. Ich schrak erst im letzten Moment, gleichsam vor den Schneckensäumen ihrer Vagina schrak ich zurück. Anbruch? Überfluß? Ich weiß nicht. Für mich gibt es offenbar doch ein anderes, höheres Verlangen, eines, das Ihnen, Meister, nicht fremd sein dürfte, denn es geht dahin, dasselbe, immer wieder dasselbe, vordem schlecht gesehen, jeweils um einen Grad besser, tiefer, atemloser zu sehen. Doch zu sehen, nur und ausschließlich zu sehen ...

Nachdem wir uns ein wenig miteinander beschäftigt hatten, beunruhigte mich auf einmal die bizarre Fehleinschätzung meiner Person, zu der sie sich in immer neuen Aufschwüngen verstieg. Sie hielt mich für gutmütig, leicht vergeßlich, von mittlerem sozialem Rang, und wenn sie meinen Beruf hätte erraten sollen, so hätte sie zweifellos auf Biologielehrer getippt. Sie war durch keine meiner Lebensäußerungen davon abzubringen, daß sie einem kerngesunden (ihr im übrigen willkommenen) Durchschnittsmenschen begegnet sei. Einem, der wenigstens nicht so furchtbar schwierig und anstrengend sei! Im Grunde beschrieb sie an mir nur Charakterzüge, die denen genau entgegengesetzt waren, die ich tatsächlich besaß. Vielleicht war ihr vorgeprägtes Suchschema nach einem ihr sympathischen oder lieben Menschen so wirksam und stark, daß meine bescheidene Präsenz, meine offenkundigste Eigenschaft sich dagegen nicht durchsetzen konnten. Aber wie gesagt, die Irrtümer beachteten peinlich genau die Symmetrie des geraden Gegenteils. Eine Eigenschaft, zu der ich in keinerlei Beziehung stand, etwa die, ein Aufschneider zu sein, maß sie mir auch nicht im Gegenteil zu. Ich war in ihren Augen weder ein Aufschneider noch ein Untertreiber. Dagegen hielt sie mich hartnäckig für einen ausgiebigen Schläfer, Langschläfer-Typ, obwohl ich seit über dreißig Jahren ein leidenschaftlicher Frühaufsteher bin und inzwischen zumindest periodisch unter Schlaflosigkeit leide. Sie hielt mich für dürftig bemittelt und für schlecht angezogen. Dabei kleidete ich mich nur ein wenig eigenwillig mit ausgefallenen Stoffen, die sie aber in ihrer Geschmacksarmut nicht zu bewerten verstand. Sie befand sich im Irrtum, nahezu in allem, was sie an mir feststellte. Ich hätte ihr zur Hochzeit eine Fünf-Zimmer-Eigentumswohnung im besten Stadtviertel schenken können. Und zu jedem Hochzeitstag eine weitere dazu. Ohne daß sich an meiner Vermögenslage im wesentlichen etwas verschlechtert hätte.

Sie korrigierte meine Sprache. Sie fand häufig, daß ich mich fehlerhaft ausdrückte, etwa wenn ich mir erlaubt hatte, ein wenig übers nächstliegende Wort hinaus zu formulieren oder eine unübliche Redewendung zu benutzen. Ich weiß noch, irgendwann unterlief mir die Floskel: *worauf ich mich angelegentlich nach ihr erkundigte* ... ›Sagt man das? Ich glaube, es muß heißen: ich erkundigte mich in dieser Angelegenheit nach ihr. Das meinst du doch.‹

Ich hatte also beim Reden darauf zu achten, daß alles auch in ihre Spracherfahrung paßte, sie es nicht erst in ihr Verständnis übersetzen mußte, was zwangsläufig zu Mißverständnissen führte.

Früh verbraucht, zu viele Frauen, zu viel Koks, zu viele Reisen, Bewußtseinserweiterung/Bewußtseinserschlaffung, Männer meiner Generation, die nicht mehr viel zu sagen haben, aber überall noch mitmischen möchten ... wenn ich mich dennoch zu ihnen bekannte, weil ich denn auch als Anwalt bis zuletzt mit ihnen zu tun hatte, zuerst habe ich ihre Mietstreitigkeiten geregelt, später ihre Scheidungen, und schließlich ihre Testamente beurkundet ... dann bedauerte sie mich und nannte mich einen Vergangenheitsapostel. Aber ich bin besessen von Zukunft wie Paulus!

Sie hielt mich für lüstern und zügellos, von faunischer Sinnlichkeit geplagt. Aber ich besitze längst nicht genug Feuer noch Gier, um über alles Störende hinweg zu sehen bei ihr und sie zu nehmen, wie sie einst war – wahrscheinlich auch immer noch sein würde, wenn es ihr nur gelänge, mich ein erlösendes *drittes* Mal mit einer unverhofften Handlung zu überraschen. Ich besitze Heiterkeit und Vorsicht. Neugierde und höfliches Mißtrauen. Nein, es war mir unmöglich, ihr näherzukommen! Sie können nicht als ein vollkommen Verkannter in eine Frau eindringen!

Ich hatte allerdings bis dahin keinerlei Anzeichen für die erbärmliche Feigheit entdeckt, zu der sie imstande war. Als wir nun in allem übereingekommen und endlich dabei waren, uns über den Hofplatz davonzustehlen, trat uns Ludwig der Bär aus dem alten Kornspeicher entgegen. Obschon angetrunken, war er sofort in der Lage, die Situation richtig einzuschätzen. Der aschblonde stämmige Mann stellte sich uns in den Weg, und nachdem er mich mit Worten der äußersten Geringschätzung angesprochen hatte, gab er mir mit beiden ausgestreckten Armen einen heftigen Stoß gegen die Schultern, als wollte er mich für immer von der Bildfläche schubsen. Doch mochte er nur den rechten Abstand zwischen uns einrichten, um mir dann einen fetten Batzen Speichel ins Gesicht zu spucken. Nun, ich sammelte und spuckte zurück, wenn auch mit geringerer Masse. Dann kehrten wir uns den Rücken und suchten wieder den richtigen Abstand voneinander. Um dann noch einmal aufeinander zuzugehen, fast bis wir zusammenstießen, wenige Zentimeter von Nase zu Nase, und so spuckten wir wieder aus. Eigentlich hätten wir uns jetzt prügeln müssen, aber wir kamen nicht über das Spucken hinweg. Kehrten uns wieder ab und gingen jeder an seinen Ausgangspunkt zurück. Kauten neuen Speichel hervor, traten wieder zusammen und spuckten die Klumpen einer in des anderen Visage. Trugen's nicht weiter aus, kamen immer wieder zurück und nie über das Spucken hinweg.

Da schmiegte sich Gilda auf einmal jämmerlich an den Stärkeren und sagte: ›Töte mich!‹

Doch Ludwig wandte sich ab und erwiderte verächtlich: ›Töte dich selbst.‹

Dann kam sie zu mir und schrie, damit vor allem der sich entfernende Bär es hörte: ›Ich habe dich nur an mich herangelassen, damit du lernst, dich vor *ihm* zu fürchten.‹ Ich sah zum ersten Mal, daß ihr Hals bis zur Oberlippe übersät war mit kleinen Warzen, Muttermalen und Leberflecken. Sie bekam jetzt große flatternde Augen und setzte hinzu: ›Ich wollte nur sehen, wie *du ihm* nicht mehr in die Augen sehen kannst. Du sollst dich fürchten vor ihm, du Wurm!‹

Ich drehte mich um, und sie stieß mir mit beiden Fäusten in den Rücken. So verließ ich Gut Zehl, von vorn und hinten geschubst wie der Junge, der beim Fußball vom Platz verwiesen wird, über die Linie gestoßen, was er störrisch und bockig *mit sich geschehen läßt*, vorwärts stolpert von der Kraft der Stöße und Knuffe, um erst hinter der Linie, scheinbar leicht entsagend, die Hände in die Hosentaschen zu graben, die Haltung des interesselos Davonschlendernden anzunehmen.«

*

Es war dem Auftraggeber nicht mehr gelungen, einen weiteren Zusammenbruch des Künstlers hinter seiner Staffelei herbeizuführen. Er war nicht wieder aus dem Haus gerannt. Im Gegenteil, er blickte kaum noch von der Leinwand auf, er malte jetzt wie besessen. Schwerfällig erhob sich der Auftraggeber von seinem Sessel und schleppte sich hinter die Staffelei. Dort sah er dem malenden Hünen über den Arm und sah beinahe schon sein Porträt. Er trat zwei Schritte zurück, dann wieder näher heran. Großartig! dachte er. Vollendet!

Die Leinwand wurde beherrscht vom Scheitelhaar des Auftraggebers. Seine Stirn lag vornübergesunken auf der Schulter eines Knaben. Das weiße Gitter, über das der Maler lange nicht hinausgelangt war, gab nun den blassen Untergrund. Das Kind war nur mit seinem schmalen nackten Körper bis zum Halsansatz zu sehen. Es trug auf dem Schulterrand den nach vorne gesunkenen Männerkopf. Die Haare waren schmutziggrau und in wüster Vergrößerung gemalt. Jedes Haar in entsetzlicher Einzelheit. Der Scheitel bloßgelegt und weiß. Bis auf eine kleine blutige Ritze.

»Warum?« fragte der Auftraggeber ein wenig benommen, ohne daß es schlüssig war, ob sein Warum? dem Ganzen oder nur dem blutigen Detail oder dem ganzen Wahnsinn des Detailreichtums galt.

»Warum? Nun, ich dachte die ganze Zeit über an eine einfache Traube, die im südlichen Weinberg reif, aber nicht überfüllt am Rebstock hängt. Und *eine* Beere, ohne daß ihr etwas wie Frost oder Fäulnis geschadet hätte, platzt plötzlich im lauen Wind. Wenn das Wetter ganz lau, ganz mild, ganz betörend ist, platzt eine einzige Beere aus unbegreiflichen Gründen, lediglich aus solchen Gründen, die stets bei beliebigen Mengen, unter Milliarden Beeren, Menschen, Sternen dazu führen, daß einem einzigen, aus Zufall oder lediglich statistischer Erwähltheit, etwas Unbegreifliches widerfährt. So als hätte der laue Wind die Beere mit einer Rasierklinge gestreift!«

Der Maler war offenbar zufriedener mit seinem Gleichnis als mit dem Gemälde selber. Er meinte, es sei noch sehr lückenhaft und längst nicht fertig. Der Auftraggeber dachte indessen: Also wird es noch eine Weile dauern, bis seine Sensenspitze jedes Haar vom anderen geteilt und unterschieden haben wird! Bis er mit meinem Scheitelanblick endgültig zufrieden ist.

Und er schlurfte zurück zu seinem Sessel. Dürftig bekleidet, breit hingelagert vor ihm, ließ er das Kinn wieder auf die Brust sinken und begann etwas Neues zu erzählen, um den Porträtmaler bei seiner Feinarbeit zu unterhalten.

Dem Gott der Nichtigkeiten

ICH BEOBACHTETE die Traurigkeit des Jungen, der neben mir im Bus saß. Wir fuhren überland von Gera nach Remagen. Er sah aus dem Fenster, und die Tränen rannen gleichmäßig aus offenen Augen. Oft blickte ich unter mich, damit er sich nicht belästigt fühlte, obgleich ich gerne an ihm vorbeigesehen und am Wechsel der Landschaften teilgenommen hätte. Später, kurz vor der Ankunft, verließ ich meinen Platz und begab mich zu den Eltern, um ihnen von meinen Eindrücken zu erzählen. Sie saßen ein paar Reihen hinter uns. Die Mutter beugte sich vor und folgte meinen Worten aufmerksam. Der Vater (auf dem Platz zum Gang), nahm die Brille ab und hörte ebenfalls stumm zu, als ich von der anhaltenden Traurigkeit seines kleinen Sohns berichtete, die ich während der gesamten Reise beobachtet hatte. Beide hörten zu, als wüßten sie wohl Bescheid und seien lediglich an dem Urteil und der Art der Beobachtungen interessiert, die ein Fremder ihnen mitteilte. Ja, sie wußten Bescheid, doch sie erklärten mir nichts! Ich mußte zunächst den Eindruck gewinnen, daß sie von mir zum ersten Mal etwas Genaueres über die Traurigkeit des Sohns erfuhren. Sie lauschten indes meinen Worten ohne jeden Kommentar und schienen sie im stillen mit allen möglichen Beobachtungen abzustimmen, die andere Fremde schon dem auffälligen Verhalten ihres Kindes gewidmet und ihnen mitgeteilt hatten. Sie sammelten, wie mir schien, die verschiedensten Facetten der

Wirkung, die der Junge auf andere hatte. So nahm ihr Zuhören für mich mehr und mehr den Charakter eines stillen, saugenden Aushorchens an. Zum Schluß, den ich lange hinauszögerte, indem ich mich immer unsicherer wiederholte und meine anfänglichen Beobachtungen bis zur Unkenntlichkeit variierte, zum Schluß, nachdem ich mich endlich in heillose Beobachtungswidersprüche verstrickt hatte, bedankten sich die Eltern höflich für meine *aufschlußreichen Mitteilungen*.

Beschämt kehrte ich zu meinem Platz im Bus zurück. Der Junge hob seinen Kopf, seine Wangen waren tränennaß, doch er lächelte schwach, als hätte ihn unterdessen irgend etwas zu trösten vermocht.

DIE JUNGE BRAUT, die sich bücken will, denn auf dem Boden liegt etwas Weißes, sehr Weißes, geschwisterlich weiß ... Doch ihr Liebster hält sie mit kräftigen Armen zurück: »Nimm's nicht! Laß es liegen!«

Er fürchtet, dies unwahrscheinlich Weiße, das ihr so heftig ins Auge sticht, möchte eine unerwünschte Wendung bringen und ihre Eintracht zermürben. Solche Vorsicht nimmt jetzt überhand bei ihm. »Es ist aber sicher was Gutes!« erwidert sein Mädchen. »So weiß wie eine Erlaubnis, ein amtlicher Schein ... eine Einladung für ein festliches Bankett.«

> »Du gehst auf ein Bankett, und ich sehe dich nicht wieder!«
>
> »Aber es ist so weiß – so schrecklich weiß!«

Nun zieht er sie gewaltsam vom Fleck, aufwärts steigen sie beide, drehen sich umarmt in die Höhe, bis die Umarmung reißt und die Lüfte sie verwirren.

Wenn nur dies oder jenes abbrennen würde, denkt sie auf dem Heimweg. Dort dieser Kiosk oder hier die kleine Bierstube. So hoch schlügen die Flammen, daß Menschen es von weitem sähen.

Es ist nur ein Fleck, den sie riecht, ein winziger Brandfleck in einem neuen Topflappen, und sie riecht ihn noch einmal kurz vor dem Einschlafen.

Ein halbes Jahr später ruft ihr Mann aus dem Hotel alle zwei Stunden zu Hause an. Erkundigt sich nach ihrer Sicherheit, seine Frau, allein im Haus. Alarmanlage und Rauchmelder wurden kürzlich auf den neuesten Stand gebracht, der Wachdienst fährt dreimal in der Nacht vorbei, die Kunst an den Wänden ist eigens hoch versichert. Und sie, allein, nackt. Zuerst im großen Kachelbad hat sie begonnen, alte Handtücher mit Benzin übergossen, abgeflammt.

Und ihr Liebster sagt: »Tauch einmal die Hand in ein klares Wasser. Betrachte die kostbaren Perlen, die von der Haut rinnen.«

Doch sie ekelt sich schon bei der Vorstellung, dergleichen zu tun. Sie, die nur bereit ist, im Kleid bernsteinfarbener Flamme, nur in Lohe gehüllt, dies Haus wieder zu verlassen, das Haus, das er in ihrem Auftrag vor kurzem erbaute.

Einmal, zur Zeit des Richtfestes, hatte sie sich bereits im Morgengrauen auf der Baustelle eingefunden. Sie vermutete sich allein, in aller Frühe, und hockte schnell an der Mauer ihres unfertigen Hauses nieder. Von der Straße betrat ein schmaler Mann, der schlaflose Architekt, den Rohbau, trat zu ihr, während sie nun an der unverputzten Mauer lehnte und unter ihr der feuchte Fleck der Besitznahme sich ausbreitete auf der Betondecke, sie leugnete ihn nicht. Der ängstliche Baumeister konnte ihn nicht übersehen, begegnete ihrem unbefangenen Lächeln und wollte fortan nicht wieder von ihrer Seite zu weichen. So kam es, daß ihre Geschichte die seltsamste Wendung nahm und der Architekt am Ende mit einzog in das fertige Haus.

»Im Rohbau hat sie schon Feuer gelegt!« schreit vor der Ruine der verzweifelte Mann. »Schon im Rohbau hat sie's einmal versucht!«

BERNARDETTE IM TAUBENGRAUEN KOSTÜM hebt das Clipp Board zur Stütze ihrer Unterlagen, Formulare und Fragebögen, und der alte Mann, zäh, ein wenig untersetzt, den sie beiseite nahm im Warteraum, ergibt sich geduldig ihren Fragen. Wie oft nutzen Sie die sanitären Einrichungen auf dem Flugplatz, wie oft das Shopping Center, wieviele Auslandsflüge im Jahr, wie viele davon beruflich, wie viele zu privaten Zwecken, wie sind Sie mit der Übersichtlichkeit der Schautafeln zufrieden (sehr – nicht so sehr – gar nicht). Linkshänderin, faßt sie den oberen Rand des Rahmens, der Schreibunterlage, mit der Rechten, drückt den unteren auf den Rock zwischen Oberschenkel und Beckenrand.

Zu ihrer Verabredung am nächsten Tag erscheint die junge Erkundigerin in einer schwarzen Röhrenhose, die bis zum Knöchel reicht, die Füße stecken nackt in halbhohen geflochtenen Schuhen. Die Hosentaschen sind hoch und fast waagrecht angesetzt, so daß die Hand nur zur Hälfte hineinpaßt und flach auf dem Unterleib liegt.

Sie geht neben dem Alten, der knorrige Arme bewegt und mit leicht verbogener Hüfte läuft, einer, der früher nichts ausließ, um für seine Ideale zu kämpfen, Mitglied der Befreiungsfront, Terrorist der ersten Stunde, er führt die Frau zu den geheimen Treffpunkten seiner Jugend, Nestern des Widerstands und der Konspiration. Uneins beider Schritt, der Kleingewachsene hebt sich über die Ballen hoch, um sein Humpeln zu verkleiden, sie indessen geht geschmeidig trotz der Absätze im nachgebenden Sand. Sie paßt ihren Schritt verhalten an und kann es doch nicht hindern, stets ein wenig weiter auszuschreiten als ihr Begleiter. Ihr Haar fällt von der Seite vor, sie hebt es aus dem Gesicht, wenn sie sich an den Alten wendet und ihre Fragen stellt. Jede Frage wird an ihn gerichtet mit ganzem Gesicht. Und so ist es des alten Mannes ganze Eroberung, den Unterschied zu kosten zwischen der Flughafenhostess, die ihre förmlichen Fragen bearbeitete, und der schönen Begleiterin am Tag darauf, die sich gewissenhaft erkundigt nach Ereignissen und Umständen, die sie selbst interessieren. Die Frage, die der Anblick zuträgt und unterstützt, tut ihm wohl, ist eine andere als die vom Vortag, auf die er sich nur eingelassen hatte, um endlich einmal wieder etwas gefragt zu werden.

»Das Ende des Terrors ist überall das gleiche: gutgekleidete Massenmörder am Verhandlungstisch. Terror und Greueltat im Untergrund sind das sicherste Mittel, um schnell in den Vordergrund zu treten und als rechtmäßiger Interessenvertreter zu Ansehen zu gelangen. Sie schlachten, sie schlachten Frauen, Kinder und Greise mit der Besessenheit von Gottestrunkenen, die dennoch nichts anderes wollen als die politische Macht. Und sie bekommen sie, irgendwann sind sie im Besitz der Macht und brauchen nicht mehr zu fürchten, daß sie eines Tages für ihre Verbrechen bestraft werden.«

Der Alte dachte unter seinen Worten: Wie wohltuend ist das Nebeneinander zwischen ihr und mir! Das Nebeneinander. Die einzige Nähe, in der die Spannung der Geschlechter zuweilen als gelöst empfunden wird. Die einzige Zuordnung von Mann und Frau, in der sie eine *gemeinsame Front* bilden und nicht nach irgendeiner *Stellung* schielen, in der sie sich vereinigen können. Wo sich die Schritte vereinen, kann *das im Schritt* beruhigt sein.

Die einzige Frage, die am Ende der Alte selber stellt, nachdem er ihr einige Höhlen und Winkel seiner politischen Sentimentalität, seiner rebellischen Jugend gezeigt hat, die einzige Frage, die er an sie richtet, scheu und doch ein wenig faunisch, beantwortet sie nach längerem Schweigen so:

»Offen gestanden, ich habe niemals darüber nachgedacht. Ich befürchte aber, ich selbst besaß niemals genügend Neugierde für den Körper eines anderen Menschen. Ich wollte den, der mich entdeckt, selber nie entdecken. Eigentlich erwartete ich immer den Augenblick, da meine Nacktheit ihn ernüchtern würde. Ich hielt den harten Blick der Begegnung aufrecht. Sobald es wirklich eine Begegnung ist, wird ja in diesem Blick auch immer das Gegnerische stark bleiben. Das Aug in Aug ist die unveränderliche Blöße und das Licht der Unerreichbarkeit zwischen zwei Menschen.«

Da erwiderte der Alte Mann: »Ich wußte, daß ich mir Ihre Verachtung zuziehen würde, als ich Sie bat, mir diese einzige Frage zu beantworten. Mir scheint, Ihre Prinzipientreue in den sinnlichen Dingen übertrifft bei weitem die eines Freiheitshelden, der sich und Unschuldige für die angeblich gerechte Sache opfert. Wie wenig lohnt es sich, an die Strenge zu erinnern, an den blutigen Rigorismus, dem wir in unserer Jugend huldigten! Wie wenig interessant war es damals, wen man liebte oder wie man mit der einen oder der anderen auskam! Die Unnennbare (die Liebe zur Freiheit!) machte sie alle namenlos. Und manchmal erstaunte man über den albernen Familiennamen, den ein Engel, wie zum Spaß, trug. Wie schön sie waren! Aber wie tief unter dem Rätsel dieser Wesen verliefen die banalen Handlungen, die sich zwischen Männern und Frauen abspielten! Wäre es nicht besser, alle Menschen teilten sich in e i n e Seele? Dann ginge wohl jedem die seine über. Mit den Jahren bin ich nur noch den Unberührbaren begegnet. Unberührbar nicht ihrer Keuschheit oder Kälte, sondern ihrer hermetischen Alltäglichkeit wegen. Der Schmerz im Alter ist nicht, daß man keine Liebe mehr findet, sondern daß man nur noch der Güte begegnet. Der Liebe ohne Egoismus, der Liebe ohne brennende Selbstsucht! Was übrigbleibt, ist kaum mehr als ein schlaffer humaner B e g r i f f. Stille Kost. Und kurz darauf, nun: kostbare Stille.«

»Das Verweilen voreinander«, fuhr Bernardette nach kurzem Schweigen fort, »das Verweilen bleibt dunkel und ziellos. Manchmal ist es nach Jahren so, als sei alles fast wortlos geschehen, als habe jeder die ganze Zeit über auf das erste Wort des anderen gewartet. Man hat sich geliebt, man hat sich gesehen, und irgendwann steht man auf und dreht sich um, wenn die Weile abgelaufen ist, doch sie hatte kein Ziel.«

»Er hätte damals alles mit mir machen können. Ich liebte ihn einfach. Ich war verrückt nach ihm. Kaum zu glauben. Ich war ihm restlos verfallen. Er hatte dieses ansteckende Lachen ... Wissen Sie, was aus seinem großen ansteckenden Gelächter geworden ist? Unsere besten Jahre hat es erschüttert. Heute sind wir lauter kleine hektische Alleinlacher. Solche, die keine Miene verziehen, wenn du mal was zum Lachen für alle sagst. Die nur über den eigenen Schund, den sie zum besten geben, ihre meckernden, völlig abgehobenen, einsamen Lachgarben schütten. Dadurch wird's auch nicht interessanter. Kein Lachen streut noch den kitzligen Bazillus aus, es hat überhaupt nichts Ansteckendes mehr. Völlig an anderen vorbei und idiotengleich in sich hinein wird jetzt gelacht ... Und wie gewaltig haben wir alle miteinander gelacht! Wir haben uns geschüttelt und gebogen vor Lachen, am Boden gewälzt, buchstäblich halbtot gelacht, damals. Vielleicht könnte man heute wegen erhöhten Blutdrucks ein solch gewaltiges Gelächter gar nicht mehr verkraften ... Das letzte Mal, als mich der Hauptlacher anrief, das war, als man ihn irgendwo nachts nicht in ein Hotel reinließ mit seinem Hund. Früher hätte er sich mit dem Portier geprügelt. Heute dreht er leise ab, setzt sich ins Bistro, trinkt drei Gläser Rotwein und ist so verhangen, daß er dem treuen Hund nicht mehr fest ins Auge blicken kann. Er verträgt nicht mehr viel. Der Alkohol, der ihn früher schnell ausfallend machte, läßt ihn heute genauso schnell zaghaft werden. Er ist eben doch ein schwacher Mann geworden von seinem vielen Wein. Die ihm früher im Weg standen, die schlug er nieder. Heute macht er sich gleich aus dem Staub und schleicht selber davon wie ein geprügelter Hund. Einen Bogen mache ich lieber um ihn! Er hat offenbar nicht mehr die Kraft, so einem Livrierten die lächerliche Rezeptionsschnauze einzuschlagen, wie es sich doch gehörte, wofür er berühmt war! Offenbar nicht mehr die Kraft, so einer schwulen Torsion, Rückgrat eines Handtuchs, die Ununterscheidbarkeit von Leid und Beleidigtsein aus der Visage zu klopfen, die flatternden Augendeckel, die von schwächlicher Überheblichkeit vibrieren, blau zu färben! Worüber will dieser Fingerhut voll Mut, diese Flaumfeder von Selbstvertrauen sich letztlich erheben? Aber nein. Er wird rausgeschickt. Er läßt sich rausschmeißen. Und er nickt dazu, demütig-höhnisch. Was soll ich mit ihm anfangen? Früher hätte das niemand mit ihm gewagt. Ich träume nicht einmal mehr davon, es noch einmal mit ihm zu versuchen. Schon der erste Schlag auf die Schnauze muß eine solche Wucht haben! Sonst kommt nichts weiter dabei heraus. Er hätte nicht einmal mehr den Zorn für die Wucht, geschweige denn die Kraft im Arm. Mit dem Schwächerwerden nickt man eben immer häufiger und denkt sich raus aus der Affäre. Man kennt das alles zur Genüge, man hat schon jede Menge Schlüsse aus unzähligen Zwischenfällen gezogen. Früher, als er noch zuschlug, waren die Menschen trockener und düsterer. Mehr seinesgleichen. Heute sind sie samt und sonders ihm Wesensfremde. Munter und glitschig. Wer was werden will, dreht auf und begibt sich auf die Überholspur. Wer's hinter sich hat, wer auf dem Randstreifen hängt, sieht das natürlich alles etwas genervter. Ich habe offengestanden jetzt manchmal die Nase gestrichen voll von der ersten Person Singular. Mehr ist nicht drin. Lassen wir's sein Bewenden haben mit ihr. Tatsächlich, nach genau drei vollen Pokalgläsern ging der Vorhang runter über seiner Weltanschauung. Über seinem Namen. Über jeglichem Stolz und Selbstbewußtsein. Es blieb nur noch ein Glühwürmchen Unzufriedenheit mit seinem Hund. Unzufriedenheit, das schwache Licht, das ihn schließlich mit dem Hund zu mir führte ... So geht jeder von uns mit seinem Hund in der Runde und verläßt die Arena nicht. Über den Rand der Galerie beugen sich allerhand »gute Bekannte«. Manch einer gibt einen ermunternden Zuruf, die meisten aber brüten düster und machen lange Gesichter. Die sehen uns doch gar nicht! Die gucken nicht mal hin! Für die ist unsere Vorstellung längst abgelaufen. Die greifen sich an den Kopf und fragen sich: Wie kann es bloß sein, daß es mal anders war?«

UNVERMIETETES ZIMMER. Im leeren Raum am Fenster mit der Lamellenjalousie steht Franz K. und liest in einem großen Unterhaltungsmagazin. Er liest, wie ein italienischer Jude am Betreten eines Volksbads gehindert wurde. Wie einem portugiesischen Juden von einer Taxen-Kutsche über die Zehen gefahren wurde. Wie einem deutschen Juden die Lehrerlaubnis an der Universität entzogen wurde. Jedesmal, wenn er in diesem Unterhaltungsmagazin von der Demütigung eines Juden liest, ist er so betrübt, daß er um eine Elle kleiner und etliche Pfunde leichter wird, bis er schließlich auf Däumlingsgröße und Strohhalmgewicht geschwunden ist und nicht weiter im Unterhaltungsmagazin von den immer greulicher werdenden Mißhandlungen der Juden lesen kann.
Es gelingt ihm, sich auf die Fensterbank zu schwingen

und zwischen den Lamellen der Jalousie hindurchzuklettern mit keinem anderen Ziel vor Augen, als sich aus dem unvermieteten Zimmer, das sich im dreiundzwanzigsten Stockwerk eines Hochhauses befindet, in die Tiefe zu stürzen. Doch ist er vor Gram und Entsetzen so geschwächt, daß es ihm unmöglich wird, das dichtschließende, sicherheitsverriegelte Fenster zu öffnen. Da er wegen seiner senfkornkleinen Augen aber keine Buchstaben mehr lesen kann, ist es ihm auch nicht möglich, *im Zuge der Geschichte* bis auf Staubfasergröße hinunterzuschwinden und sich schließlich durch eine Ritze ins Freie zu schleichen. So bleibt er ein klägliches Zwischending, eine halbe Kleinigkeit, eingeklemmt zwischen Fensterrahmen und Fensterfüllung. Etwas, das sich weder vor noch zurück bewegen kann. Dabei wird die Sehnsucht, sich in die Tiefe zu stürzen, immer unbezwinglicher und immer unerfüllbarer. Er war ja der einzige Bewerber für dieses unvermietete Zimmer gewesen, das im übrigen für unvermietbar angesehen werden mußte, da es schlecht geschnitten, schlecht gelegen war. Er war der einzige Bewerber und hatte sich beim Warten auf den Makler in dieses große Unterhaltungsmagazin vertieft, das vorher derselbe Makler nach einem (seinerseits) vergeblichen Warten auf einen Kunden liegengelassen hatte. Er selber kam nun als Bewerber für das unvermietete Zimmer nicht mehr in Frage, und ein nächster, der das Fenster endlich hätte aufreißen können, stand nicht in Aussicht.

DIE MÄNNER SASSEN in einem sehr kleinen Zimmer am Tisch, nur eine Durchreiche hielt die Verbindung zur Außenwelt. Jede Stunde wurden mit Oliven gefüllte Schalen gereicht. Die Männer am Tisch starrten ergriffen auf eine ihnen bis dahin unbekannte *Bibelstelle*, die einer ostsyrischen Legende zufolge nur alle 37 Jahre einmal und nur für einen einzigen Tag in der Heiligen Schrift *auftauchte*. Ein Kind erklärt dort dem Apostel Paulus: »Heute noch bin ich die Zeit, morgen bin ich sie nicht mehr.«

Die Männer hielten die Sprache an sich für eine rein innersprachliche Angelegenheit ohne delphische Spalten und Risse, aus denen betörender Rauch stieg. Dennoch waren sie betört, zu Tränen gerührt vom Sinn, der aus einer unwahrscheinlichen Öffnung, einer geplatzten Stelle der Sichselbstmeinenden entwich.

Unsere Sprache ist Gottes Störgeräusch! sagten sie. Jedes Wort, das wir sprechen, stört unsere eitle Zufriedenheit, stört das Arrangement, das wir unablässig bereit sind, mit dem schmucken Nichts zu treffen. Und es war, als hätte eine sehr sehr leise Stimme auf einmal diese zungenschnelle Welt gebremst.

IM TRAUM DIE VERTRÄUMTEN, Gassenszene mit Gebeugten, Kinder in der Stupor-Pause. So wie man gelähmt verharrt und innehält nur, wenn jemand eine unverwindbare Beleidigung ausspricht. Ella lehnt von allen abgewandt an der Hauswand, die Ellbogenspitze an die Mauer gedrückt, den Mund in die Handschale gepreßt. Ruth steht wie angewurzelt mitten auf der Stillen Straße, das Kinn zur Brust gesenkt, die Arme steif am

Körper ausgestreckt, die Finger zupfen am Schürzensaum. Tobias sitzt auf einer Bank vorgebeugt, die abgewinkelten Hände flach unter die Kniekehle geschoben. Fabian in Shorts auf einem umgekehrten Eimer, Bettina vor ihm auf den Knien, den Kopf seitlich auf ihre verschränkten Arme gelegt, und die Arme liegen auf Fabians Schenkel. Sie, die Verträumteste von allen, muß es gewesen sein, die die teuflische Beleidigung aussprach, denn von teuflischer Genugtuung steht ihr ein schmales Lächeln auf den Lippen.

Marion, Tochter der Kiosk-Frau, die frühmorgens ihre kranke Mutter vertritt, hat den Kopf auf einen Zeitungsstapel gelegt, und müd hängt ihr Blick am Zahlteller, der flachen Plastikschale mit der abgewetzten Marlbororeklame, in die die dünnen Münzen klacken. Unter ihrem gelösten Haar ziehen die eiligen Käufer die Zeitung weg.

Über der Straße im ersten Stock öffnen zwei Mädchen am Morgen die Fenster. Sie räumen lautlos Wohnzimmer und Küche auf. Die Gäste, vom Schlaf übermannt, liegen noch am Boden, auf der Couch und in Sesseln, sogar mit dem Kopf vornüber auf dem Tisch. Die beiden Mädchen tragen Gläser, Flaschen und Teller hinaus. Sie benehmen sich mit jedem Schritt und jeder Gebärde wie Erwachsene: stemmen die Arme in den Rücken, die Hände über den Nieren, haben den nervösen Tic, bei Unschlüssigkeit sich kurz unter der Nase zu reiben, ziehen skeptisch die Augenbrauen empor etc. Während die Erwachsenen schlafen, übernehmen die Kinder ihre verlebten Gesichter, ihre traurigen Unarten und abgegriffenen Manieren. Sobald aber die Verlebten erwachen, die Nacht vorüber ist, spielen die Kinder Kind.

Dann liegen sie unter ihren bunten Plumeaus, sie lut-
schen am Daumen und hören der Märchenkassette zu.
Doch die Erwachsenen – einmal erwachen sie nicht. Sie
bleiben, wie sie sind, vornüber gebeugt, ausgestreckt
und angelehnt. Sie rühren sich nicht von der Stelle. Und
wo jemand noch versucht hatte, seinem Nachbarn etwas
ins Ohr zu flüstern, war seine Hand nicht mehr von des
anderen Schulter zu lösen. So finden denn auch die Kinder nie wieder aus ihrer Erwachsenheit heraus.

Das Kind zu früh unterwegs, zu früh auf dem Schulweg,
kommt mit dem Straßenkehrer ins Gespräch. Ob er
manchmal etwas Schönes oder Kostbares findet im
Rinnstein? Ob er Kinder hat, die auch Straßenkehrer
werden wollen? Wohin er in den Ferien reist. Ob er
manchmal keine Lust zum Kehren hat.
Und der Straßenkehrer sagt: Meine Arbeit hält mich
jung. Ich arbeite nicht im Büro. Das ist die Hauptsache.
Der Dreck ist bunt. Eine kleine Welt für sich.
Dennoch freue ich mich, wenn er weg ist. Ich blicke
gern zurück. Auf einen sauberen Weg. Auf den von mir
gesäuberten Weg. Ein Stück Ansehnlichkeit, welches
das Ansehen der ganzen Stadt hebt.

Ein Freund, der seine Wohnung renovierte, rief mich am
Abend an und bat mich, zu unserer Verabredung einen
Vorschlaghammer mitzubringen. Ich nahm den Hammer in die Hand und stieg in die S-Bahn. Ich mußte erleben, daß dieser oder jener Passant, dieser oder jener
Fahrgast, Frauen vor allem, ohne mich zuvor anzusprechen, kurzentschlossen in meine Hand griffen und mir
den Hammer zu entwinden suchten. Ich hielt ihn ganz

arglos nach unten hängend in der Hand – und doch sah es für andere aus, als schritte ich zu einer Tat der Zerstörung. Etliche empfanden den Hammer in meiner Hand als unmittelbare Bedrohung. Oder sie witterten einen unheilvollen Akt und wollten ihm zuvorkommen, indem sie sich mit stummer Friedensgewalt des Werkzeugs, der Zertrümmerungswaffe, wie sie meinten, zu bemächtigen suchten. Ich wehrte sie aber einen nach dem anderen erfolgreich ab und sagte ebenfalls keinen Ton, erklärte niemandem, mit welch braver Absicht ich den Hammer bei mir trug.

Dabei fiel mir ein durchsichtig-schönes Mädchen auf, das sich angestrengt vor mir, dem Unruheherd, zu verbergen suchte. Unter dem Fransendach des blonden Haars blickte es apotropäisch unter sich. Auf keinen Fall, mit keinem offenen Blick die sie anstarrende Welt zu einem Übergriff provozieren! Seltsam war es, jemand, der so schön ist, von keinerlei Abenteuerlust bewegt zu sehen, sondern nur von der Angst, es könnte zu irgendwelchen *Übergriffen* kommen. Die schöne Hasenfüßin. Im Grunde nicht begabt, dies auserwählte Gesicht zu tragen. Ein feiner runder Kammerzofen-Busenausschnitt mit Kettchen und goldenem Sternzeichen. Der Widder. Das ebenmäßig längliche Gesicht, gerade Nase, aufgeworfene Lippe, grasgrüne Augen.

Mann und Pfütze auf dem Feldweg vor der Stadt: »Nun, gute Pfütze, ich komm zurück, ich kehre heim zu Frau und Tochter, die mich so schlecht behandelt haben. Sie kaufen, kaufen unbesonnen, als wenn es morgen verboten würde. Dies Sich-Mehren und Mehren von Ware, dieses gebieterische Anwachsen von Hab und

Gut! Besitz! Und nur, um mich aus meinem Haus zu drängen. Eben noch auf dem Hinweg in den Wald, da lag der Strick schon um den Hals, ich rannte schnell an dir vorbei, als du noch ein kleines Pfützlein warst. Dann kam der Regen, der Himmel schüttete Gallonen Wasser mir auf Haupt und Nacken, so daß ich Zweifel hegte, ob der Strick auch sicher für mich arbeitet. Nun spuck ich aus, das Bitterste spuck ich mir vom Herzen, dich trifft es jetzt, du hast dich so vermehrt, dich träg und schmachtend über meinen Weg verbreitet ... Ah, was ist das? Das Wasser hebt sich plötzlich! War das etwa der Tropfen, mein Speichelschaum, der das Faß zum Überlaufen bringt? Die Pfütze sprudelt, quillt und flutet! Mein Gott! Das Wasser steigt, der Schlamm steht auf!« (Eine junge Frau und ihre Tochter tauchen in durchnäßten Kleidern aus der Pfütze herauf. Der Mann flieht zurück in den Wald.)

AUF EINMAL WAR ER DER NEUGIERIGE geworden, der offenherzige Mann, der immerzu den Menschen hinterherläuft, diesen oder jenen unbedingt kennenlernen möchte. Den es drängt, jeden Abend eine Veranstaltung zu besuchen, sich zum Mittagessen mit Leuten zu verabreden. Leute! Wie ein Schatz aus lauter Goldstücken, in dem man mit beiden Armen wühlt. So oft es nur geht außer Haus sein! Jedoch unter keinen Umständen Gäste bei sich zu Hause empfangen. Rausgehen, immer hinaus, Fremde sehen, Bekannte machen, Neues hören, unbedingt einmal am Tag Erschrecken, Baßerstaunen, den Kopf schütteln, fragen und nochmals nachfragen. Und wenn jemand sagte: »Weißt du, ich bin ein so ande-

rer Mensch als dieser X!«, so dachte er bei sich: Ach?
Und ich bin so gar nicht anders als dieser oder jener. Es
gibt kaum jemanden, dem er nicht etwas Interessantes,
Eigenartiges abgewönne, irgendeine Nuance fasziniert
immer, und wenn es ein Gedanke ist, ein klarer Entschluß, den er faßt und der ihm nur in Gegenwart von
Leuten entstehen konnte.

Das Eigenartige, das er an beinahe jedem bemerkte,
wurde ihm immer bedeutungsvoller, es verdrängte Sympathie und Skepsis, und er ergab sich seinen Eindrücken
mit einer gewissen lüsternen Devotheit und einer geradezu botanisierenden Form des reinen und ranglosen
Unterscheidens. Noch das Genie hätte er zuletzt für etwas lediglich Spezielles gehalten und es nicht mehr über
eine x-beliebige andere Eigenart gestellt. Seit langem war
er von niemandem mehr bestürzt oder abgestoßen, weder überwältigt noch erschrocken, sondern immer nur:
frappiert. Er dachte: Man selbst hat wohl seine Eigenart
längst verloren, wenn man erst einmal gezwungen ist,
vom Erfassen der Eigenart anderer zu leben wie unter
Dolchstichen?

Die Unmenge ist der einzige Weltinhalt, die der Menschengeist zu fürchten hat. Da er sie nicht bei sich un-
terbringt oder nur dann begreift, wenn sie aus natür-
licher Abstammungsvielfalt hervorgeht. Aber die schiere
Unmenge, das Zerstreute und Zusammenhanglose, die
Unmenge isolierter Kleinigkeiten, die auf kein Ent-
faltungsgesetz, keinerlei Evolution zurückzuführen
ist, sondern dem Hinwurf und Durcheinanderschmiß
gleicht, die ein wütendes Kind seinem Spielzeug antut,
die wird ihm immer unheimlich sein.

Schnüffelten wir unablässig am Mutterboden der Kleinigkeiten, würde unser Geist ausschließlich ein kleinigkeitenwissender sein. So aber stehen wir aufgerichtet, zu entfernt vom Zerstreuten, um ihm anzugehören, doch nah genug, um es zu fürchten, das Chaos, den Schlinggrund der Unmenge. Wir hätten ein Gott der Nichtigkeiten sein können, wenn wir jemals unser Maß, wenn wir jemals den richtigen Abstand zu den Dingen gefunden hätten!

Um dem Alltag auf den Grund zu kommen, ging er Gehabe sammeln unter den Leuten wie andere Briefmarken, Bierdeckel, kalte Münzen oder Kenntnisse. Und wie Sammler eben sind, ließ er nur wenig als völlig wertlos beiseite. So ausgerichtet, empfing er verständlicherweise vom Drama nur die Aparts, von großer Handlung nur lose Gebärden, ohne Mensch und Story. Ihm zeigte sich das Leben als ein unübersichtliches Infusoriengewimmel von Episoden, close ups, unerträglichen Großaufnahmen, unerträglichen Details, einschneidenden, überaus bezeichnenden Nichtigkeiten. Nur ein Steinwurf weit von der Geburt beginnen die Episoden.

Und wieder saß er zu Tisch, ein Mann mit freundlichem wachem Gesicht, die dunklen Augen streichelten seine Begleiterin, die Jacke, über dem Kugelbauch zugeknöpft, verrutschte am Leib, die breiten Hosenträger lagen wie Fallschirmgurte an, er fraß. Er unterhielt sich geschmeidig, verfügte über die Manieren des gehobenen geistreichen Flirts, aber er fraß. Er bemerkte nicht mal die Rinne glänzenden Fetts, die ihm auf dem Kinn eintrocknete, er bemerkte sie nicht mal, obgleich ihm doch nicht das geringste entging, das sich zutrug zwischen ihm und ihr. Ihr Auge las nun den Esser. Indem dieser fraß und sich befleckte, kam etwas seine Worte, seine wache schöne Miene Karikierendes ins Spiel. Etwas, das man früher dem *Unbewußten* zugute hielt. Aber was geschähe denn nicht unbewußt, geschähe nicht wie in Trance in unserem alltäglichen Verhalten? Selbst die gescheite geschmeidige Rede, der anspruchsvolle Austausch sind vom Standpunkt einer tieferen Daseinsgewißheit, etwa der Gelassenheit, nur ein unbedacht Entschlüpftes, ein flatus voci, nicht mehr, hervorgebracht einzig und allein, um eine Stimmfühlung, wie sie unter Gänsen üblich, auch zwischen zwei Menschen herbeizuführen. Jawohl, es gibt eben zwischen Menschen zu jedem beliebigen Zeitpunkt noch immer mehr Betörendes als Zweckbestimmtes! Und wenn zweckbestimmt, dann meist zu einem anderen Zweck, als beiden in actu einsehbar oder gar verfolgbar sein kann. Also ist das *Unbewußte* kein tragfähiges Unterscheidungsmerkmal zwischen dem befleckten Kinn und dem charmanten Mund. Man muß nicht herausfinden, woher dieser *Widerspruch* rührt, wie die gegenteilige Wirkung von Fressen und Parlieren an ihrer Wurzel zu packen wäre … Man muß vielmehr dem einheitlichen Narrenkleid der persona, dem feirefizartigen *Gehabe* eines Menschen gerecht werden. Allem, was er vorgibt zu sein, unbedingten Glauben schenken, sich davon einnehmen lassen, ja sich dem ersten Anschein willenlos unterwerfen: darauf kommt es an. Diese rückhaltlose Bejahung aller Phänomene, die die Gegenwart des anderen uns zuspielt, ist die Voraussetzung dafür, daß er *unsere* gespaltene Ansicht von ihm aufhebt und *uns* von engstirnigem Dualismus befreit.

Da sie nun immer von *Schneider* sprach, Schneider, ihrem Zimmernachbarn, als wäre es der weltbekannte Schneider, mochte er diesen Menschen seinerseits nicht beim Namen nennen. Weder kannte er sie lange genug, um von ihr den Namen eines wildfremden Menschen vertrauensvoll zu übernehmen, noch war ihm dieser Schneider aus ihren Erzählungen besonders eigentümlich hervorgetreten, er wurde nur immerzu erwähnt, er wurde berufen, als hätte sie ständig die Floskel *wie mein Vater schon sagte* eingeschoben ...

Es ist eine üble Angewohnheit, den Namen eines Dritten derart einbeziehend zu verwenden, obgleich er zu dem, mit dem man sich gerade unterhält, in keinerlei Beziehung steht. Nur weil man selbst ein besonderes Verhältnis zu irgendeinem »Schneider« besitzt. Und ist es nicht die heimliche Offerte, in dies intime Verhältnis mit einzusteigen, selber »Schneider« zu sagen, von »Schneider« zu sprechen, schließlich ohne jede Hemmung und Anführungszeichen, obwohl man ihn gar nicht kennt, so als spräche man von einem schamanisch-gemeinschaftsstiftenden Schneider, von unserem Schneider eben? Also nahm er den Kerl und setzte ihn in Anführung und Anrede, so daß er ausschließlich von »diesem Herrn Schneider« sprach, womit er ganz allein und endgültig *ihr* Schneider blieb.

Ein Grund für seine geringe Ungeduld in allen Lebenslagen war die senkrecht aus dem Nichts herabgleitende, metallisch glänzende Leiter, die ihm bei Bedarf zur Verfügung stand und es ihm erlaubte, sich den albernsten Konflikten des Lebens, etwa wenn eine Freundin ihn mit dem Nachweis seiner Untreue in die Enge zu treiben suchte, durch schnellen Hinanstieg zu entziehen.

Sobald sich die Lage beruhigt hatte und das Leben parterre nach einiger Zeit wieder in gewöhnlichen Bahnen verlief, stieg er ebenso gelassen aus der Sphäre seiner vorübergehenden Aerifizierung wieder herab, und seine Wiederkehr jeweils zum rechten Augenblick bereitete allgemein große Freude.

Er war einmal in einer Bibliothek unter eine Schar Debattierender geraten, die in ein und dieselbe Sackgasse der Argumentation immer aufs neue hineinrannten, bis ein solches *descending*, und zwar das einer außergewöhnlich langbeinigen Unbekannten, sie aus ihrer Verwirrung erlöste. Sie war nicht ganz zu Boden gestiegen und ließ sich bereits aus halber Höhe vernehmen: »Sie, meine Herren, haben die Bücher nur benutzt, um darüber in ein grenzenloses Geschwafel zu verfallen. Jedes Buch ist aber ein Schweigegebot.« Sagte ihren Spruch und wandte sich geradewegs ihm zu, der brav und freundlich geschwiegen hatte.

Sie war es, die ihn wegen seines schonenden Umgangs mit Büchern liebgewann, und als wäre sie nichts Geringeres als deren Verkörperung selbst, die schönste und fragilste Allegorie der ganzen Bücherwelt, dankte sie ihm, indem sie ihm das Geheimnis der leichten Leitern erschloß und auch den Zugriff auf sie ermöglichte. Nun standen ihm allerorten diese segensreichen Sprossen zur Verfügung, an deren oberer letzter den Aufsteigenden die reine und harmlose Auflösung in Luft erwartete. Seine zeitweilige Aerifizierung. Diese Leitern klappten aus der totalen Finsternis wie aus dem zärtlichsten Licht den Bedrängten entgegen, ihnen ein Fluchtweg und anderen, Ersehnten und Gerufenen, ein Steg der Erscheinung.

Ich sagte, immerhin einmal sei ich an meinem Ferien-
ziel angekommen, dort, wohin man immer schon wollte
und unzählige Ferienreisen nie führten. Kaum angekommen aber, sah ich eine Glastür sich öffnen, und auf
die Terrasse hinaus trat der berühmte Schauspieler W.
am Arm seiner Frau. Immer noch ein verdammt rüstiger
Mann, dachte ich, vielleicht sogar Mannskerl. Ich trat
auf ihn zu und murmelte mit einer nicht ganz sicheren,
mir nicht zustehenden Ironie, die besser zu ihm gepaßt
hätte und die ich ihm gewissermaßen soufflierte: »Das
Schrecklichste, was einem in der Fremde passieren
kann: man trifft als ersten einen guten Bekannten.«
Zu meiner Blamage und Verwirrung erkannte der Berühmte mich aber nicht, sondern gab mir freundlich-
ungerührt, meine saloppen Worte überhörend, die
Hand wie irgendeinem unbekannten Verehrer, von denen ihm nicht wenige in den Weg traten. Dann sah er,
tief einatmend, in die weite Bucht hinaus, hielt Ausschau
in die Ferne – nur um der aufrechten Haltung willen.
Ich zögerte, genierte mich für die krasse Intonations-
verfehlung, von der ich vermutete, sie habe sein mir
unverständliches Verkennen meiner Person provoziert.
Jedoch, ohne sich freudig zu verwundern oder sich wenigstens zum Schein erfreut zu zeigen, beugte sich der
Berühmte aus dem Fernblick unmittelbar wieder zu
mir, zeigte mit einem geringen Kopfschütteln an, irgend
etwas habe in seinem Gedächtnis endlich geschaltet, und
gab mir mit einem stillen Dank abermals die Hand, korrigierte den ersten Händedruck, beide Hände umfaßten
die meine, ein Druck der Entschuldigung, ein Mente-
captus-Kopfschütteln, fast ein wenig zu devot, um nicht
mit der eitlen Untergebärde zu sagen: ihm, dem Alten
und sehr Berühmten, werde man es wohl nachsehen.

Doch das vertrauensvoll Pakthafte, das Innig-Stumme paßte erst recht nicht zu unserem Verhältnis, das ihm vollkommen ungegenwärtig blieb. Ich hatte jetzt ein heiteres Sichvordenkopfschlagen von ihm erwartet, um endlich Luft zwischen uns zu schaffen, aber diese zweite, die wahre Zuwendung war erst recht die falsche, der doppelte Händedruck erst recht ein völlig leerer, ein aus einem Versehen hinaus- und in eine Gedächtnislücke hineinführender Händedruck, den die unausgesprochenen Worte begleiteten: »Selbstverständlich sind Sie nicht der unbekannte Verehrer, ich bitte um Verzeihung, selbstverständlich sind Sie –« und so drückten seine Hände noch einmal fest zu, so herzlich fremd, daß kein Zweifel blieb, er wußte nicht, wer ich war, und sie erdrückten zugleich den Keim jedes Versuchs von meiner Seite, mich ihm ins Gedächtnis zu rufen.

BERECHTIGTE FRAGE, sagte die Möbelverkäuferin, die ihr von Trunksucht zerschundenes Gesicht hinter einem zittrigen spöttischem Dauerlächeln zu verbergen suchte. Ich fragte aber keine berechtigte Frage, sondern eine unnötige, nämlich die, ob der Bürostuhl, für den ich mich interessierte, *in seinem Lift zu fetten sei*? Und ich fragte nur, um die thronende Stummheit, die den Verkauf belastete, ins Wanken zu bringen. Man darf schließlich einen geringen Rest von Markt und Händlerflirt auch in unseren Breitengraden noch erwarten, selbst wenn es sich um die kühlste oder sprödeste Ware handelt. So ein Verkauf ganz ohne Werben, ohne Worte ist für den Käufer wie Trockenmasturbation. »So reden Sie doch endlich! Oder *wollen* Sie mir gar nichts ver-

kaufen!?« Wie oft bin ich in diese verzweifelten Rufe
ausgebrochen, um eine dieser händlerischen Mißgebur-
ten aufzuscheuchen. Zum Anpreisen fehlt ihnen ohne-
hin jede Phantasie, »informieren«, das können sie gerade noch, aber auch nur, wenn sie bei Laune sind. Sie
sagte aber *Berechtigte Frage*, ohne eine Antwort darauf
folgen zu lassen. Sie kniff nur – ein armseliges Zerrbild
ironischer Überheblichkeit – die Augen kurz zusammen, als verstünden wir uns beide schon. Sie machte
sich lustig über mich, so sollte es wirken, doch es war
nichts als ein verunglücktes Mienenspiel, und ihren
wackligen Hochmut balancierte eine trunksüchtige,
eine gebrechliche Person. Sie haßte die Kunden mit dem
alten verbrauchten Haß, mit dem sie gewöhnlich sich
selbst zusetzte.

EIN MANN, DURCH SCHLÄGE und Beraubung so ernied-
rigt, daß er sich kaum noch aufrecht hält und immer
wieder auf die Erde gleiten muß, von einer Bank im
Park, von einem Sessel im Schuhgeschäft oder auch mitten auf einer Fahrbahn, wo er sich, zu Boden gestreckt,
mit beiden Händen vorwärtsstoßend, über die Fahrbahn schleift, die Wange mit halb geöffnetem Mund
über den Kieselpfad oder den Asphalt ziehend, die ganze
rechte Gesichtshälfte schon blutig geschürft. Seine Frau
hält auf der Straße alle Wagen an, solange das krau-
chende Wesen die Fahrbahn überquert. Bis es zwischen
den Leitplanken des Mittelstreifens wie eine erschöpfte
Echse mit der Schnauze in den Abfall sinkt, Nahrungs-
reste von Dosenrändern und Joghurtbechern leckt und
sich kindlich zusammenrollt im Dreck: »Da, wo ich hin-

gehöre.« Die Frau muß ihn nun allein lassen, sie kann ihn niemals dazu bewegen, mit ihr wieder nach Hause zu kommen. Ganz still, erschüttert und doch einsichtsvoll hilft sie ihm, wartet sie dem Kriechmenschen auf und kehrt immer wieder zu ihm zurück, während er täglich ein Stück weiterkommt, sich erzlangsam seinem Ziel nähert, das hinter den Straßen, den Häusern ihm verheißen: die Blauen Berge der Großen Deponie.

IN EINER LADENPASSAGE folgte ich der knabenhaften Frau mit dem seidig glänzenden Pagenkopf, die eben eine Kaufhandlung abgebrochen hatte, mit einer mauligen Bedienung nicht einverstanden war beim Bäcker, preisgünstiger Kettenladen, und das Geschäft verließ, ich hinter ihr her, ebenfalls empört, ja, ungehalten, wir beide ungehalten, sie bog in einen Hauseingang, noch innerhalb der Passage, dort wohnte sie im ersten Stock über den Geschäften und erschien kurz darauf am Geländer ihres Balkons, nachdem ich auf die Stille Straße hinausgetreten war, um weiter gemeinsam mit ihr zu schmälen, ungehalten, auch über andere Themen, über die man ungehalten sprechen konnte, zu viele Studenten, zu viele Handyhalter, zu viele Rentner, zu viele übergewichtige Kinder, die im Jo-Jo-Effekt immer höhere Gewichtsklassen erreichen ... Obgleich hier in der Stillen Straße von jeder kritischen Menge höchstens je ein Zehnter anzutreffen war, vergleichsweise sehr spärlicher Personenverkehr, viel Raum zwischen diesem und jenem. Hinter ihr, tiefer im Zimmer, saß eine andere Frau, die rauchte unentwegt, sog an ihrer Zigarette und soufflierte vom Sofa aus der Schlanken mit dem Pagenkopf, die ohne Lächeln und ungehalten weitersprach, nur hin und wieder jetzt einschob, »wie Gudrun eben sagt«, zu mir runter in der Stellung eines Potentaten, beide Arme gegen das Geländer gestreckt, vom Balkon zu mir wie zum Volk heruntersprach, alles heraus ließ, was sie an zeitgenössischem Unmut in sich hatte. Soweit ich sehen konnte, war ihre Wohnung billig und ge-schmacklos eingerichtet, sie selbst roch im Nacken nach stockigem Handtuch, ihre Freundin, Mitbewohnerin, Stichwortgeberin, Gudrun, hatte naturgelocktes, wei-ches Haar, das sie mehrmals beim Rauchen und Souf-flieren aus der Stirn warf, sie hörte alles messerscharf, was ich meinerseits an Unmut gegen offenkundige Mißstände hervorbrachte, von unten nach oben rief, vernahm's, ohne etwas zu bestätigen, suchte vielmehr gleich nach Neuem, das sie draufsetzen konnte oder den Pagenkopf draufsetzen ließ. Gleichzeitig dachte ich im-merzu den einen Satz: Dem Ungeschickten ist die ganze Welt ein Hindernis! Wußte aber nicht, was ich mit dieser roten Warnleuchte von Sentenz anfangen sollte, solange ich zu der knäbischen Person im ersten Stock hinaufschaute und solange wir unseren Zorn, den wir, wer weiß, in Wahrheit *füreinander* empfanden, unsere glühende Abneigung, in allgemeine Unmutsäußerun-gen preßten und diese im besten Einvernehmen aus-stießen. Aber diese Aversion war ziemlich feurig gewor-den, und das Feurige im Gegenüber zweier Menschen kann nie nur aus Aversion bestehen.

Es gibt diese Art, auf etwas hinauszuwollen und gleich-zeitig auf etwas anderes hinauszuwollen, und man ge-langt nie ans Ziel. Aber schließlich weiß kein Mensch, worauf er eigentlich hinauswill.

Ich verspürte jedenfalls das Bedürfnis, die eigentümliche Zuordnung zwischen dem Pagenkopf und mir, zwischen Balkon und Stiller Straße, nicht so schnell wieder preiszugeben, sie dabei von ihrer Einsagerin möglichst abzulenken, eine Zuordnung, die von mir, dem Bild zu entsprechen, ein Ständchen verlangt hätte, um die dunkle Dame zu unterhalten, ihr Interesse zu gewinnen oder es wachzuhalten, doch statt des Ständchens zur Laute brachte ich die Geschichte einer anderen abgebrochenen Kaufhandlung, die sie vielleicht interessieren würde. Ich begann mit dem Ende und schilderte ihr die Fassungslosigkeit einer jungen Verkäuferin, deren Gesicht ich übrigens von frühester Jugend an zu kennen glaubte, die hinter mir herrannte, sich in die strudelnde Menschenmenge gedrängt hatte, die gleichzeitig aus dem Kinopalast wie dem Kaufhaus strömte. Nun, sie rief hinter mir her, versuchte mich aufzuhalten. Ich drehte mich um, und sie stand in ihrem altrosa Kittel im Gewühl, in der Personaltracht des Kaufhauses »Raffael«, und hielt mir die beiden Porzellanteller mit grünem Dekor hin wie die Frucht einer verbotenen Liebe: »Nehmen Sie die nun? Wenigstens die Teller?« rief sie mit gerecktem Kopf zwischen den Schultern der drängenden Leute. »Ja«, sagte ich leise und nickte zaghaft und beschämt. Mein Jähzorn, der ganze Furor meines Aufbrechens und Davonlaufens war beim Anblick dieser rührenden *Figur mit den Tellern* im Nu verflogen. »Ja, ich nehme sie! Doch ich bin in Eile. Legen Sie die Teller für mich zurück. Auf meinen Namen. Sauter. Morgen früh hole ich sie.«

»Stefan Sauter?« fragte sie und betrachtete mich mit einer dunklen, traurigen Neugierde. Und darauf hätte ich, wenn es nur Worte gewesen wären, zweifellos sagen müssen: »Woher wissen Sie ...?« Aber ich fragte nicht so. In meiner Hast und Bedrängnis war es mir auf einmal ganz selbstverständlich, daß man mich wie eine bekannte Persönlichkeit ansprach, den berühmten Ungehaltenen, dessen Name jeder Verkäuferin in der Stadt geläufig war. Ich mußte zum Begräbnis meines Freunds und hatte versprochen, eine Stunde vorher seine Mutter in ihrem Altenheim abzuholen. Diese Zeitnot und die tiefe Bedrückung, daß ich auch bei dieser Bestattung, am Grab eines sehr guten Freunds, wieder einmal nicht das Wort ergreifen würde, sondern stumm die Blume werfen, obgleich jedermann von mir – von wem sonst? – die tröstlichen, die ehrenden Worte erwarten durfte, die man am Grab seines besten Freunds spricht. Ich hingegen würde gegen diese Pflicht verstoßen, gekrümmt neben den anderen stehen und nicht hervortreten, der Erwartung kaum standhaltend, um am Ende doch nichts, gar nichts gesagt zu haben ...

Diese Hast und dieser vorwegempfundene Erwartungsdruck, der auf mir lastete, waren auch der tiefere Grund für meinen überstürzten Abbruch einer Kaufhandlung in der Haushaltswarenabteilung. Ich hatte nach einem flachen elektrischen Kaffeewärmer verlangt. (Stövchen? Das Wort hätte ich nicht auszusprechen gewagt in Anwesenheit der Mädchen, und deshalb war es mir auch gar nicht erst in den Sinn gekommen.) Kaffeewärmer! sagte ich, und die gelangweilte Kassiererin beauftragte Angelika ... ja, Angelika war der Name, der zu diesem mir seit frühester Jugend bekannten Gesicht gehörte. Obgleich sie meine Tochter hätte sein können, trat mir das Ebenbild einer schusskligen, frühreifen Jugendfreundin entgegen, Tochter des Landgerichtspräsidenten im fernen frühen Ansbach.

Meine Angelika sollte mir den flachen elektrischen Kaffeewärmer bringen. Ich hatte ihn unter den Anzeigen der Sonderangebote ausfindig gemacht. Die Mädchen wußten nicht genau, was ich meinte, sie kannten die Anzeigenseite ihres Kaufhauses nicht, und Angelika brachte ein riesiges Kaffeeaufbereitungsset: eine lange Schachtel mit Zellophanfenster, die verschiedene Teile zur Bereitung, zur aromafördernden Zubereitung von Kaffee enthielt, eingelegt in gestanzte Plasikvertiefungen, darunter auch ein flacher elektrischer Kaffeewärmer, aber ich wollte nur den, und aus dem Set war er nicht herauszunehmen. Ich verwies nochmals auf die Anzeige und bat, ohne Rücksicht auf Angelika und ihr wundersames Hervorscheinen auf dunklem Grund, mir dieses verdammte Teil endlich zu besorgen. Sie zog etwas unwillig davon und hatte offenbar keine Ahnung, wo sie noch suchen sollte. Das steigerte meine Ungeduld zur Unduldsamkeit, und ich griff in meiner Erregung aus einer Porzellansammlung der zweiten Wahl zwei Teller heraus und legte sie unbeherrscht an die Kasse. Angelika zeigte mir von weitem ein rundes unförmiges Teil, das ihr ein *Stift* –, ja ich benutze nun diesen Ausdruck aus unseren Kindertagen! – ein Lagerbediensteter also, aus den Abgründen des Kaufhauses hervorgekramt hatte. Und das Mädchen der Frühe zeigte das Ding von fern mit erhobenem Arm, drehte es nach allen Seiten, beinahe als locke sie mit einem Apfel aus dem Garten der Hesperiden. Flach! Flach! schrie ich und stampfte mit dem Fuß auf. Die Eile, der Erwartungsdruck vom Grab her, über das ich mich wortlos beugen würde, sie machten mich nun erst recht ungehalten. Sie verschwand. Ich griff, einfach um dieser unförmigen Zeitballung, diesem Irrsinn einer nicht durchführbaren Kaufhandlung etwas an Eigenregung entgegenzusetzen, nach einem weiteren Teller aus der Sammlung mit dem dünnen moosgrünen Randdekor und legte ihn wieder zornig an die Kasse. Angelika kam nicht zurück. Ich wollte mir die Kassiererin vornehmen, ich herrschte sie an, sie telefonierte aber verturtelt und ging nicht auf mich ein. Ich nahm einen der Teller ebenso wütend wie ich ihn hingelegt hatte und trug ihn zum Sonderangebot zurück, ich setzte ihn laut und unvorsichtig zurück auf den Stapel, nur den einen. Ich brach die Kaufhandlung ab. Möglicherweise suchte Angelika noch im Lager. Ich verschwand. Bis zu dem Moment, wo sie mich einholte vor dem Kaufhaus, stieg Gift und Galle in mir empor, und ich verfluchte die schläfrigen Mädchen und ihre lasche Moral des Verkaufens. Weil sie ja durch und durch aus nichts anderem bestanden als wachsweicher Masse für Urlaubseindrücke! Hätte ich den Abteilungsleiter, den Geschäftsführer, mit einem Wort aus unseren Kindertagen: den *Rayonchef* bestellt, so hätte er die Angestellten doch nur in Schutz genommen und mich als kranken, überhitzten Kunden zurückgewiesen.

Aber ich werde die scheue, allegorische Gestalt, die darbietende, leicht schaukelnde Armwaage mit den Porzellantellern nicht vergessen, die ich dann unverhofft erblickte, als Angelika mir ein anonymes und doch tief vertrautes »Hallo!« hinterherrief, mich anhielt und zum Umdrehen zwang … als sie's mir nachtrug, das Geschirr, das ich nur aus rastloser Verlegenheit, aus purem Unmut gewählt hatte und jetzt nicht annahm, sondern zurücklegen ließ. Obgleich ich doch sah, wie verloren sie aufeinmal außerhalb des Kaufhauses dastand, im dichten Gedränge der Passanten, die sie unentwegt schubsten, denn wir konnten in diesem Maelstrom, dem Zusam-

menfluß von Kinogängern und Kaufhauskunden, keine
unberührte Insel bilden, konnten uns in einer Entfernung von etwa zwanzig Metern nicht ruhig gegenüber-
stehen, wir wurden angestoßen und abgedrängt, und so
sah ich zuletzt nur diese Gebärde, diesen geheimnisvollen Rest einer Darreichung, zwei Teller in ihren Armen,
unverpackt, und sie hielt tapfer stand in dieser ebenso
ergebenen wie fordernden *Nachträglichkeit*. Wahrhaftig, ein Gewinn für mein unschlüssiges Herz!

Nach dieser fortwährend zum Balkon hinauf erzählten
Episode neigte ich endlich wieder den Kopf, und der
glänzende Pagenkopf neigte sich auch, er nahm es für
ein Abschiedszeichen. So ging ich denn weiter auf der
Stillen Straße. Ich sah noch einmal zurück, und sie
winkte. Ich war mir nicht sicher: winkte sie mich zurück oder winkte sie mir nach? Ihre Freundin war neben
sie auf den Balkon getreten, war ihr gewissermaßen in
den Arm gefallen und mußte offenbar eine erhebliche
Kraft anstrengen, um den Pagenkopf in die Wohnung
zurückzudrängen. Dabei war dieses mehrdeutige Win-
ken entstanden, auf das ich nicht eingehen mochte.

»Alle Türen, alle Fenster auf!« rief ich ins dunkle Haus,
zurückgekehrt vom Begräbnis meines besten Freunds,
und Fenster, Türen, Nischen wurden hell wie auf
einem Adventskalender am Heiligen Abend. Überall
waren Menschen, Freunde, Bedienstete, Kinder und
Zirkusleute zu sehen. Sie stritten sich, sie riefen einander zu wie auf einem Hinterhof der Nachkriegszeit, sie
kleideten sich an, sie umarmten sich, sie gaben Spielkar-
ten aus, sie taten heimlich Verbotenes, sie kletterten auf
Leitern auf und ab, sie lasen Schuldpapiere, flickten

eine Stallaterne, schrubbten den Fensterrahmen, winkten und beteten.

Oh, die Suchbilder der Kindheit! Suchbilder sind mir von früh auf das Liebste auf allen Rätselseiten gewesen! Die breiten Simultanszenen mit unzähligen Inseln und Nestern von Einzelbeschäftigungen inmitten einer entfalteten, blühenden Gemeinsamkeit. Der Weihnachtsmarkt, das Bahnhofstreiben, das große Picknick auf der Wiese ... und in der Menge versteckt ein kleiner Dieb, den es zu entdecken galt ... Die Varia, immer nur die Varia sind es gewesen, die mir gefielen und zu denen ich gehören mochte! Noch heute befällt mich der unbändige Wunsch, in der alten Küchenschublade zu kramen – und auch: gekramt zu werden. Mich im Kleiderschrank zu verstecken, der im Kinderzimmer stand, Kleid und Kleidern. Nur noch kurze Zeit, bis der liebe Kram abtransportiert wird, auf den Müll geschmissen. All das, was einmal Gewohnheit und Nutzen in meine Sinne flocht, das Durcheinander von Holzlöffeln, Bratenwender, Küchenmesser, Korkenzieher, Schneebesen und Geflügelschere ... hatte immer etwas von Gerümpel, schon zu seiner besten Zeit war es das unsortierte Durcheinander, in dem jeder Gegenstand seinen festen Umriß verliert, und so möchte man selbst seine Linien verwirren, unkenntlich werden, unter lauter unregelmäßigen Konturen verschwinden.

Seit Jahren gehört deshalb zu meinen Leit- und Lieblingsgeschichten »Der Mann in der Menge« von Edgar Allan Poe. Der Erzähler heftet sich dort an die Fersen eines anonymen alten Mannes, der Tag und Nacht durch die Straßen und Vorstädte Londons streift. Je dichter das Menschengewühl, in das er gerät, je diffuser der *Abschaum des Pöbels*, in dem er sich verliert, um so beglückter läuft er, um so tiefer atmet er. *Die Lebensgeister des alten Mannes flackerten auf, wie eine Lampe kurz vor dem Erlöschen* ... *Plötzlich, nach einer scharfen Biegung, schoß uns eine blendende Lichtgarbe entgegen, und wir standen im Angesicht eines der Vorstadt-Riesentempel der Völlerei, eines der Paläste des Satans Gin.* Der Erzähler blickt ihm am Schluß *gerade ins Antlitz* und weiß nun, um wen es sich handelt: *den Genius tiefdunklen Verbrechens,* der sich in der Menge verbirgt, in sie eingeht, zugleich unter allen verschwindet und aus allen besteht. Aber ist denn die Menge *das böseste Herz auf Erden*, nur weil sie als ein krauses Durcheinander unseren Gesichtspunkt, unsere ordnenden Sinne gefährdet? Mir erschien sie immer als ein Schatten der Fülle. Des Pleromas. In ihrer Bewegung herrscht für mich wohltuende Auflösung, vielleicht sogar Heiterkeit und Unschuld. Diese verliert sie erst, wenn sie sich nach einer Seite hin ausrichtet, formiert. Allein in ihrem Formannehmen wittere ich den Genius des Übels, ganz gleich, für wen oder was sie ihr *Durcheinander* aufgibt.

MEIN KIND LIEF FREUDIG auf einen fremden Menschen zu, der uns auf dem einsamen Feldweg entgegenkam. Dieser Mann aber krümmte seine hageren Schultern und zischte es an: »Laß mich in Ruhe! Verschwinde!« Nun muß man das Halten, nicht etwa Innehalten, das schiere Halten und Stutzen, die Unfähigkeit des Jungen gesehen haben, diesem Mann irgend etwas zu entgegnen, und sei es, ihm die Zunge rauszustrecken. Kaum war ich in Blickweite, rief er mir zu: »Halten Sie mir das Kind fern!« Ich eilte voran und wollte den Kerl zur

Rede stellen: »Warum behandeln Sie mein Kind, das Ihnen froh entgegenkommt, wie einen räudigen Köter? Was haben Sie mit Ihrem Ingrimm, Ihrer tiefen Feindseligkeit aller Unschuld, allem Schönen und Gefälligen gegenüber in dieser herrlichen Landschaft verloren, in der Sie herumschleichen wie ein nie zum Zuge gekommener Verbrecher!?«

Der Mann in seinem tiefsitzenden Groll ließ sich vom Auftritt des beleidigten Vaters nicht einschüchtern. Er ließ sich nicht einmal zur Rede stellen, sondern hatte längst, während ich in sein vorgestrecktes Gesicht hinein schalt, selber zu erwidern begonnen, und zwar mit einer sofort erhobenen Stimme, so daß sich unsere beiden Anreden, beinah vom ersten Augenblick an, überlagerten und gegenseitig zu einer wirren Brüllerei steigerten, die meinen immer noch erstarrten, kopfscheu gewordenen Jungen erst recht beängstigen mußte.

Dabei hatte der Mann dem Inhalt nach etwa folgendes ausgestoßen:

»Sie haben nichts, aber auch gar nichts gegen mich vorzubringen. Ich liebe die Kinder nicht. Das nehme ich mir gerne heraus, und ich frage mich nicht einmal selbst, warum. Warum ich sie nicht liebe. Ich liebe sie nicht, und damit basta. Ich habe mir deshalb noch lange keine Herzenskälte vorzuwerfen. Denn ich liebe ja die Feldblumen am Wegesrand. Tausend Ähren im Abendwind nicken mir zu und bestätigen mich auf meinem Weg. In dieser tiefen Übereinstimmung von Feld, Feldrain, Weg und mir, mitten in meine empfindlichste Ausgeglichenheit, springt ihr Gör hinein, begrüßt mich, buhlt um meine Zuneigung, wie nicht die dürrste Ackerdistel es nötig hat, verlangt, daß ich ihm schön tue – und wenn ich's getan hätte, wär's wieder um eine kleine Verwöhnheit verdorbener, Ihr Zuckerbengelchen.«

»Ein Kind!« brüllte ich, brüllte fassungslos und beinah verzweifelt: »Ein Kind!«, um ihm das rechte Maß ins Gedächtnis zu rufen.

»Eben«, antwortete der Kinderfeind trocken. »Ich fliehe die Kinder, wie andere die Menschen insgesamt. Schon Johannes Chrysostomos aus Antiochien war der Meinung, daß die Erde bevölkert genug sei. Bereits im vierten nachchristlichen Jahrhundert: genug! Die Ehe hatte zu nichts Besserem zu taugen, als daß Mann und Frau einander halfen, die Gebote der Keuschheit einzuhalten. Ein Prinzip, gegen das Leben gerichtet? Daß man sich nichts vormache! Ist Keuschheit lebensfeindlicher als Vermehrung? Was kostet die Erde mehr: das Aussterben oder die Überzahl unserer Rasse? Das fragen Sie sich einmal mit letzter Konsequenz.«

Es kam nun zu einer natürlichen Erschöpfung, so daß wir aufhörten, uns gegenseitig anzubrüllen. Ja, wir standen nebeneinander und schritten gemeinsam am Feldrand mit den meterhohen Brennesseln und den Disteln, die ihre lila Blüten ausgefahren hatten wie empfindliche Abhörgeräte. Wir gingen eines Wegs, und das Kind lief hinter uns her. Ich bedachte mit der mir möglichen, vielleicht nicht allerletzten Konsequenz, was er von seiner abnormen Gesinnung bisher preisgegeben hatte. Wir sprachen auf einmal recht leise miteinander, doch blickten wir uns von der Seite erst recht unversöhnlich an. Der Junge verbrannte sich am Unkraut und jammerte ein wenig. Ich herrschte ihn an. Er blieb nun zurück, trödelte hinter den debattierenden Männern und schluchzte leise.

Ich war entschlossen, tiefer in die bizarren Windungen der Grausamkeit, tiefer in die Gedankenwelt des Unholds vorzudringen. Nicht zuletzt in der Hoffnung, sie dann mit besseren Argumenten bekämpfen und erschüttern zu können. Ich hatte das Gefühl, vorerst nur die äußeren Ränder, nur die limbohaften Ausläufer seiner abgründigen Bosheit berührt zu haben. Wir waren unterdessen zu einer einsam in der Senke gelegenen, moosbedeckten Scheune gelangt, in der mein Widersacher, wie anzunehmen, als Einsiedler hauste. Ich bat ihn, ohne mein Interesse allzu dringlich erscheinen zu lassen, mir noch ein paar weiterführende Fragen zu gestatten, da mich das ganze *Thema* am Ende doch nicht kaltlasse. Ich sprach, als wäre ich schon zur Hälfte von ihm umgestimmt und eingewickelt. Er musterte mich mit seinem lahmen, bitteren Hundeblick und fragte verdrießlich, ob ich bereit sei, den Jungen einstweilen im Schuppen *abzustellen*? Dann nämlich böte er an, mich einen Blick in seine *Kathedrale* werfen zu lassen. »Der Anblick meines ekligen Plunders möchte Ihrem süßen Fratz nicht guttun.«

Ich ging zu meinem Jungen, hob sein Kinn und bat ihn, mir gerade ins Auge zu schauen.

»Nico, mein Lieber, bitte, erlaube es mir. Es ist von einem übergeordneten Interesse, daß ich diesem Unmenschen sein elendes Geheimnis entreiße. Ich muß versuchen, ihn bei der Wurzel seiner Übelkeit zu packen. Hilf mir dabei, geh einstweilen in den Schuppen und warte auf mich. Ich habe dich sehr lieb. Soviel Helles und Gutes habe ich von dir empfangen, daß ich jetzt fest gerüstet bin, diesem Wahnsinnigen wenigstens das Vergnügen an sich selbst zu verderben.«

»Geh nur, Vater«, antwortete Nico, doch sah er eher

traurig als ängstlich beiseite, denn er wäre für sein Leben gern an meiner Seite geblieben und mit mir in die *Kathedrale* vorgedrungen. »Ich werde im Schuppen sicher etwas finden, womit ich mich beschäftigen kann.« Ich dankte ihm, küßte und umarmte ihn und gab ihm zuguterletzt noch meinen Schal mit, den ich wegen des kühlen Abendwinds um meinen Hals geschlungen hatte.

Kaum hatte ich mich abgewandt, da hörte ich, wie der Einsiedler hinter mir den Schuppen verriegelte. Er führte mich mit eiligem Schritt zu seiner Scheune. Die *Kathedrale* war tatsächlich im Inneren wie ein Kirchenschiff dreifach gegliedert, doch die Gliederung wurde nicht durch Säulenreihen, sondern durch ein sonderbares Gehänge hervorgehoben: an hauchdünnen, unter Halogenlicht glitzernden Nylonfäden hingen unzählige Kleinteile, wahlloser bunter Krempel, tatsächlich der gesamte Plunder, den der Mann aus seinen Kindertagen aufbewahrt hatte, säuberlich aufgehängt, hohe Spitzbögen bildend, ein schimmerndes Gewölbe der Andenken, vom ersten Coladeckel bis zum Indianerhäuptling aus Bakelit, von den Federbolzen der Luftdruckpistole bis zur Haarspange, vom Tintenfaß bis zur kleinsten Schraube aus dem Stabilbaukasten ... Unendlicher Krempel oder Unendlichkeit hervorrufender Krempel, Abfall der Frühe, der Mann war ein Messie seiner Kindheit. Alles, was er nicht in seinem Herzen trug, hing an langen Fäden im Raum.

Oder war es gar nicht sein eigener Plunder? Vielleicht hatte er diese Dinge nur als blasphemische Stimulanzien aufgehängt, um darunter seine schwarzen pädophoben Liturgien abzuhalten ... Ich verwehrte es mir, nach Erklärungen zu suchen, es schien mir völlig unangebracht, dieses Scheusal mit Hilfe irgendwelcher Erklärungen, etwa der Bloßlegung traumatischer Kindheitsereignisse, zu verstehen oder gar zu entschuldigen. Ich wollte ihn im Innersten treffen und überwinden.

Er zeigte auf zwei Kirchenbänke, die mit einer langen Reihe von Büchern gefüllt waren. »Lauter Literatur zum *Thema*!« murmelte er verächtlich. Er selbst hatte sie offensichtlich nicht zur Kenntnis genommen, sie waren samt und sonders ungeöffnet geblieben, in Folie geschweißt.

Der Plunder-Priester setzte sich in einen alten, mit Schweinsleder bezogenen Autositz. Leicht erhöht auf einem Podest, umgab ihn wie eine Kanzel halbrund eine Armatur von Schalttafeln, Displays und Tastaturen. Dort saß er in kurzen Jeans mit nackten Waden und begann mit Lichteffekten zu spielen, die das Gehänge seiner Kindheitsreliquien in einen funkelnden Theaterhimmel verwandelten. Aus mehreren Lautsprecherkanälen strömte jetzt Straßenlärm oder der Lärm eines öffentlichen Platzes. Darüber erhob sich salbungsvoll die Stimme des Einsiedlers, der Verse aus einem alten Poem rezitierte ...

> *Wer bist du denn, triste cœur? Eine verschlafene Kammer, wo, die Arme auf das geschlossene Buch gestützt, der verlorene Sohn*
> *Dem Ton der alten blauen Fliege der Kindheit lauscht? Du weißes Haupt, schon wie Bruder Wolke ...*

Hier brach er ab und rief mich zu sich: »Sehen Sie sich das hier an!« Doch er winkte wieder ab. »Nein, zuerst schließen Sie die Tür zur Sakristei.«

Ich folgte seiner Anweisung und ging zu einer halbgeöffneten Pforte, die zu einer Art Abstellraum führte. Neugierig warf ich einen Blick hinter die Pforte und erschrak über eine dort niederhockende breite Gestalt mit einem vollkommen kahlen, glänzenden Schädel. Der Mann saß ebenfalls auf einem alten Autositz, trug einen algengrünen Sportblouson mit schwarzen Armstreifen und rührte sich nicht. Also war er doch nicht ganz allein, der Einsiedler! Oder war dieser Unbewegte, sein Faktotum, sein Küster, nur für Stunden ihm dienstbar, nur zur Vorbereitung der »Messe« …?

»Blick nicht so viel herum«, grollte der Gebeugte, ohne den Kopf zu heben. »Schließ ab.«
»Abschließen!« polterte von der Kanzel ebenfalls der düstere Meister.
Ich schloß die Pforte und begab mich nun, da er mich endlich heranwinkte, zum technischen Pult, von dem aus er seinen Plunder bewegte und belebte.

»Man kann die üblesten Verbrechernaturen bessern, indem man ihre Unterwerfungslust weckt«, erklärte er mir teils zur Einstimmung auf das nun Folgende, teils um ein weiteres seiner abwegigen Bekenntnisse loszuwerden.
»Wissen Sie das? Eine Strafanstalt ist nur dann gut, wenn ihre Insassen am Ende ihrem Wärter, ihrem Exerzitienmeister, dem, der sie wieder in Form brachte, die Füße küssen. Wenn sie von seiner Gerechtigkeit *träumen*. Das Reglement nicht etwa bloß anerkennen – verrückt nach dem Reglement sein! Nichts begehrt der Verbrecher mehr als die legitime Gewalt. Sein Blut lechzt förmlich nach dem exzessiven Gehorsam.

Härte, metaphysische Härte des Gesetzes verlangt sein ganzes Wesen!«

»Sehen Sie sich das hier an«, murmelte er ein zweites Mal, und wir starrten beide auf einen Monitor, während er mir wie eine Art Spielanweisung beschrieb, was ich auf dem Bildschirm selber sah.

»Eine Straßenkreuzung in der Stadt. Einige Passanten überschreiten bei Grün die Fahrbahn. Eine dunkle Limousine nähert sich. Sie sehen: ein Wagen, der den Namen Limousine noch verdient! So. Sie hält an. Werfen wir gleich einen Blick ins Innere dieses schönen Fahrzeugs. Hier laufen Namen und Daten über ein Display, sehen Sie rechts von Ihnen ... wie auf einer Taxiuhr. Die Namen gehören zu den vorübergehenden Personen. Ein DNS-Lesegerät, eine Art Röntgenkamera für den »genetischen Fingerabdruck«, vernetzt mit dem zentralen Versicherungsrechner, ermittelt absolut zuverlässig die Identität jedes einzelnen Passanten, der vor Ihnen die Straße überquert. Namen und Daten laufen über die Anzeige. Sie werden sich nicht irren. Es besteht kein Zweifel über die Identität dessen, den Sie suchen.

Jetzt startet die schwarze Limousine. Sehen Sie genau auf die Kreuzung!

Heben Sie jetzt den Kopf ...!«

In diesem Augenblick entstand aus den vibrierenden Schnüren, aus dem phantastischen Gehänge der Kathedrale ein vollkommen plastisches, in unübersehbaren Einzelheiten gestochen scharfes *Gebilde*, wie aus einem seidenen Wasserfall traten Menschen in anmutigster Bewegung und zugleich mehrfacher Ansicht hervor, der ganze Kirchenraum war auf einmal erfüllt von ihnen, und man hörte ihre beim leichten Gehen rauschende

Kleidung, ihr feinstes Nasenatmen sowie das helle Schwirren und Knistern ihrer schnell wechselnden körperlichen Anziehungskräfte.

»Sie startet also, die Limousine. Ob Sie wollen oder nicht, Sie fahren jetzt auf die Kreuzung zu. Da! ... Ein Nachzügler. Ein Schuljunge. Ein hübsches behendes Kind, das mit vollständigem Namen Stefan August Osswald heißt. Der Name blinkt auf dem Display. Genau diesen Burschen suchen Sie. Diesen fröhlichen Burschen, der jetzt – noch ist für ihn die Ampel grün – auf die Fahrbahn springt. Ihre Limousine jagt auf ihn zu, er prallt gegen den Kühler, er wird an den Straßenrand geschleudert, wo er leblos liegenbleibt, Sie aber rasen stadtauswärts. So. Der Spieler muß jetzt Schritt für Schritt aufklären, in welchen Fall er verwickelt wurde. Schritt für Schritt wird dabei aus dem unschuldigen Fratz ein Teufelskind, ein Wesen mit einer enormen genetischen Abweichung, zum Beispiel ein gefährlich Höchstbegabter, der unter uns nicht leben darf. Sie werden sich wundern, wer am Ende hinter dem ganzen Gespinst von Nachstellungen steckt, mit dem der Kleine eingekreist und schließlich zur Strecke gebracht wird! Niemand anderes als seine eigene Familie. Denn ... passen Sie auf! ...«

»Nein!« schrie ich, »nicht noch einmal.« Ich protestierte, als sich der Plunder-Priester anschickte, mich ein zweites Mal der grauenhaften Suggestion zu unterwerfen und die alptraumhafte Szene des Überfahrens zu wiederholen.

Ich brüllte wieder, ich stampfte voll Abscheu und Wut auf dem Podest herum, ich wollte dies ganze *Phänomen* vernichten, ausrotten von der Erde. Doch je mehr ich mich entsetzte, um so ungewisser wurde ich meiner selbst, ja es war mir, als ob ich bereits auf technische Weise, auf mir unverfolgbarem Weg in dies teuflische Spiel verbannt worden sei. All meine Empfindungen strebten danach, die Aufklärung des Verbrechens weiterzubetreiben, das ich am Simulator (war es wirklich nur ein solcher?) begangen hatte, begehen mußte. Meine Situation, die ich als Spieler zu meistern hatte, konnte ich in meinem Herzen von derjenigen, in der ich mich tatsächlich befand, nicht mehr unterscheiden, sie waren mir identisch geworden. Darin enthalten und befangen war alles, was ich im folgenden ausführte und empfand. Selbst die reine oder eben nicht mehr ganz reine Empörung, mit der ich mich von der Seite des Plunder-Priesters losriß, und auch die wüsten Flüche, die nicht mehr ganz aus meinem Inneren kamen, als ich seine Kathedrale verließ. Ich rannte zum Schuppen, holte Nico heraus und hielt ihn an meine Brust gedrückt. Er hatte sich vor Traurigkeit und Selbstbezwingung das rechte Handgelenk mit einem Gartendraht fest abgebunden, so daß die Finger schon blau angelaufen waren.

Wir liefen so schnell wir konnten von der Scheune fort und aus der Senke hinauf zu unserem Feldweg. Unterwegs versuchte ich ihn und mich abzulenken, indem ich uns die schönsten Erlebnisse unserer letzten gemeinsamen Wanderung im Schweizer Jura ins Gedächtnis rief. Aber er widersprach mir in allen Einzelheiten, es waren ihm die Ärgernisse und Störungen unseres Ausflugs viel deutlicher in Erinnerung geblieben als die glücklichen Begebenheiten. Wir waren kaum einen halben Kilometer vom Ort der abartigen Vortäuschungen entfernt, da sagte Nico: »Vater, ich habe den Schal im Schuppen liegengelassen.«

142

In einer Anwandlung, die nicht mehr mir selber zu gehören schien, in einer Anwandlung von schneidender Strenge erwiderte ich: »Dann gehst du zurück und holst ihn wieder.«

»Nein, Vater, bitte nicht!«

»Du gehst zurück und holst den Schal.«

»Bitte, Papi, schick mich nicht zurück.«

»Du gehst jetzt.«

»Aber ich habe ihn doch nicht absichtlich liegenge-lassen. Bitte nicht, liebster Vater!«

»Ich werde dir beibringen, auf teure Sachen zu ach-ten, mein Junge. Los, mach dich auf den Weg!«

»Ich habe Angst, Papi. Ich will nicht wieder in den Schuppen.«

»Ob du willst oder nicht, das steht nicht zur De-batte. Du holst diesen Schal, Nico. Hast du mich verstanden?«

»O lieber Papi, tu's nicht, tu's nicht!«

Und mit diesen Worten begann er, erbärmlich weinend, rückwärts voranzustolpern, und dann drehte er sich um, rannte ein Stück vorwärts, und wieder blickte er zurück, ob ich nicht doch einlenke.

»Lauf zu! Ich warte hier.«

Nun rannte er los, und ich sah, wie er die Wegbiegung zur Senke einschlug und schließlich unter dem Hori-zont des Felds verschwand. Ich mochte nicht länger als drei oder vier Minuten gewartet haben, da tauchten zwei Männer, die ich für Forstarbeiter hielt, neben mir auf und baten mich um Feuer für ihre erloschenen Zi-garrenstummel. Ich erklärte, daß ich zu meinem Bedau-ern kein Feuerzeug bei mir trage. Ich sah noch, daß sie beide gleichzeitig ein Schulterzucken mehr andeuteten

143

als tatsächlich ausführten. In meiner Beunruhigung begann ich heftig zu reden. Ich erzählte meine Erlebnisse beim Eremiten, ich beurteilte ihn unentwegt und wagte doch nicht, ihn beim vollen Namen des Verderbers zu nennen, den er verdiente. Sie stimmten mir zu, als wüßten sie weit besser Bescheid als ich. Sie stimmten mir auch zu, wenn ich gleich darauf meine Worte halbwegs zurücknahm und statt dessen *sie* verächtlich ansprach. Sie stimmten mir zu und gaben mir die eigenen Worte, leicht variiert, als Anwort zurück. Doch es war ein Ja-Sagen ohne Bedeutung, es war nur eine List. Es gab keinen anderen Grund, mir, halb ängstlichem Schätzer, halb ängstlichem Verschweiger, zuzustimmen als den, mich in Sicherheit und Unvorsicht zu wiegen. Um im nächsten Augenblick keinerlei Rücksicht mehr zu nehmen, mich zu ergreifen und zu zerbrechen.

Und schon hatten sie mich gepackt. Sie schlugen mich zu Boden. Sie warfen sich über mich, und einer drückte sein Knie auf meine Kehle. Mit der Kraft der Verzweiflung stieß ich mich frei und schrie:« Mein Sohn! Laßt mich hier! Ich flehe euch an! Nicht! Tut's nicht! Ich muß h i e r auf meinen Sohn warten ...!« Doch die Männer hatten mich wieder mit eisernen Griffen gepackt und schleppten mich fort.

»Nico! Hilfe! Nico! Warte auf mich, warte! ... Ich komme zurück!«

Als ich wieder zu mir kam, befand ich mich an einem unbekannten Ort, vermutlich weit entfernt von unserem Feldweg. Meine Entführer hatten mich auf einem öffentlichen Gelände mitten in einer dichten Menschenmenge ausgesetzt. Mich gewissermaßen im Menschengewühl versteckt, worin ich mich kaum zu rühren vermochte, so eng standen Männer und Frauen Schulter an Schulter, Brüste gegen Rücken, Becken an Becken gepreßt. Unendlich langsam schob sich dieser Tatzelwurm aus Menschenleibern vorwärts. Halb noch benommen flüsterte ich in das Haar einer Frau, mit der ich auf die verfänglichste Weise zusammengedrängt wurde: »Laß uns versuchen zu fliehen.«

»Fliehen?« antwortete sie ein wenig keuchend und zeigte mir ein zweideutiges Lächeln. »Wir brauchen nicht zu fliehen. Die Menschen tun uns nichts.« Ich sah nun ein, daß sie meines unsinnigen Vorschlags wegen gelächelt hatte, denn Fliehen war hier völlig unmöglich. Ich geriet in große Unruhe, und zusätzlich brach mir der Schweiß aus bei dem Gedanken, daß meine Unruhe sich auf den riesigen Haufen übertragen und eine Panik in der Menge auslösen könnte. Offenbar war ich aber der einzige hier, der das Gedränge als höchste Not empfand. Andere schienen es sogar zu genießen oder hatten ihren natürlichen Distanzreflex verloren. Jeder um mich herum schien hier das sprichwörtliche Bad in der Menge zu nehmen. Ich sah nur lüsterne oder sogar lustverzerrte Gesichter. Schließlich hatte die Menschenmasse eine solche Dichte erreicht, daß sie zu völligem Stillstand gelangte. In der absoluten Bewegungslosigkeit, in der endgültigen Blockade eines gegen den anderen, begann nun die Auflösung jeder Einzelgestalt. Schweißbäche, Luftmangel, Körperdruck – sie führten keineswegs zu Panik oder Hysterie, sondern im Gegenteil zu einer stillen, ergebenen Benommenheit, da und dort sogar zu heiterer Benebelung und Trance. Da seine Körperhaltung niemand mehr selber bestimmen konnte, standen Männer und Frauen in bizarren Formen aneinander geschmiegt. Und die vollkommen schmiegsame Person

gewann – gleichsam kurz vor dem Erdrücktwerden –
eine besondere Grazie der Willenlosigkeit. Auf den Stirnen dieser jeglicher Bewegungsfreiheit Beraubten glitzerten zuweilen die Schweißperlen wie ein zauberhaftes
Diadem. Sie waren glücklich. Ihr Stillstand kam dem
einer in Marmor gehauenen Menschenwoge gleich – sie
waren eine einzige atmende, *noch* atmende Skulptur.
Denn das bedeutete ja am Ende der gänzliche Verlust an
Bewegungsfreiheit: ein Bildwerk zu sein. Doch welches
Ereignis erzeugte dies vieltausendköpfige Gebilde? Ich
erfuhr, daß dieser unabsehbare Menschenauflauf in Erwartung der letzten öffentlichen Hinrichtung stand,
die es in diesem Jahrhundert geben und die dieses beschließen sollte. Angemeldet unter dem harmlosen
Vorwand eines Open-air-Konzerts, stand uns eine Veranstaltung bevor, deren geheime Hauptaktion durch
Flüsterpropaganda längst überall bekanntgemacht war.
Hier, auf einem stillgelegten Militärflughafen der sowjetischen Armee, waren die Musikprogramme inzwischen abgelaufen und alle Vorkehrungen für die
Enthauptung getroffen. Und wer sollte auf den Block
geführt werden? Ein Lamm. Der weise Knabe, hieß es.
Das einzige Kind unter zehn Jahren, das die sorgfältige
Auslese und eingehende Prüfung durch den Henkermeister bestanden hatte und für würdig befunden
wurde, als unser aller Weihegabe, unser aller Gedenkopfer an die zweihundertjährige Geschichte der Revolution unter der Guillotine zu sterben. Soweit das mühselige Geflüster der Frau, mit der ich unausweichlich zu
einer Art Vereinigung gedrängt wurde.
Nun kroch eine schwarze Limousine die Rampe zum
Schafott hinauf – ein Fahrzeug, das mir noch nebelhaft
in Erinnerung war. In der Menge wurde es mucksmäus-

chenstill. Der hintere Wagenschlag öffnete sich, und niemand anderes als der Furchtbare selbst, der Plunder-Priester stieg aus dem Wagenfond. Statt der ausgefransten kurzen Jeans war er nun in einen dunkelblauen Gehrock gehüllt, trug eine rote Schärpe um die Brust, und sein Knecht, sein Faktotum, hatte über seinen kahlen Schädel die phrygische Mütze gestülpt. Die beiden traten vor die Guillotine und verbeugten sich tief. Dann kehrten sie zur Limousine zurück und stellten sich neben dem offenen Wagenschlag in Positur. Es dauerte jetzt eine geringe Weile, die Spannung wurde noch verschärft, als die Lautsprecheranlage in kaum erträglicher Eindringlichkeit die Atemzüge, die sehr ruhigen, eines Knaben direkt aus dem Wageninneren übertrug. Der Henker und sein Knecht streckten nun beide einen Arm in den Fond und führten mit besonderer Vorsicht das Kind heraus. Und das Kind war Nico! Nico im weißen Hemd, in weißer Bundhose und mit einer schwarzen Binde vor den Augen! Für einen Bruchteil der Sekunde, als aller Atem stillstand, blieb auch ich starr bis an die Zungenspitze. Dann ergriff mich ein unbändiges Entsetzen, ich schrie seinen Namen, aber dieser mein innigster Schrei ging in den hervorbrechenden Heilrufen der Menge unter. Der Junge flüsterte jetzt etwas – und es wurde zu einem Sphärengeflüster über der Menge: »Wo bist du, mein Vater?« Und die Menge schrie und antwortete aus einem Mund: »Mein Sohn! Mein lieber Sohn!«

Nach diesem Ritus war ich nicht mehr zu halten, in meiner Not stieß ich die Frau, mit der ich unfreiwillig zum Paar verschmolzen war, zu Boden, ich schlug und trat sie nieder, so daß sie sich zwischen den Füßen der anderen wand und ich den geringen Zwischenraum, den sie zu-

147

rückließ, nutzen konnte, um wenigstens auf die Schulter des Nächststehenden zu klettern und von dort über alle aneinandergedrückten Schultern, wie ich eben konnte, zu kriechen, zu laufen, vorwärts zu stolpern, immer auf den Richtplatz zu ... Doch der Einsiedel und sein Handlanger hatten mein Kind schon zur Opferstätte geführt. Es wurde bereits sein zarter Hals in die Enthauptungsrinne gebettet. Aus der Menge erhob sich ein schwebender Gesang, der einlullende Ton eines düsteren Entzückens. Ich kämpfte mich vorwärts, ohne je den Boden zu berühren, bahnte mir den Weg über die Schultern der fühllosen, entrückten Männer und Frauen. Ich erreichte den Block, erklomm ihn im selben Augenblick, da das Messer in die Tiefe sauste ... Ich fing den Lockenkopf meines Kinds, bevor er in den Korb rollte. Die Menge gab einen einzigen Schrei der Erlösung von sich, ein ekstatisches Gebrüll folgte und hielt sekundenlang an. Ich sah unterdessen in das weiße Gesicht des Jungen, es war ein schmerzliches Lächeln auf seinen Lippen geblieben, und da glaubte ich plötzlich seine Stimme zu vernehmen, seine wirkliche, unvergrößerte Jungenstimme ... »Vater, wo warst du? Warum hast du mich nicht gerettet?« Ich brach in die Knie und küßte das liebe Gesicht. Unter meinen Küssen aber bewegte es sich. Ich bemerkte, wie sein Lächeln zunahm, wie es sich vergröberte, wie es schief und albern wurde. Außerdem spürte ich, wie die Ausdehnung meines Körpers, den ich während der Flucht über die Schultern der Menge weit und konturlos wie eine zerwehte Wolke empfunden hatte, sich zurückbildete, schrumpfte, und spürte, wie ich wieder in harte enge Umrisse gepreßt wurde, ohne daß ich dabei mehr Schmerzen empfunden hätte, als wenn man mich in eine zu enge Kleidung gesteckt hätte, die sich erst später dem Körper anpaßt. Mich empfing das schallende Gelächter meines Sohns, der neben dem Einsiedler stand, als ich aus den schwirrenden Fäden in die Plunder-Kathedrale niederstieg und über mir der silberne Schriftzug erschien: *Diesmal hast du es leider nicht geschafft. Du solltest einen neuen Versuch wagen!*

»Nein! Niemals wieder!« schrie ich aus Leibeskräften. »Doch, bitte, bitte!« rief Nico, und der Einsiedler packte ihn bei der Hand, beide rissen die Arme empor, denn diese Runde war an sie gegangen und sie wollten gemeinsam ihren Sieg feiern. Voller Abscheu über diese Pose riß ich meinen Jungen aus der Hand des Plunder-Priesters, ich zerrte ihn gewaltsam hinter mir her, denn halb schon schien er diesem höllischen Ort verfallen, dieser Kathedrale der Seelenfolter und des blasphemischen Zynismus. Auf dem Heimweg durchs Feld weinte er verärgert und redete störrisch vor sich hin, es war keine Verständigung mit ihm möglich.
Dem technothymen Monster war es wahrhaftig gelungen, mein Kind für seine kinderfeindliche Phantasie zu begeistern! Ich hatte zum ersten Mal das Gefühl, daß Nico mich verraten und unsere Gemeinsamkeit verlassen hatte. Zugleich warf ich mir vor, lediglich den humorlosen Spielverderber gegeben zu haben und keine vergleichbare Verlockung zu bieten, nichts, das mein frohes Kind davon abhalten konnte, in Kürze tatsächlich als ein Lamm, und sei es ein *heruntergeladenes,* zur Opferbank zu trotten.

Wir waren daran gewöhnt, uns kurz auf den Mund zu küssen am Morgen, wenn wir vor dem Schultor eintrafen, wir gingen nicht in dieselbe Klasse und kannten uns aus der Foto-Gruppe. Sie war nicht besonders hübsch, hatte ein bleiches rundes Gesicht und trug eine Brille, die Augen waren wäßrig vergrößert, sie war weitsichtig, und wir küßten uns auch nicht als Verliebte, sondern wie reife Gutbefreundete. Kurz vor Betreten der Kirche küßten wir uns auch, denn wir hatten unsere Schulgänge insgeheim so aufeinander abgestimmt, daß wir fast immer zur gleichen Minute vor dem Eingang zusammentrafen. Mit der Zeit schien unser flüchtig-ältlicher Kuß etwas länger und haftender zu werden, es war, als ob wir auf dem Weg des regelmäßigen Küssens erst allmählich zu einer gewissen Verliebtheit fänden.

Wir betraten die Kirche. In der Kirche gab es keinen Gottesdienst, sondern die Arbeitsgruppe Fotografie war dort versammelt. Alle Bänke waren dicht besetzt, der Andrang aus allen Klassen zu dieser Arbeitsgruppe war sehr groß. Neben uns saß wie immer Florian. Über ihn hatten wir unser erstes Gespräch geführt. Und wir kamen eigentlich immer wieder auf ihn zurück. Bislang drehte sich fast alles, was wir uns zu sagen hatten, um Florian. Ja, unsere Verständigung über den Dritten hatte sogar spontan zu unserem ersten Kuß geführt, Kuß der übereinstimmenden Meinung. Florian war leidenschaftlich an der Fotografie interessiert, besaß aber keinen eigenen Fotoapparat. Immer wenn der Lehrer neben dem Altar und vor der Demo-Wand dazu aufrief, den Apparat hochzunehmen, »das Auge an den Sucher« lautete das Kommando, und hundertzwanzig Schüler und Schülerinnen hoben ihre Leica und drückten ihr Auge an den Sucher, nur Florian hatte keinen Apparat, und immer, wenn es soweit war, bat er mich oder Annette, ihm mit einem unserer Apparate auszuhelfen. Er sagte einfach: Gib *mir* mal!

Und wir liehen ihm abwechselnd, Annette und ich, unsere Leicas. Es brachte uns furchtbar gegen ihn auf. »Wie kann man einen Fotokurs besuchen«, sagte Annette nach dem Unterricht, »und keine eigene Kamera besitzen!« Und ich sagte: »Man kann sich ja für Fotografie interessieren auch ohne Apparat, aber einen praktischen Fotokurs sollte man nur besuchen, wenn man auch dafür ausgerüstet ist!« Und Annette wieder: »Ich finde es unmöglich von ihm! Praktisch nimmt er mir einfach die Kamera aus der Hand. Und wenn Richard (der Fotografielehrer) irgend etwas praktisch erklärt, habe ich das Nachsehen.« Und ich sagte: »Er ist ein Sonderling. Man gibt ihm die Kamera praktisch nur, weil er in Theorie so unschlagbar gut ist.« Das war der entscheidende Punkt. Florian besaß keinen Apparat und konnte praktisch überhaupt nicht fotografieren. Aber er wußte alles über Blenden, Zoom und Raster, kannte jedes technische Detail, sogar vom Entwickeln und Vergrößern verstand er mehr als Richard, unser Lehrer. Annette und ich waren also immer etwas eingeschüchtert durch sein großes Wissen (von dem wir gelegentlich auch profitierten), doch zugleich empörte uns sein Verhalten. Lange machten wir die Sache unter uns aus, Annette und ich steigerten uns in mißgünstigen Äußerungen und schroff ablehnenden Bemerkungen über Florian, die auch seine physische Ausstrahlung, seinen Körpergeruch, seine schiefen Vorderzähne, sein ganzes *ungewaschenes Maul* mit einbezogen, wir wurden immer ausfallender gegen ihn und gaben uns regelmäßig den trockenen Kuß der Verständigung.

Eines Tages lieh Florian meine Kamera, nahm sie mir einfach aus dem Schoß, ohne zu fragen, und schoß eine schnelle Serie von Richard (dem Lehrer), der vorn neben dem Altar mit dem Aufbau von zwei parallelen Kameras und den zugehörigen Stativen nicht zurechtkam, stand auf und knipste ihn nieder. Richard trat wutschnaubend auf die oberste Altarstufe, wagte aber nicht, Florian das Knipsen zu untersagen, so daß sein ganzes hilfloses Gehabe mit auf die Serie kam, seine zornbebende Verhaltung und seine erbärmliche Schwäche. Florian besaß nun einmal ein großes Ansehen. Er gab mir die Kamera nicht zurück, nachdem er sich wieder gesetzt hatte. Ich fragte Annette leise, wie ich mich verhalten solle. Sie sagte, ich solle sie ihm später abnehmen, und lieh mir ihre Leica. Nach dem Unterricht steckte Florian meine Leica in seine Schultasche und ging zum Ausgang. Annette lief sofort hinter ihm her und stellte ihn zur Rede. Florian sagte jetzt: seine Eltern hätten sich geweigert, ihm eine Leica zu kaufen. Sie könnten ihm vielleicht auch keine Leica kaufen, aber da sei er sich nicht so sicher. Sie hätten einfach Scheuklappen, moralische Scheuklappen. Sein Vater habe ihm gesagt: er, in Florians Alter, hätte lediglich eine Agfa Clack besessen, und eine Agfa Clack (oder ein Nachfolgemodell) genüge auch heute noch für den Anfang. Er habe seinem Vater tausendmal erklärt, daß er kein Anfänger mehr sei und weshalb er das nicht sei, aber es habe nichts genutzt, der Vater sei nicht von der Agfa Clack abzubringen. Also hätte er lieber auf jede Kamera verzichtet, unter einer Leica wolle er es praktisch gar nicht erst versuchen, dann lieber ohne jede Kamera unter hundertzwanzig Leica-Besitzern.

Er hatte gesprochen, der Damm war gebrochen. Ich bekam meine Leica zurück. Im tiefsten war er so sehr das Zentrum unserer Versammlung, der ganzen Fotogruppe, daß ihm ein willkürliches Verfügungsrecht über jede einzelne der hundertzwanzig Leicas zustand, das spürte auch jeder von uns, jetzt, da er sich offen bekannt hatte, noch viel stärker. Nur ich sperrte mich ein wenig gegen diesen neuen Sog. Bei Annette, neben ihm, konnte ich ihn deutlich bemerken. Sie schob ihm ihre Kamera buchstäblich in den Schoß. Es ging eine Abtretungs-, eine Art Opfergabenwelle durch die gesamte Fotogruppe. Immer wieder suchte jemand die Gelegenheit, Florian die eigene Kamera auszuhändigen, ja aufzudrängen, vor allem Schülerinnen schoben sie ihm zu und entfernten sich dann schnell, als wollten sie vor lauter Dingscheu nicht sehen, was er mit ihrem Besitz anstellte. Manche taten es auch so, als hätten sie ihr liebstes Ding aus Zerstreutheit bei ihm liegengelassen oder vergessen. Nicht selten lief ihnen Florian dann nach und drückte ihnen ziemlich gewalttätig, ordinäre Verwünschungen ausstoßend, den Mädchen vor allem, ihre Kamera in den Nacken und in die Handtasche. Annette hatte es mehrmals durchgespielt. Florian das Ding überlassen, sich abgewandt, die Flucht angetreten, Florian hinter ihr her, sie greifend und maßregelnd, die Kamera ihr, verbunden mit üblen Flüchen, in den Bauch pressend.

Ich hielt meine Leica fest, wurde immer skeptischer und besuchte immer seltener die Arbeitsgruppe, in der der okkulte Faktor zunehmend an Bedeutung gewann. Längst gab es den trockenen Kuß der Verständigung zwischen Annette und mir nicht mehr, wir trafen niemals mehr zur gleichen Minute vor dem Schultor oder dem Kirchenportal zusammen. Sie hatte ihre Leica irgendwann in der Kirche Florian zu Füßen gelegt, und er war in einer Art Derwischtanz darauf herumgetrampelt, bis er das Ding kurz und klein getreten hatte. Ich hatte sie danach zu ihren Eltern gefahren, sie war vollkommen aufgelöst.

NACH EINEM VORTRAG, den ihr Mann vor der Florestan-Gesellschaft gehalten hatte, wurde Sibylle Fischer im Waschraum der Toilette von einer rothaarigen Dame aus dem Publikum angesprochen und in den Spiegel hinein gefragt:
»Sind Sie nicht seine Frau? Hören Sie! Wir beide müssen versuchen, *diese andere* ... von seiner Seite zu vertreiben. Die kleine Schnalle preßt ihn aus. Sie wird ihn ruinieren. Und Sie dazu.«
Die Person drehte sich auf dem Absatz um, und ehe Frau Fischer antworten konnte, war sie verschwunden.
Billie stand wie vom Schlag gerührt und wurde kreidebleich.
Welche andere? Sie wußte von keiner anderen. Und woher kam dieser Schreck mit schlaffem fuchsrotem Haar in den Spiegel? Sie hatte nie den geringsten Anlaß gehabt, ihren Mann zu verdächtigen, sie zu betrügen. Und jetzt waren es gleich zwei! Sie mochte beinahe annehmen, daß diese bürgerliche Kopie einer Animierdame sich einen geschmacklosen Scherz mit ihr erlaubt hatte. Und doch stellte sie zu Hause ihren Mann ohne Umschweife zur Rede.
Als sie sah, daß er sie nicht etwa auslachte, sondern seinerseits kreideweiß wurde, war sie sich plötzlich sicher,

daß die Fremde im Spiegel die Wahrheit gesagt hatte. Roman entdeckte ihr mit wenigen kalten Worten seine frühere Verbindung zu Julia, eben dieser Rothaarigen, und behauptete, daß es sich bei ihrer infamen Einflüsterung um den letzten Störversuch, das verzweifelte Rachemanöver einer von ihm abgewiesenen Geliebten handelte, deren Leben er angeblich zerstört hatte. »Aber glaubst du mir auch?«

»Nein«, antwortete Billie. »Du hast mir nie von dieser Julia erzählt. Aber sie gibt es. Zu meiner Überraschung. Seit heute abend gibt es sie für mich. Und wenn es die eine gibt, warum sollte es dann *diese andere* nicht auch geben? Ich nehme an, du wirst um jeden Preis verhindern wollen, daß ich Julia kennenlerne, um von ihr etwas über *diese andere* in Erfahrung zu bringen.«

»Gegen das Gespinst von Lügen, Selbstbetrug, Phantasterei, in das sich Julia einschließt und jeden andern Menschen, der ihr begegnet, dazu, habe ich seit jeher wenig ausrichten können«, entgegnete Roman resigniert.

»Ich fürchte, auch du wirst ihm zum Opfer fallen. Nein, ich weiß es! So wie ich wußte, daß es ihr eines Tages gelingen würde, sich an dir zu vergreifen, um sich zu rächen. Und nun wirst du einer von mir enttäuschten, einer durch mich glücklos gewordenen Person mehr Glauben schenken als mir, der ich dich liebe. Denn gerade die Festigkeit und Ungestörtheit unserer Ehe-Liebe hat in dir inzwischen den Verdacht erregt, so etwas könne es eigentlich nicht geben, nicht auf Dauer zumindest, und jetzt scheint sich dein Verdacht mit einem einzigen Schlag – dem Sprung des Teufels aus dem Spiegel – zu bestätigen. Doch! So etwas gibt es, sagst du dir, aber eben nur unter der Bedingung der Unlauterkeit, des geheimen Betrugs! Einer verheimlichten Beziehung zu einer dritten Person. Genaugenommen ist aber dein Mißtrauen lediglich eine Frucht deines mangelnden Selbstvertrauens, das ich mit allen Kräften meiner Liebe nicht zu stärken vermochte. *Du traust dir nicht zu, mir die einzige zu sein.* Finde doch den Mut, es nicht genauer wissen zu wollen! Bist du nicht unablässig die Getäuschte in so vielen kleinen und großen Angelegenheiten des Alltags? Die Getäuschte der Banken, die Getäuschte der Politik und der Wissenschaften und zuweilen sogar die Getäuschte des Taxifahrers. Zucke die Achseln und sage dir: Wer weiß, vielleicht bin ich sogar die Getäuschte der Liebe? Genau weiß ich es nicht. Genau will ich es nicht wissen. Ich werde schließlich nicht vernachlässigt.«

Bei diesem letzten Wort blickte Billie ihrem Mann ins Auge und schwankte ein wenig zwischen Widerspruch und weiterem Nachsinnen.

»Es ist wahr«, sagte sie, »du vernachlässigst mich nicht.«

»Darauf würde ich nicht alles geben«, setzte Roman nach mit einem genüßlichen, fast übermütigen Vertrauen in die Überzeugungskraft seiner Worte. »Es könnte ja ein Trick sein. Bedenke, was alles sonst gegen mich spricht. Könnte ich etwa sagen: schon aus beruflichen Gründen kann ich mir eine Geliebte nicht leisten? Ganz und gar nicht. Ich könnte sie mir sehr gut leisten, und nicht nur eine. Ich bewahre mir genug Zeit für den Müßiggang, ich komme mit vielen Menschen zusammen, darunter sehr schönen Frauen. Ich hatte nie den Eindruck, besonders abstoßend auf sie zu wirken. Sieh mal, Billie: das Gefühl, die Getäuschte zu sein, erstreckt sich von der niedrigsten bis zur höchsten Stufe der Liebe. Doch nur auf der höchsten rührt es von der

Unglaubwürdigkeit des Glücks. Und wenn *du* dich als eine Getäuschte der Liebe empfindest, dann mißtraust du nicht mir, sondern deinem Glück. Es kann ja nicht sein, sagst du, daß mir davon ein solch ungewöhnliches Maß zuteil wird! Es ist der Punkt erreicht, wo der Mensch gegen die Gnade Verdacht schöpft. Er entspringt ganz ohne äußeres Zutun der schönen Bewegung, mit der man sich in höchster Sicherheit wiegt. Wobei der erste Anhauch des Zweifels sich im *ungläubigen* Staunen, im wohligen Es-nicht-fassen-können regt, um dann gleich wieder in die Bewegung des Wiegens einzuschwingen. Nach einer gewissen Zeit wird er dann endgültig eingelullt, der kleine Zweifel, oder aber er bricht abrupt hervor, wird schrill und furchtbar. Aber doch ohne jeden Grund, ohne äußere Veranlassung. Du hast keine andere Wahl, als mir, meinen Worten, Glauben zu schenken. Ich kann dir meine Unschuld nicht beweisen.«

Billie erkannte sehr wohl die vorbereitete Schlinge dieser Worte, dieser immer frechere, engere Schlüsse ziehenden Worte, und sah sich gezwungen, einen Ausbruch wenigstens zu versuchen.

»Es gibt noch eine andere Möglichkeit. Es gibt noch die Möglichkeit, daß ich mich mit Julia treffe und sie frage, was sie eigentlich mit ihrer Stichelei bezwecken wollte. Ich könnte sie genauso zur Rede stellen wie dich.«

Roman Fischer, der diese Unterhaltung mit größter innerer Anspannung führte, konnte nicht verbergen, daß diese Absichtsbekundung seiner Frau ihn mißmutig, ja mutlos stimmte. Eigentlich hatte er mit all seinen Ausführungen zuletzt nichts anderes erreichen wollen, als sie daran zu hindern, auf genau diesen Gedanken zu verfallen.

»Wenn du das tatsächlich für eine Möglichkeit hältst,

bitte. Stell dir aber vor, daß dieser Versuch nur dann einen Sinn hätte, wenn er in meinem Beisein durchgeführt würde. Aber ein solches Treffen oder Wiedersehen wäre mit Sicherheit für alle Beteiligten verhängnisvoll.«

»Du fürchtest dich vor Julia?«

»Ja. Ich fürchte sie. Warum soll ich es nicht zugeben? Aber wenn ich eine solche Begegnung unbedingt vermeiden möchte, dann am wenigsten aus Eigeninteresse.«

»Was hast du mit ihr angestellt?«

»Nichts. Oder zuwenig. Ihrer Meinung nach. Ich habe mich eben nicht genug auf sie eingelassen. Nicht so, wie sie es in ihrer krankhaften Phantasie erträumte und erzwingen wollte. Daraus nimmt sie den ganzen Stoff für ihre Passionsgeschichte. Daraus, aus meiner Zurückweisung, leitet sie ihren Niedergang her, ihren beruflichen, ihren gesundheitlichen, ihren weiblichen Niedergang. Billie, diese Frau ist ein magisches Strahlenbündel von Glücklosigkeit. Und wenn ich je wieder – wenn du jemals mit ihr in Berührung kämst, so wird es, ich schwöre es, keine unbeschwerte Stunde mehr für uns geben.«

Diese letzten Wendungen waren schwach, das spürte er selbst, hilfloses Pathos, Appelle ohne jeden Kunstgriff. Mit ihnen entließ er Billie aus dem Bann, in den seine seiltänzerische Rede sie zeitweilig gelockt hatte, dem sie jedenfalls soweit erlegen war, als sie niemals seine Gedankenführung verlassen und etwas ganz Unverhofftes dazwischengefragt hatte.

Nun also reagierte Billie gelöst, fast leichtfertig, sie sagte:

»Also: ich soll dir Glauben schenken? Ein großzügiges, ein wertvolles Geschenk, meinst du nicht?«

»Du hast mich zur Rede gestellt. Und ich habe geredet. Du kannst beurteilen, was ich gesagt habe und wie ich es gesagt habe. Ausschließlich im Bereich meiner Worte befindet sich die Wahrheit. Im übrigen glaube ich nicht einmal, daß sich Julia auf eine Begegnung, wie sie dir vorschwebt, so ohne weiteres einlassen würde. Wie sollten denn auch ihre Lügen wirksamer sein als der flüchtige Biß, mit dem sie dir das Gift beinah im Vorübergehen einflößte?«

Da ihr Mann seine Zustimmung zu einem gemeinsamen Treffen mit Julia endgültig verweigerte, entschloß sich Billie, eine kleine unlautere Vorkehrung zu treffen. Sie machte diese rothaarige, sie mehr und mehr beunruhigende Person ausfindig und verabredete sich mit ihr hinter Romans Rücken. Und an denselben Ort, einem Passagencafé in der Stillen Straße, bat sie ihren Mann zu einem etwas späteren Zeitpunkt. Schon nach den ersten Schritten des Erkundens konnte sie nicht mehr einhalten, und es begann ihr unabsehbarer Abstieg ins Wissen.

Julia schwieg. Sie machte einen hilflosen, erschöpften Eindruck. Es war wenig aus ihr herauszubekommen, offensichtlich war sie betäubt von Tabletten und Alkohol. Glanzloser als zuerst im Spiegel hing ihr eine Strähne vom gefärbten Haar übers Ohr bis in die Schlüsselbeinkuhle. Als Roman erschien und sah, daß er in eine Falle geraten war, ließ er sich nichts anmerken, keine Miene zu Billie hin, überwand aber sichtlich mit Mühe den Abscheu, den der Anblick Julias ihm bereitete. Sie hatte sich hinter der Maske eines starren süßsauren Schmunzelns versteckt und rührte sich nicht, als Roman ihr gegenüber am Tisch Platz nahm.

»Sieh sie dir an!« sagte Billie forsch, als wäre sie sicher, daß Julia nichts mehr wahrnahm außer in undeutlicher Entfernung ihren Liebsten und Schinder, »diesen Menschen hast du ruiniert. Eine kurze Begebenheit? Acht volle Jahre hast du gebraucht, um sie restlos auszulöschen. Du kannst sie überall kneifen, es tut ihr nichts mehr weh. Sie kann sich nicht mehr genau besinnen. Doch wer *die andere* ist, vor der sie mich auf der Toilette gewarnt hat, das glaube ich nun zu wissen. *Die andere* heißt in Julias Sprachgebrauch jene Person, der du sie damals geopfert hast. Die Frau, um derentwillen sie von dir verlassen oder zurückgesetzt wurde. Ihren Namen bringt sie nicht über die Lippen. Du wirst schon wissen, um wen es sich handelt. Für Julia ist sie die ewig andere geworden, und sie geht als Schatten an deiner Seite. Sie weiß aber nicht mehr, wie sie heißt.«

Und zum Zwecke der Demonstration rüttelte sie an Julias bleiernem Arm und rief energisch: »Stimmt's, Julia? Du weißt nicht mehr, wie sie heißt?« Und die Kranke richtete ihren Blick mühsam auf und sah, während sie Billie antwortete, in Romans Gesicht. Sie sagte: »Ja, es stimmt. Es stimmt, was du gesagt hast.«

Als Roman Fischer das hörte, strömte eine große Dankbarkeit aus seinem Herzen zu der vollkommen Erschöpften hinüber. Sie hatte, gütiger Himmel, *diese andere* auf sich genommen! Sie hatte sie aus dem Verkehr gezogen, sie historisiert oder mystifiziert oder was auch immer. *Alice war in Sicherheit!* Unwillkürlich nahm Roman Julias Hand, und ebenso unwillkürlich legte sie ihre Schläfe auf seine Hand und sah mit ihrem unvergleichlich süßsaurem Schmunzeln von unten zu ihm hinauf.

Billie war außerstande, diese Gebärde, diese vertrauliche Berührung zwischen ihrem Mann und dieser ihm ungeniert ergebenen Frau richtig einzuschätzen, sie im Schema ihrer bisherigen Erkundungen unterzubringen. Auf einmal wurde sie sehr unsicher. Sie meinte plötzlich das ganze Ausmaß des Schadens zu erkennen, den sie sich selber und ihrer Ehe-Liebe zugefügt hatte, indem sie sich an die Aufklärung eines halb gelallten Spruchs gemacht hatte. Wißbegierig war sie nur aus Eifersucht geworden, aus Mangel an Vertrauen listig und aus Unsicherheit bösartig.

Sie wollte nun ihr schreckliches Wissen wieder löschen, ihre vorwitzigen Schritte ungeschehen machen, indem sie Roman mit großer, warmer Zuwendung begegnete.

Doch ihr Mann reagierte ungewohnt spröde, ja kühl. Er wich ihr aus. Julia hat immer noch Macht über ihn! schoß es ihr durch den Kopf. Der böse Zauber der Glücklosen ... Sie erinnerte sich an Romans Voraussage, daß diese tief liebeskranke Person alles versuchen würde, um sie, Billie, zu beeinflussen und zu verderben für das Zusammenleben mit ihrem Mann. War es nicht schon geschehen? Andererseits war es ihr unvorstellbar, daß ihr auf Schönheit und Figur achtender Mann mit dieser formlosen Gestalt, mit diesem Bündel Sucht noch etwas anfangen könne ...

Roman beobachtete Billie durch das Fenster seiner Kälte und liebte sie um so mehr, als er sah, daß sie unter ihrem (irrigen) Wissen litt. Nur aus taktischem Grund, nur zum Schein und mit einiger Selbstüberwindung hielt er sich vorerst zurück. Und er liebte sie auch auf ganz neue Weise, nun aus seiner frohen Lage heraus, in die der wunderliche Großmut seiner zerrütteten Freundin ihn versetzt hatte. Jetzt besaß er alle Freiheit für *diese andere*! Alice und er waren vor jeder weiteren Nachstellung geschützt. Und dann: niemand würde je herausfin-

den, daß er Billie, seine Frau, umarmte, um zu bereuen.
Daß er sie aufrichtig und über alles nur lieben konnte,
wenn er ein ausgesprochen schlechtes Gewissen besaß.

»Ich bin die Lettin, die Sie eingeladen haben. Entschuldigen Sie mein umständliches Deutsch. Ich bin ein
Geschöpf der Enklave. Ich kenne meine Muttersprache
zuerst aus Büchern. Ich kam nach Deutschland, um
mein Auskommen zu verbessern. Mein Kind habe ich
bei meinem Mann und seinen Eltern zurückgelassen.«
»Holen Sie es sofort hierher! Das Kind! Sie verlieren das
Sorgerecht.«
»Sie werden Ihren Sohn nie wiedersehen!«
»Nun, es hängt ein wenig von der Barmherzigkeit mei-
nes Mannes ab.«
»Das hängt ganz allein von Ihnen ab. Es kommt darauf
an, ob Sie es überhaupt wollen!«
»Ich, die Professorin aus Riga, will Ihnen alles erklären.
Mein Mann hat mich nicht darum gebeten, nach Hause
zu kommen und mein Kind zu holen. Die Schwester
meiner Schwägerin liegt ihm jetzt zu Füßen.«
»Nur weil Sie in unverbrüchlicher Treue an ihm hängen,
ist dieser Mann ein Mann für Frauen geworden.«
»Ihre Liebe gab ihm die Kraft, die er jetzt bei anderen
Frauen vergeudet.«
»Wie ich diese Frau verachte!«
»Wen? Seine Kebse?«
»Nein! Sie! Sie selbst.«
»Warum verachten Sie mich?«
»Weil Sie sich demütigen lassen von einem Mann, der
sich die Frauen greift!«

»Aber es sind nur die paar, die sich leicht greifen lassen.
Er hatte immer ein paar Kebsweiber um sich. Die Philo-
Zofen sind es, seine Schülerinnen im wesentlichen.
An etwas festhalten ist nichts. Es sich finden, es sich
wiederfinden zu lassen, darauf kommt es an. Es kehrt
zuletzt alles an seinen richtigen Platz zurück! Ich
bin, verzeihen Sie, kein Mensch für Ihre raschen Ent-
schlüsse ... Dafür habe ich zuviel Unrat gesehen unter
euren Dornbüschen. Bierdosen, Sardinenbüchsen an
Angelplätzen, zerbrochene Faltstühle im Schilf. Und
Kippen, Kippen im Haufen, als hätte sich jemand in
einer Nacht die ganze Lunge voll Pech geraucht. Entschuldigen Sie, wenn ich mir erlaube, zu Ihnen im
Gleichnis zu reden.

Ich besuchte zur Vesperstunde die evangelische Kirche,
unweit des Maschsees. Dort schlurfte ein junger Pfarrer
mit Pferdeschwanz durch das Mittelschiff, er zündete
sich eine selbstgedrehte Zigarette an. Es war bei ihm der
Empfindungstod eingetreten.
Ein langer schwarzer Balken hing über den Kirch-
bänken, an seinem Ende der kürzere Querbalken, also
ein langes schwarzes Kreuz schwebte im Mittelschiff.
Obenauf hockte die Aktionskünstlerin oder Artistin,
ich weiß es nicht, jedenfalls die Katze im schwarzen
Trikot, die die Augen verdrehte, bis es die Augen einer
Geblendeten waren. In ihrer Behendigkeit war sie mit
dem Balken geradezu *verheiratet*. Sie hockte ihm rittlings
auf, die Probenschuhe über den Fersen auf- und
abschlupfend, oder sie lag auf dem Balken der Länge
nach ausgestreckt, ruhte auf ihrer hübschen Flanke, den
Kopf in die Hand gestützt, das Becken ausgestellt. Oder
sie kauerte *wie der Affe auf dem Schleifstein* darauf.

Oder sie stand breitbeinig auf dem Kreuz mit beiden Fäusten in den Hüften. Der schlurfende Mensch unter ihr erreichte das Portal, er lehnte sich an den Windfang, der Gemeindepfarrer war ihr Partner oder Trainer. Er trug eine helle Leinenhose, eine hellgraue Weste mit vielen kleinen Taschen, und er zündete sich noch einmal eine Selbstgedrehte an. Mit ihm ward vom schwebenden Balken herab nun zur Abendstunde der *inhaltliche Dialog* geführt … Über die Leute, die nicht in die Kirche kommen; über Pinochet; sie konnte sich die Todesstrafe für ihn vorstellen, er nicht. Der Raucher still im Eingang nickte wacklig vor sich hin, er sprach eure flaue, schale Sprache. Das Mädchen immerhin war so etwas wie ein Zirkuskind, ein animalisches Geschöpf, das auf dem Kreuz zu Hause ist, ja wohnt und schläft und tanzt und vom Kreuz herunter debattiert. Ich war die einzige Zuschauerin bei dieser Probe, die einzige Kirchenbesucherin zur Vesperstunde. Der Pfarrer, dessen Worte wertlos blieben, hatte hin und wieder etwas, das er *zu bedenken gab*, und sagte: ›Ich warne nur.‹

Die rebschwarze Astrid und der hellere Poggel (oder Pogger) waren eingespielte Partner bei diesem Gottesdienst. Wenn er sein Stöhnen und sein Aufheulen dazwischengab, sobald sie eine schlechte Figur machte auf dem Laufsteg Kreuz in schwindelnder Höhe, dann wurde sie nicht unwillig, sondern ließ ihren Körper mit zärtlicher Bewegung antworten. Dabei fiel mir auf, daß ihr Verhältnis sehr ausgeglichen war. Es wurde dann nur von mir gestört, da ich ihr eine weitere Verlästerung des Orts vorschlug, der dunklen Artistin zweideutig auf dem Kreuz, indem ich sie aufforderte, einmal in einem weißen Kleid zu balancieren! Ich schimpfte leis, sie schalt zurück, das Kreuz begann zu schwingen, sie rannte wütend von einem Ende zum anderen, und auch noch auf dem kurzen Querholz rannte sie ... Sie war ja völlig schwindelfrei! Die Unumkleidbare! Lebt und schwingt mit dem Kreuz in der Luft! Bei euch, ich weiß, ist jede Seele schwindelfrei!

Ja gut, ich bin nun eben eine Frau mit etwas widerspenstigen Ansichten. Bin eine Flamme unter euch, deren Spitze sich zur Erde neigt wie ein geknickter Halm ... Sehen Sie, ich bin die Moral einer versunkenen, nie gewesenen Welt, die dennoch als ein fernes Meeresleuchten, ein Horizontglühen, ein wenig Licht in die Finsternis wirft. Ihr aber seid die Moral der sinnlos Überlebenden. Wesen, die den Menschen überlebten und sich nun auf der Flucht befinden. Sich zu retten suchen in der Umschöpfung der Schöpfung. Ihr seid das Nachleben von allem, was einmal Herz und Sinne besaß. Wir hingegen, aufgewachsen in einem anderen Land, unter der Zukunftslüge, wir haben gelernt, den bittersten Ekel zu empfinden vor den Worten der Erwartung, vor all diesen Haltungen, der Zukunft zugewandt. Sie sind aus unserem Empfinden verschwunden wie die Sense aus der Landwirtschaft. Wir werden nicht den geringsten Nerv mehr besitzen für Verheißenes und Gepriesenes *hienieden*. Was uns fehlt, steht nicht bevor. Es war. Es ging verloren. Doch unsere Erinnerung sucht nichts wiederherzustellen, sie erstrebt lediglich den suggestivsten, gelüstigsten, reinsten Zustand ihrer selbst.«

»Ich find's wahnsinnig eng hier drin ... Ich find's wahnsinnig stickig.«

»Ich werde nicht warm mit ihr.«

»Sie kennt kein Pardon. Mit nichts und niemandem.«

»Sie ist schwer zu ertragen.«

Die anderen Gäste schielten zu der Frau in schlechter Kleidung, die unbequem, mit baltischem Nachdruck in die Runde sprach und einen dunklen Trotz im Gesicht bewahrte. Das kraftlose Haar, zum Zipfelzopf gefaßt von einem giftgrünen Plastikclip, lag auf dem schwarzgefleckten braunen Pelzkragen einer schmalen abgetragenen Lederjacke.

»Verzeihen Sie! Ich bin die Frau, die man nicht leiden mag. Ich mache mich gern unbeliebt. Ich werde rasch ausfallend in Gesellschaft. Ich kann mich nicht zurückhalten und platze mit meiner Wahrheit heraus.«

»Aber Sie, Irena, die Sie Ihr Kind zurückließen bei Ihrem Mann in Riga, der sich nicht mehr für seinen Sohn interessiert, Sie kommen nach Hannover Podbielskistraße, finden Arbeit, beginnen in der angrenzenden Eilenriede ... später am Maschsee ... Chefdispatcherin in einem Möbelversand ... Janis, Ihr Mann, der Rücksichtslose (der Kranke, wer weiß?), jemand, der alle, die ihm näherkommen, hereinlegt ... Aber wer hätte sich nicht in der Liebe gekrümmt, wer ist nicht, oft genug, mit diesem oder jenem sich krümmend einsgeworden? ... Ihre mütterlichen Seufzer. Ihre mütterlichen Sprachhemmungen. Ihr mütterliches Selbstbedauerungspotential (Einwurf Irenas: ›Falsch! Eine Mutter besitzt keines!‹) und das Leid mit seinen Philo-Zofen ... und das aus Ihrer Seele geborene Heimweh nach Nie und Nirgends, die Saudade des baltischen Nordens ...«

»Genug, meine Liebe! Wie hübsch Sie das alles zusammengezählt haben! Aber ich fürchte, Ihr Unterscheidungsvermögen ist an seine Grenzen gelangt. Lassen Sie es gut sein, meine Kluge!

Ich begebe mich in tiefe Scham, wenn ich daran denke, was mein Mann alles getan, umsonst getan, für ein geistiges Leben! Welch ein Durchdrungener! Ein schöpferischer Mensch! Ich leide mit all seinen Büchern, die hier niemand kennt, die leider auch bei uns verkannt und vergessen sind. Ich schäme mich, weil ich sie auch nicht mehr lückenlos auswendig kenne! ... Ich schäme mich, als wäre ich die Hauptsünderin des Vergessens! Wer lesen kann, muß (in einem Kulturstaat: *muß!*) sich dem Heben und Bergen von verschollenen Schätzen widmen! Alles Intelligente hat sich bei euch im Volk verbreitet, nur die Wollust des Geistes, den exzessus mentis, die gefährlichen Höhenflüge untersagt und unterdrückt man. Zu ärmlich ausgerüstet bin ich, um den kunstvollen Gesang seines Geistes wiederzugeben und ihn in die Fremde hinauszutragen ... Ist es denn nicht der Kreuzeswahn, locura de cruz, auf die zuletzt auch euer oberflächlicher Karnevalismus, all die klappernden Künstler, Exzentriker, Exhibitionisten *auf dem Kreuz* hinauswollen, aber ohne die Kraft der Erleuchtung niemals hinausgelangen? ... Nur die Überschreitung *einer Ordnung* kann den Wahn aufwecken ... die Parodien der Unordnung drehen sich erschöpfend im Kreis.«

»Sprechen Sie noch immer als seine dunkle anima, femme inspiratrice? Oder sind Sie das *Geschöpf der Enklave* vielleicht erst in Hannover Podbielskistraße geworden? Ich meine, vielleicht haben Sie erst bei uns diesen tieferen Osten, den inbrünstigen Osten entdeckt, den es vermutlich bei Ihnen zu Hause nicht mehr gibt?«

»Hören Sie mir einmal genau zu, meine Lieben! Sie werden sagen: EINE NACHRICHT VON UNSÄGLICHER BOSHEIT ... In Manhattan geht eine Frau, um den Sonnenaufgang zu beobachten, auf die Dachterrasse des Wolkenkratzers, in dem sie wohnt. Dort wird sie von zwei Männern überfallen und vergewaltigt. Sie zwingen sie danach mit vorgehaltenem Messer, sich in die Tiefe zu stürzen. Sie klammert sich an ein Gitter am Rand des Daches, sie stoßen sie hinab. Es gelingt ihr, im Sturz ein Fernsehkabel zu ergreifen und sich festzuhalten, bis Hausbewohner von ihrem Schreien geweckt werden und sie retten ... Die Täter, zwei jüngere Mitglieder der koptischen Gemeinde, waren nachts über einem Spruch Ephraims des Syrers derart ins Taumeln geraten, daß sie noch am frühen Morgen in ihrem Zimmer auf und ab schritten und heftig debattierten. ›Ein Glanz ließ sich nieder über dem Ort, wo sie zusammen waren, und es kam der süße Duft des Geistes über sie.‹ So heißt es ja bei Ephraim an anderer Stelle. Die Gedanken, die sie austauschten, wurden immer tiefer und rauschhafter, Größe und Schönheit des Gedachten versetzten sie schließlich in eine Stimmung von äußerster Verwegenheit. Sie waren sich vollkommen einig und bei ihren Auslegungen hatten sie schon den höchsten Gipfel der Übereinstimmung erlangt, als sie nun unwillkürlich vor die Wohnungstür traten und mit dem Aufstieg zum Dachgarten begannen. Und oben in der Morgensonne badete die Nackte. Da konnten sie dem Anblick nicht standhalten, sie konnten nicht widerstehen, den höchsten Geist der niedrigsten Schandtat zu verbinden.

Sehen Sie, die beiden Verkehrer waren vollkommen trunken von Wohlgeruch, Schönheit und Paradiesgeschmack, ohne die sie nichts hätten verkehren können. Gierig atmeten sie den Duft der Schrift und das Morgenlicht der Mystiker – und setzten dennoch alles um in

Bosheit und in Schande. Wie Satan selbst erschufen sie nichts, sondern kehrten nur um und waren ohnmächtig und gewalttätig.

Denn so heißt es im Vierten Buch Esdra: Ein Körnchen bösen Samens war von Anfang an in Adams Herz gesät. Und damit erfindet unsere Paradiestheologie ein erstes Muster für *positive Rückkopplung*, die der Verstärkung des Bösen dient. Geboren-erschaffen wurde der Mensch, um versucht zu werden. Er bedarf des Versuchers. Doch machtlos wäre der über ihn, gäbe es nicht das Körnchen angeborener Bosheit. Andererseits schlummerte dieses unwirksam in der Brust des Mannes auf alle Dauer, käme nicht von außen ein Ungutes dazu.

Valentins Zale und Janis Valdekas (das ist mein Mann) waren die beiden Täter. Und der Vorfall ereignete sich nicht in Manhattan, sondern am frühen Morgen bei uns im Hafen von Riga. Ich habe ihn nur ins Gleichnis gefaßt, die näheren Umstände kenne ich nicht. Niemand hat die beiden je zur Rechenschaft gezogen. Das ist die Wahrheit.

Valentins, mein Neffe, ist Student des klassischen Gitarrenspiels, mein Herzensfreund. Auch er wurde ein Amerikaner, denn meine Schwester hatte in zweiter Ehe einen lettischen Arzt aus Manhattan geheiratet. Die Hälfte unserer Familie wurde amerikanisch. Noch vor einem Jahr war sie eine außergewöhnlich schöne lebenslustige Frau. Andra, kaum erst vierzig, verbrachte einen Teil des Jahres bei ihrem Mann in New York, einen anderen, geringeren, bei uns in der Heimat. Doch im Sommer dieses Jahres kam sie im Rollstuhl auf dem Flughafen Riga an, sie war gerade noch fähig sich zu artikulieren, doch nicht mehr, sich zu bewegen. Ein seltenes Virus hatte eine schwere Gehirnhautentzündung hervorgerufen. Alle Körperfunktionen setzten nach und nach aus. Seit August lag sie nun im Koma. Kolja, unser russischer Freund und Arzt, mußte Hilfe leisten, unter anderem für die Infusionsernährung sorgen. Die beiden erwachsenen Jungen wachten rund um die Uhr bei Andra, ihrer wunderschönen, dem Tod geweihten Mutter. Maris, Valentins' Bruder, ein Architekt, ersetzte im Haus den Stiefvater, dem sein Beruf nur wenig Zeit ließ, nach Riga zu kommen. Soweit ich die Vorgänge aus der Ferne richtig verfolgen konnte, waren es vor allem die beiden Söhne, die darauf bestanden, daß die Kranke nach Hause kam und der Behandlung der amerikanischen Ärzte entzogen wurde. Es besteht die Vermutung, die düstere und wohltuende Vermutung, daß sie mit Koljas Unterstützung die wunderschöne Mama künstlich so lange ›am Leben‹ erhalten wollten, wie *sie* es wünschten, und nicht, wie die Amerikaner es für richtig hielten. Obgleich sie selbst die Nahrungsaufnahme bereits verweigert hatte, solange sie noch bei Bewußtsein war. Obgleich sie also ihren Angehörigen bedeutet hatte, daß sie aufhören wollte zu leben, unbedingt aufhören …

Kolja schrieb mir vor einigen Wochen, jetzt läge meine Schwester immer noch im Bett und sei noch immer sehr, sehr schön … Sie wollen sie nicht gehen lassen, von dieser Schönen sich nicht trennen. Mein Gott, sie wollen sie sehen, sie atmen sehen, ihren warmen Körper anfassen! Kein Fremder hat das Stadthaus je wieder betreten, seitdem meine Schwester dort künstlich erhalten in einem dunklen Zimmer liegt. Maris verbringt seine freien Nächte in der Altstadt und geht mit seinen Mädchen aus. Valentins blieb immer zuhaus, auch wenn er keine Wache hielt. Bis … Ja, bis eines Nachts mein Mann bei ihm erschien und ihn überredete, mit ihm zum Hafen zu fahren. Und Valentins ... mein Herzensfreund ... er konnte dem Versucher nicht widerstehen. Sonst, wenn der große Kummer kam, stieg er in den ersten Stock des Hauses und setzte sich an seine neue elektronische Orgel, zwei Manuale, ein Pedal, zwei Oktaven Holzschlegel, und spielte Choralvorspiele des achtzehnjährigen Johann Sebastian. Ich habe versucht, ihm einen Brief zu schreiben. Ich habe den Brief aus Mangel an Lebenserfahrung an einer Stelle abbrechen müssen, die eine sehr sichere Mitteilung erfordert hätte. Einen sehr ernsten und sicheren Rat, den ich ihm geben wollte. Aber er war bei mir durch keine persönliche Prüfung gegangen, nichts in meinem Leben rechtfertigte einen solchen Rat. Wenn sein Vater, der Arzt aus Manhattan, früher zu Besuch kam, war er erstaunt über die feinfühligen Umgangsformen, denen er in unseren Kreisen begegnete. Aber er gab uns Letten trotzdem am laufenden Band irgendwelche überflüssigen Ratschläge, und in Erinnerung daran brach ich plötzlich den Brief ab. Sehen Sie, man begegnet bei uns immer noch jener ausgesuchten Höflichkeit, die die gebildete Schicht kleiner, nicht zentraleuropäischer Länder auszeichnet ... Ich glaube, Valentins ist besessen von der tiefen und märchenhaften Hoffnung, daß der Tod seine Mutter *wachküßt*! ... Es ist ja nur noch eine Zuckerlösung, die in ihr Blut tropft und es warm hält. Welche Demut empfinden wir vor den Leidtragenden, die uns nicht behelligen wollen und uns deshalb nur um so untergründiger anziehen. Und die entbehrungsvollen Nächte des jungen Mannes, der über die Atemzüge seiner Mutter wacht, sind erfüllt von einer Lauterkeit der Liebe, die uns mit der Magie eines Goldschatzes anzieht, des Schatzes feinster Menschenregungen.«

»Wenn ich Sie richtig verstanden habe, überfällt dieser *Schatz* eine wehrlose Frau und mißbraucht sie am Hafen!«

»Und Sie selbst, Irena? Haben Sie nie am Krankenbett Ihrer Schwester gewacht?«

»Ich werde auf alles eingehen, was Sie mich fragen. Doch vorab: meine Schwester hätte es nicht gutheißen können ... Und außerdem sehe ich sie nicht zuvörderst als meine Schwester, sondern in den Augen meines geliebten Valentins sehe ich: seine schöne, täglich frisch gekleidete, nicht sterben könnende *Mutter*.«

»Hoffnungslos! Wie hoffnungslos ist alles, wovon Sie erzählen. Es ist eine tiefe Verirrung, es ist ein Hohn auf das Leben, eine solch düstere Stimmung zu seiner Leidenschaft zu machen. Und daß Sie Leidenschaft besitzen, Lebenskraft, wird man Ihnen nicht abstreiten können.«

»Weshalb hoffnungslos? Wir wissen nicht, wo das Tor offensteht. Wir suchen herum, wir verirren uns und wissen doch: irgendwo steht das Tor offen für uns. Und plötzlich stehen wir vor dem Tor, und alles was wir lieben, wird seinen gebührenden Platz finden ... Es ist so, daß die meisten die Große Wand vollmalen mit scheinbaren Menschen und illusionären Gästen. Doch einer, der niemals malte, sondern tastete, findet plötzlich die einzige Stelle, an der man die Wand durchschreiten kann ... und nun stellen alle das Malen ein und alle treten hinaus in einen unvorstellbar schönen Garten ...

Ich erzähle Ihnen ja die traurige Komödie des Janis Valdekas. Meines Mannes ganzes Leben spielt in einem unergründlichen Morgengrauen, in ewiger rosenfingriger

Übermüdung, wenn die Lichtempfindlichkeit des Menschen ihren höchsten Stand erreicht hat, nachdem er von einem nächtlichen Gelage heimkehrt mit dem jungen Freund, Arm in Arm, und auf der Terrasse sieht er von fern, daß sich die ersten Geburtstagsgäste schon eingefunden haben, die nun den ganzen Tag in seinem Haus feiern werden, seinen endlosen achtundvierzigsten Geburtstag! ...

Die Macht der von mir unberührten Frauen! ruft er aus. Niemals, mein Lieber, kannst du dir ausdenken, welche Macht die von mir unberührten Frauen über mich haben! ... Der Schauder, der mich vor diesem Götzen eines fremden, kraftvollen Körpers ergreift, das Chaos von Weck- und Betäubungsstoffen in meinem Hirn, wenn die Unbekannte naht ... wenn ich ihre Haut rieche ...! Ihre Unberührbarkeit-für-mich macht mich rasend. Der Überdruck meiner Selbstbezwingung treibt mir den Angstschweiß aus den Poren. Ich bekomme Angst vor ihr. Angst, in ihren Hauch einzutreten, ihre weiche Brust zu berühren. Ihren Geruch plötzlich rassistisch und nicht als ein persönliches Merkmal zu empfinden. Ihre Weichheit haptisch *nicht zu verstehen*. Diese Haut könnte meine Fingerspitzen, meine ganze Hand *anästhetisieren*. Sie könnte mich umgehend in einen fühllosen Gewaltmenschen verwandeln ... Nun ja. So ähnlich wird es ihm wohl ergangen sein, als er mit Valentins der Fremden im Treppenhaus begegnete.«

»Sie phantasieren sich in die Abartigkeit Ihres Mannes hinein! Merken Sie das?! Sie beleidigen uns mit Ihrem Mangel an weiblicher Selbstachtung. Sind Sie überhaupt noch eine Frau? Sie identifizieren sich bis in die Neurotransmitter mit Ihrem Mann! Sie identifizieren sich mit dem Vergewaltiger anstatt mit seinem Opfer!«

»Sehen Sie, das Opfer – sie, diese Sonnenanbeterin, hat vielleicht kümmerlich – mühsam – schleppend – widerwillig vierunddreißig Jahre gelebt, bevor es passierte, und jetzt hat sie noch tausend tolle Jahre auf der Couch ihres Analytikers vor sich! Der ihren *Katakremnismos* atemlos verfolgt, ihren Sturz von Delphis Hyampischen Felsen bis in unsere Tage ...«
»In Riga?«
»Nein. In Wirklichkeit.«
»Ihr Spott ist unerträglich. Und Sie ausgerechnet empören sich über eine harmlose Artistin auf dem Kreuz!«
»Mein Mann hat nie den gerechten Lohn für seine Arbeit erhalten! Nachdem er Jahr für Jahr einen Klumpen Glut, Lebensglut, geopfert hat und ihm höchstens einmal ein Trostpreis zugeschoben wurde. Der Hauptpreis, die seidenweiche Schwinge des Ruhms, hätte ihm auch nicht zugestanden, oder sagen Sie: nicht angestanden? ... Aber, was frage ich? Sie sprechen ein Deutsch ohne Dialekte, ohne Altertümer, ohne Dichterworte. Sie sprechen ja die Hofsprache der Öffentlichkeit ... darunter keine Maulwürfe mehr. Keine anderen Verbindungswege als Netz und Kanal. Und nichts wird mehr gehämmert, gestochen, geschnitten, was Menschen sich sagen ... Niemand braucht mehr um den Ausdruck zu ringen. Alles liegt sagbar bereit. Vom Fertigen erbt ihr eure Fertigkeit. Oh! Sie sollten einmal mit den alten Worten gelebt haben auf engstem Raum, gehaust haben, bevor Sie sie zopfig und altbacken schimpfen. Ihr echtes

Altertum war uns immer ein zusätzliches Leben, ein süßes Erzittern/Erleben, das Gott uns gewährte.

Ja! Ich sah meinen Mann stets als mein Vorbild. Wie die Heilsarmee sind er und ich herumgezogen und haben uns der Lächerlichkeit preisgegeben, wenn wir zur Rettung nicht der Ewigen Seele, jedoch der Ewigen Sinnlichkeit des Menschen unser Liedchen trällerten ...

Ich hoffe wie er, die Welt schüttelt ihren blutrünstigen Parasiten ab, den vollgesogenen Westen, diesen feisten Schmarotzer, niemand sonst vermag es, nur die Welt selbst kann den Satten ganz von ihrem mächtigen Bukkel schütteln! Wer bist du, männliche Fratze der Entbehrungslosigkeit, der unkriegerischen Schläue, Detail aus einer Menschensturzbeschreibung, oder du, weibliches Gesicht, der Dunkelheit beraubt, dämonenfrei, Anblick reiner stumpfer Unverworfenheit, das eine Frauengesicht, das aus allen scheint: die Machtlose der Gleichberechtigung!

Die Kultur ist leer, weil sie politisiert wurde, die Politik ist vergiftet, weil sie kulturlos wurde.

Stürzen kann man eine Diktatur, Freiheit nur rauben. Oder verzehren. Das Kapital kommt allemal mit dem Chaos besser zurecht als mit strenger Ordnung, besser mit der Verschwendung als mit Bescheidenheit, besser mit der Masse als mit der Elite, mit der Ausschweifung als mit der Keuschheit. Das Kapital verzehrt die Freiheit der Menschen genauso wie ihre Erdgüter.

Vielleicht hatte Janis Valdekas unter seiner Erfolglosigkeit mehr gelitten, als er zugeben mochte. Der Schwachsinn des Erfolgs! rief er ja oft und oft ein wenig zu empört. Wofür soll Erfolg gut sein? Sieh mich an! sagte er. Ich habe nie Erfolg – und bin doch ein beispielloser

Mensch. Ich lebe am Rande des Zusammenbruchs, aber eben am Rand, am Rand der Armut, am Rand des Wahnsinns, am Rand der Nichtswürdigkeit! ...
Ich bin achtundvierzig Jahre und hangle mich von Lehrauftrag zu Lehrauftrag. Ich liebe dich, Irena, aber es wurmt mich doch. Es zerwurmt mich, obgleich ich dich liebe. Sollen die Herrschaften, meine lieben Feinde, sollen sie nur alle ihr Ansehen genießen. Ich hingegen vermisse es. Also vermisse ich es eben.

Mein Mann glaubte lange Zeit, eines Tages ließe sich den Schulen der Psychologie eine Art Mikropsychologie hinzufügen und er wäre es, der als ihr erster Experte und Methodiker zu gelten hätte. Erforscher der Kleinstlebewelt des Herzens, der Elementarteilchen im innersten Aufbau von Neigung/Abneigung etc. Aber es ist nicht so gekommen. Der gesamte Wissenszweig ist verdorrt. Alles was er inständig und beglückt vorausgefühlt hatte, traf nicht ein. Gesiegt haben das technische Raffinement und der sinnliche Grobianismus Arm in Arm.

Meine Zeit hat mich gedrückt, Irena. Gewürgt, gedämpft und erdrosselt. Daß man aber den Schmerz nicht wirklich erträgt, obgleich man nur im Schmerz noch Reste des wahren Menschseins erkennt, daß man vielmehr sofort zu schmerzlindernden Mitteln greift, diese brutale Verdrängung des Schmerzes wird einmal üblere Folgen haben als vorzeiten die Verdrängung von Sexualität! ... Aber vielleicht sind wir bis dahin längst unserer Natur entkommen. Vielleicht hat Gott schon den Neuen Bund mit der zynischen Hybride geschaffen, hat neue Gesetzestafeln dem Nachmenschen gereicht?

Ich halte beinah alles, was sich aufrichtet, für blitzsüchtig. Den Blitz erbittend. Lüstern nach dem Blitz. Unser Geist ist ein Licht auf der Suche nach seinem Auslöscher. Unser Leben eine einzige Opferofferte. All unsere Reden im Kern nur Rogationen, Flehbitten ums Ende.

Du findest jetzt bei uns die Gruppe *DamnaDATAtion*, junge Hacker, die Frauen für eine Ansammlung incoMPatibler Teile, für etwas schlecht Zusammengesetztes halten ... Frauen sind in ihrem Jargon *kludges*: unelegante kurzfristige Problemlösungen. Alle Psychologen gehören kastriert! Alle Technophile geblendet!«

»Bitte, schweigen Sie! Bevor es anfängt weh zu tun! Oder sagen Sie's bitte endlich mit *Ihren* Worten!«

»Wie viele Menschen leben auf der Erde, Irena, und kennen die Sternbilder nicht! Wundert es da, daß nur sehr wenige sich in der Unendlichkeit der schönen Werke zurechtfinden? Man meint doch manchmal, wie kann soviel köstliches Leben sein, ohne die geringste Ahnung vom Höchsten zu haben, was das Dasein hervorbringen kann! ... Kein Dante, kein Mallarmé, nichts, keine Berührung, nicht einmal mit den bloßen Namen. Und doch sind die Finger der scheineblätternden Kassiererin in unserer neuen Barclay Bank, die ganze auszahlende Schönheit dort hinter Panzerglas und der ferne Coup de dès auf irgendeine spirituelle Weise miteinander verwandt ... Unser geringes Bewußtsein kann nur die Verknüpfung nicht herstellen! Wie kraftlos ist jedes Bild, das nicht der Bilderfurcht abgerungen! Wie zynisch jede Entblößung, die nichts ahnt von der Morgenröte einer fernen Scham, die langsam, doch unaufhaltsam über uns heraufzieht, um der Anbetung der Sekrete ein

Ende zu bereiten. Sie tun so, als wäre mit Sex alles der Lust Mögliche ständig erreichbar. In Wahrheit gibt es keinen Sex, der mehr als ein Vorspiel wäre. Alles nur ein Vorspiel! Meine Paarungen, meine ewigen Paarungs*versuche* kann ich in der Tiefe meiner Paradieskrankheit, meiner Ursprungsverletzung alle zurückführen, in jedem einzelnen Fall zurückprüfen bis zum ersten, dem Paar, das nicht nur die Kraft besaß zu sündigen, sondern auch: den Sündenfall gemeinsam zu überstehen, den ungeheuerlichsten Wechsel, den je ein Lebewesen erdulden mußte. Zwei, die auch die Verdammnis nicht auseinanderreißen konnte! … Und ich werde unweigerlich feststellen: Es gibt nur uns beide, die diese Prüfung bestehen, nur dich und mich, zwei Wesen mit unbändiger Freude in den gesenkten Gesichtern. Und die Schlammbewohner und die Schlauberger auf den Schlammblasen wissen nichts davon! … Vom Glauben nichts als Gläubiges!

Aber sind wir nicht dennoch einander Unerkannte geblieben, liebste Irena? Unerkannt wie der Tod, der längst in unsere Bahn einschwenkte.

Aber was bedeutet er noch? Ich tue alles so, als sähst du mich immerzu. Das Du. Der Du. Jenes kommende, jenes schwindende Du. Mensch-Du. Tier-Du. Gott-Du. Jenes vertraute, jenes abwegige, jenes unbekannte Du.«

»Mit anderen Worten: Sie halten einem Mann die Treue, der Sie nicht einmal mit einem unzweideutigen Du anredet? Der Sie fortwährend betrügt? Der Sie nur zum Klagen mißbraucht? Sie schicken mehr als die Hälfte ihres Gehalts nach Riga, um einen Treulosen am Leben zu erhalten?«

»Ja.«

DEM NOCH DER DUFT von gutem Badeöl am weißen Kragen schwebt und dem die Manschetten unter dem Jackenärmel gerade so weit hervorstehen, daß sie das Handgelenk bedecken und die Hand schön fassen, besonders beim Nachformen, Skandieren, Warnen und Tonangeben: der anmutige Vortragsreisende, der Intellektuelle, der sich zu kleiden versteht, der weiß, was ihm steht, einen ausgeprägten Sinn für die Stoffe besitzt, die zu ihm passen, und der die unverwechselbare eigene Note pflegt. Ihm gegenüber der junge Kollege aus dem Leibniz Institut, mit fünfunddreißig schon stark gelichtetes Kopfhaar, fettige Haut, verbeulter Pullover mit verschwitztem T-Shirt darunter und einem letzten Monatsverdienst von knapp 2550 Mark für seine Arbeit am Katalog der Institutsbibliothek. Beide Zimmernachbarn im Luxushotel, in das der Sponsor der Veranstaltungsreihe einlud.

Raoul Hoffmann der eine, Tilmann Rüschel der andere. Jeder in seiner Ideenlage radikal. Doch lächelnd, freundlich, genußfreudig der erste, Professor und Bestsellerautor, verbissen und unbeholfen dagegen der Jüngere. Ein schöner und ein häßlicher Mann, gleich gescheit.

So wie er redet, dem schlechtangezogenen Rüschel schräg gegenüber, den Arm lose auf den Tisch gelehnt, klingt seine Philosophie, im freundlichen Parlando durchschritten, wie geistige Background-Musik beim Einkaufsbummel, zuweilen so heiter und listig, daß er selber lächeln muß über das allzu Triftige, das ihm von den Lippen springt, und so flink und nebenhin wird das Wesentliche ausgesprochen, daß er dabei ohne zu stocken auf die Beine schöner Frauen schaut, die gerade vorübergehen, um dann mit neuer Freude seine Plausibilitäten zu kosten, das Ganze schon oft im schrägen Gegenüber ähnlich dargetan, die ausgestreckten Füße überkreuz, der rechte Ellbogen auf dem Tisch, zwischen zwei Fingern dreht sich das Bierdeckelrad, am linken Fuß klappt im schönen Rhythmus der Halbschuh auf und ab, ohne daß sich die Seidensocke verzöge.

»Wir bewegen uns mehr und mehr in einer lückenlos vorhersehbaren Welt. Es bleibt uns *au fond* nur das integrale Vergessen unserer selbst, um noch einmal dem Unvorhergesehenen zu begegnen, und zwar mit der ganzen Kraft und Willensnatur, welcher der Mensch sein Menschsein verdankt.

Denn wir gehen richtig, ohne etwas von Richtigkeit zu wissen oder sie innerlich zu spüren. Hätten wir auch alle Gesetze des Seins ermittelt, so doch nie das eine: von der Richtigkeit, in der wir mit Haut und Haaren, mit Denken und Lügen, mit Mord und Liebe restlos aufgehen. Es bleibt uns inne und dort für immer verborgen. Nicht einmal träumen ließe sich von der Richtigkeit, mit der wir träumen, wissen und handeln in einem. Es wird mit uns seine Richtigkeit haben alles in allem. Aber nicht zur einzelnen Stunde, nicht auf befristeter Strecke, sondern nur: alles in allem. Richtigkeit gibt es nur ohne Ende.«

»Hoffmann!« rief auf einmal der Jüngere, der Häßliche, Tilmann Rüschel, und unterbrach sein bröselndes Zigarettendrehen, »das stimmt doch alles nicht mehr, was Sie da sagen. Sie denken auch gar nicht: Sie reden bloß Ihre Philosophie daher!«

Der schöne Vortragsreisende zuckte zusammen und stutzte für eine Sekunde, ein Schimmer tödlicher Erkaltung beschlug sein Auge, bevor er sich wieder faßte und mit gleicher Gelenkigkeit seine Rede fortsetzte. »Eine Welt, über die man nachdenkt, gehört nicht mehr zu den denkbaren Welten. Schon die Stoiker sagen sehr schön ...«

Bei meinem Aussehen besteht wenig Hoffnung, daß er mir Glauben schenkt, dachte der Jüngere. Wenn ich ihm das nun vorbringe, was ich erstmals jetzt unbedingt hervorbringen muß, wird er mich ansehen und mir nicht mehr zuhören. Er redet ja noch immer so, als wär's tonangebend, was er zu sagen hat. Scheint gar nicht zu bemerken, daß der Widerhall ausbleibt. Gerade er, Raoul Hoffmann, der sich soviel zugute hält auf sein hochentwickeltes, allzeit reizbares Bemerken, ausgerechnet er bemerkt nun nicht mehr die Verödung seines Standorts, die Auflösung seines Gesichtswinkels, die gänzliche Zurückgebliebenheit seiner Interessen, seiner gesamten hochgezüchteten Interessiertheit – hinter dem Zug der Zeit, die sich auf neuen, ganz anderen Frequenzen verständigt! Da ihm dies nicht einmal schwant, ist dem Bewußtseinsmeister Naivität zu bescheinigen. Rüschel indessen fand sich wie de Maistre von der Wiege an in ernste Studien vertieft ... oder andersherum: er hatte gleichsam die Wiege nie verlassen, denn alsbald wiegten die Gedanken ihn.

Schade trotzdem, daß er mir nicht glauben würde! dachte Tilmann Rüschel noch einmal. Aber er wollte *seine Sache* unter keinen Umständen jemandem anvertrauen, der ihn schon seines Aussehens wegen für unglaubwürdig hielt oder für bedeutungslos. Wie würde es denn auf diesen wohlriechenden Denker wirken, wenn es auf einmal aus seinem Greiskindkopf hervortönte:

»Ich bin der Neue Mann ... ein principium, das noch keinen klaren Namen trägt, hat mich zu seinem Ersten Krieger bestellt!«

Er hätte nicht einmal sanften Unglauben, sondern nur schallende Heiterkeit geerntet. Dafür war ihm die Sache zu wichtig. Wenn es auch an der Zeit war, ihr endlich Gehör zu verschaffen, und Raoul Hoffmann nicht der schlechteste Erste, dem er sie eröffnen könnte.

Der Neue Mann würde der *Verfüger* sein, der die unsäglichen Wirren und das Chaos der Zungen überwunden hatte. Und das principium, das noch keinen Namen trug, war für ihn ohne jeden Zweifel der nächsthöhere Zustand der geistigen Evolution. Nicht irgendein semantischer flatus selbstbezüglicher Systeme, kein theoretischer oder metaphysischer Entwurf, sondern ein neues Ordnungsorganon, eine Mutation, die Geburt eines sphärischen Instinkts. Ohne daß erkennbar am Organismus des Menschen, am sozialen Körper, an der menschlichen Erscheinungform eine Veränderung stattfände. Und doch ein gattungsgeschichtlicher Fortschritt. Ein kollektiver Sinneswandel. Der Verfüger, begabt mit dem SI (sphärischen Instinkt), wäre befähigt, mit unbeirrbarer Sicherheit das zu tun, was getan werden mußte; das zu bedenken, was unbedingt gedacht werden mußte; einen nie gekannten Ausgleich zwischen den auseinanderstrebenden Kräften herbeizuführen. Und er, Tilmann Rüschel, war zum Ersten Krieger dieser equilibralen Gewalt bestellt, ihr Untertan und Ministrant, und hatte doch am allerwenigsten das Gefühl, als Marionette an den Fäden eines vorherbestimmten Schicksals zu agieren. Vielmehr erfuhr er sich in gewandelter Subjektivität als der Inständige einer zentralen Energie, als der Neopraktiker, der das Ungeräumte seines Raums weder nach den Regeln einer liberalen noch einer linearen Vorstellungswelt zu ordnen hatte. Beide Richtungen waren für den Neopraktiker bedeutungslos. Für ihn enthielt jedes Gefüge ein bestimmtes wie ein unbestimmbares Quantum an Ungefügtem, so daß es eben der Intervention des Verfügers bedurfte, um den Dingen im Sinne des principiums zu ihrer bewegten Festigkeit zu verhelfen. Der Hypersensus, der SI, der dabei die entscheidene emergente Macht darstellte, konnte auch als das wissende Unsere bezeichnet werden, ein Aufstieg, eine Transzendenz, ebenso weit entfernt von göttlicher Gnade wie vom herkömmlich partiellen Menschengeist. Ihn und kein anderes Individuum hatte es zu seiner Ersten Niederlassung erwählt!

So legte sich der Unansehnliche die Darstellung *seiner Sache* in groben Zügen zurecht, und er war immerzu kurz davor, sie herauszulassen, wäre um Haaresbreite schon damit herausgeplatzt, als der schöne andere noch dabei war, seine Rede zu führen, denn er hatte, während Rüschel seine Gedanken sortierte, flüssig dahingesprochen. Anknüpfend an den schroffen Einwurf, er denke nicht mehr, gab er ein bekenntnishaftes Porträt seiner gegenwärtigen Verfassung, räumte ein, daß sich ihm zwar die gewohnten Geisteskräfte tatsächlich entzögen, dafür aber nähmen solche des Gespürs und der traumhaften Gewißheit schubartig zu. Aber davon hatte unser Neuer Mann gar nichts mitbekommen, denn sein principium hielt ihn fest, lenkte ihn ab, und er hatte die ganze Zeit über schlecht zugehört, als Raoul Hoffmann mit seinen gefällig gescheiten Sätzen von einer Art Trance, einer geistigen Mutation berichtete, einem kognitiven Wandel, der Zug um Zug auf den nämlichen Zustand hinauslief, den Rüschel an sich selbst bemerkt hatte und den er als seine ureigene Entdeckung/Erwählung innerlich gefeiert, jedoch immer noch nicht vorgetragen hatte!

In regelmäßigen Abständen gab er aus seiner Geistesabwesenheit ein heftiges nervöses Kopfnicken, das wie eine zarte Peitsche die Rede des anderen anzutreiben, zum Ende zu drängen suchte, damit er selbst endlich *seiner Sache* Gehör verschaffen dürfe. Das unerhörte Geständnis, mit dem Hoffmann sich dem Jüngeren näherbringen wollte, das abzulegen er sich vor diesem und keinem anderen Menschen entschlossen hatte, gipfelte in den Worten: »Denn so wie erst der restlos Verunglückte den Segen eines neuen Glücks heraufbeschwört, so wird das qualvoll Ungefügte den Binder, den Verfüger erzeugen ...«

Bei dem Wort *Verfüger* schrak Rüschel aus seinen geheimen, dasselbe betreffenden Überlegungen auf.

»Wieso Verfüger?« fragte er orientierungslos. »Haben Sie nicht eben vom Verfüger gesprochen?«

»Doch«, sagte der schöne Philosoph und entwickelte aus dem Stand in seiner gefälligen Sprache, mit der tonangebenden Manschetten-Hand zur Reife gebracht, die Vorstellung von einem *principium*, von etwas Erstem wiederum, das noch keinen Namen trage, aber als ein geistig Zusammenfassendes, ein erhöhtes Zwischenergebnis bisheriger Menschenmühen zu gelten habe und das nun seinerseits Ordnungsfunktion übernehme.

Der Unansehnliche lauschte jetzt fassungslos, lauerte auf jedes nächste ihm bekannte Wort mit einem von Entgeisterung völlig leeren Gesicht, sein Blut schien in den Adern weiß geworden.

»Wo ... wo haben Sie das her?« stammelte er. Am liebsten hätte er, bevor der andere antwortete, ihm die Kehle zerdrückt.

»Die Wahrheit zu sagen: es flog mir erst in Ihrer Gegenwart so zu. Es kam mir einfach in den Sinn – ich möchte es nicht wirklich einen Gedanken nennen. Wenn Sie mögen, beugen wir uns gemeinsam ein wenig kritisch über die *Sache*?«

Aber das wollte Tilmann Rüschel auf gar keinen Fall. Er schüttelte heftig den Kopf und barg das Gesicht in beiden Händen.

»Kennen Sie das?« flüsterte er nach einer Weile, »manchmal ist mir, wenn ich den Mund öffnen will, als entfalte sich eine Haut zwischen den Lippen, so eine dichte, vibrierende Haut, schleimfarben, ein regelrechtes orales Hymen oder eine schwingende Membrane, die, wenn ich etwas aussprechen möchte, das schon im Inneren höchste Klarheit besitzt, jegliche Endverlautbarung behindert, verunstaltet und von allem nur ein dunkles, ein näselndes oder scharrendes Geräusch hervortreten läßt. Kennen Sie das?«

»Nein. Wie sollte ich? Ich rede mühelos. Dafür – Sie erwähnten es bereits – denke ich nicht mehr. Sie denken noch. Bei geschlossenem Mund. Auf eine überhitzte Weise. Sie schwitzen es heraus. Das ist im Grunde eine ungesunde Äußerungsform. So. Das mußte noch gesagt werden. Und damit genug. Jetzt werde ich der glücklichste Mensch, der je auf Erden gelebt hat. Denn ich werde aufgehört haben zu denken. Kein Kopfzerbrechen mehr. Keine Hypotaxen, Parenthesen, kein Paläo- und keine Neologismen. Schluß mit den *instinktlosen* Begriffen!«

»Und dann? Was machen wir dann?« fragte der Unansehnliche ratlos und anschmiegsam wie ein Kind.
»Summen wir ein Liedchen zusammen, mein Junge.
Warum nicht? Summen kannst du doch besser als jeder
andere mit deinem Häutchen im Mund.«

EIN JAHR OHNE BESUCHER endete auf Gut Zehl mit der
Zufahrt von Bussen, die Seiltänzer aus allen Teilen Eu-
ropas herbeibrachten. Da saßen sie beisammen in den
alten Ställen auf zerbrochenen Schweinetrögen, gras-
überwachsenen Koben, Dachstuhl und Stiele waren vom
Holzbock zernagt und verfallen. Nur und allein dieser
Geruch, sagte der Trainer, der Geruch von Schweine-
mast auf einer stillgelegten Farm, sobald sie mehr als sie-
ben Jahre außer Gebrauch, nur der und nichts anderes
auf der Welt beruhigt und feit unsere Tänzer gegen den
neuen Grobianismus der Lüfte. Lüfte, die noch bis vor
kurzem zu schmeicheln vermochten, verrohen inzwischen wie ausgesetzte Kinder oder plündernde Soldaten.
Die Luft dort oben, in Seiltänzer-Höhe, verwahrlost! Es
mangelt an Seiltänzern, Seiltänzern in großer Menge,
die sie zähmten und erzögen. Soviel wir dem Augen-
schein nach auch sind – und hier versammelt sich heute
alles, was in Europa noch das Seil betritt! – soviel es immerhin noch sein mögen, mit den Unbilden der neueren
Lüfte bleibt es ein Spiel unverhältnismäßiger Kräfte. Sie
schleudern uns wenige ab aus der Höhe. Die Tänzer und
ihre Betreuer saßen auf den weißen, kalküberzogenen
Steinen und Einfassungen, sie ließen tief einatmend die
Köpfe hängen. Und einer sagte, daß es seine Art hatte
und so, als sei er vom siebenjährig abgestandenen Mast-

dunst schon reichlich benebelt: Ein Weiser meinte einmal, das Leben sei wie ein kurzer Regenschauer, der Geist möge getrost abwarten, bis es vorbei ist. Ich kann dazu nur sagen: Gott ist nicht besonders interessiert an uns Seiltänzern, die unermüdlich künden von ihm, von ihm und vom himmlischen Gleichgewicht... Diese Lahmärsche von Weisen läßt er getrost am Boden sitzen und läßt er ungestraft das Leben einen kurzen Regenschauer nennen, unser wunderbares einziges Leben, anstatt sie senkrecht zur Hölle fahren zu lassen! Aber, kann ich nur sagen, aber über den Fluten dereinst wir!

STILLER ALS FERENC SCHMITT im Ständigen Rat, der schwieg, keine Antwort gab, selbst wenn er persönlich angesprochen wurde, konnte ein Mensch an Konferenzen nicht teilnehmen. Er sah seinem Vorgesetzten, dem es gefallen hatte, ihn auffordernd beim Namen zu nennen, unverwandt ins Auge. Er duckte oder zierte sich nicht etwa, er kniff lediglich mit Zeige- und Mittelfinger eine lange Falte in ein weißes Papier, das vor ihm lag, und sah dabei geradezu erwartungsvoll, als harre er nur seines Aufrufs, demjenigen ins Gesicht, der ihn doch gerade angesprochen hatte. Und zwar nicht etwa so, als träume er oder sei zerstreut und geistesabwesend, sondern – will man die Zumutung dieses Blicks in allen Einzelheiten würdigen – so, daß es dem Präsidierenden scheinen mußte, als wolle Ferenc mit einer besonders unbefangenen, stirnbietenden Miene es überhört haben, daß er ihn beim Namen aufgerufen hatte, als sähe er darin eine Verletzung der für ihn, Ferenc, gültigen Regeln, sich an einem Gespräch zu beteiligen oder es zu unterlassen. Das eigentlich Undeutbare seines Blicks mußte für den Fragesteller allmählich ins Bohrende, Strafende spielen. Außerdem schimmerte das Auge so hell und arglos, daß der arme andere sich erschrocken fragen mußte, ob er den, den er meinte, nicht versehentlich mit falschem Namen angesprochen hatte, was wiederum ihn, zumindest für den Bruchteil der Sekunde, in Unsicherheit und Verlegenheit stürzte. Andererseits fixierte ihn derselbe Blick so erwartungsvoll, so hörbegierig, daß ihm plötzlich wurde, als ob er rede und von niemandem mehr vernommen werde. Ja, starrte der angesprochen Schweigende nicht sogar auf seinen sprechenden Mund wie auf einen nervösen Tick oder eine eklige Lippenschlitzanomalie in seinem Gesicht?

Mercurius, der sanfte Löser von Form und Stoff, das chymische Weib, der Traumgeist, der Herr der Kleinigkeiten, war eingekehrt in die Hülle eines umständlichen jungen Manns von kaum achtundzwanzig Jahren. Er lag auf dem Bett, den Rücken an die Wand gelehnt, die Beine ausgestreckt, so daß die Füße mit den leichten beflügelten Schuhen über die Bettkante standen. Das Gesicht war ein informel gemaltes Farboval, Linien von ungezügelter Verwirrung, als wären die Wurmgänge uralter Gedanken aufgedeckt. Das Gesicht sah voller Ekel, voller Begier. Und sein Sehen war, als erbräche es Vergangenheit. Vielleicht wie von Wols gemalt, so war sein Gesicht beschaffen; Gesicht und was es sah, waren eins.

Ferenc »Mercurius« Schmitt hatte am Montagvormittag den neunzigjährigen Vater seines Vorgesetzten durch die Stadt geführt. Er hatte den ganzen Tag frei bekommen, um ihn zu betreuen. Ein rüstiger Alter mit Baskenmütze, der hochaufgerichtet durch die fremden Straßen schritt mit seinem Stockschirm. Plötzlich war er in ein Kaufhaus abgebogen, im Gewühl verschwunden, und sein Begleiter hatte ihn aus den Augen verloren.

Ferenc trank einen Cappuccino an einem Imbißstand und bezog dann draußen vor dem Kaufhauseingang seinen Wachposten.

Das große Schaufenster in seinem Rücken wurde von zwei Dekorateurinnen mit orientalischen Draperien ausgeschlagen. Unzähligen Ruhekissen versetzten sie mit einem Karateschlag einen Knick.

Während er wartete, fiel ihm eine Frau auf, die, in die Menge gemischt, das Kaufhaus verließ. Er war sich ziemlich sicher, daß er dieselbe Person kurz zuvor schon einmal das Kaufhaus hatte verlassen sehen. Je länger er wartete, um so ergiebiger zeigte es sich, daß sie im Strom der Besucher, die das Kaufhaus verließen, immer wieder auftauchte

mal in leichter, mal in einer die Gestalt verhüllenden Kleidung. Mal traf sie eine Freundin, mal hielt sie Ausschau nach einem Knaben, der von der anderen Straßenseite winkte, ohne daß sie ihn bemerkte. Mal küßte sie eine Wange, mal gab sie einem Fremden zur ersten Begrüßung die Hand. Mal ging sie mit einem Arbeiter im weißen Overall, mal mit einem verkniffenen Hagestolz. Mal fiel ihr das Haar offen auf die Schulter, mal trug sie es zum Zopf geflochten. Der Assistent sah auf die Uhr und klopfte an ihr Gehäuse, um den Zeitraffer abzustellen. Kaum eine halbe Stunde hatte er jetzt

gewartet ... und dabei fast alle Male mitbekommen, die sie in ihrem Leben aus diesem Kaufhaus
auf die Straße getreten war. Und wieder trat sie neben ihn an den Straßenrand, ein Taxi fuhr vor und
sie stieg ein. Kurz darauf wurde sie ein *letztes* Mal
von der Menge der Kaufhausbesucher aus dem
Ausgang gespült.

Aber nein! Die zeitlichen Dinge sind nicht mehr so
wichtig, wie sie es früher einmal waren! sagte sich Ferenc und wandte sich mit einem Schulterzucken ab. Die
Menschen springen nach Belieben damit um, und das
Unwahrscheinliche ist ihnen keinen Pfifferling mehr
wert! Mit diesem scharfen inneren Ausruf hatte er sich
im Geist wieder seinem Chef zugewandt, diesem Veran-
staltungsgenie, das sich immer noch Künstler nannte,
diesem ästhetischen Oger und Gewaltmenschen, dem er
nun auch noch private Dienste leistete, diesem eitlen
Exzentriker! Wie glänzt er doch obszön rund um seinen nackten Schädel! Dem traten noch immer die Tränen in die Augen, wenn er von etwas Kunstschönem
berührt wurde oder nur davon sprach. Dennoch war
er falsch, belog seine Freunde, intrigierte in der Firma
und mobbte seine Mitarbeiter, wie es ihm gelegen kam.
Seinem Vater, dem neunzigjährigen Reißaus, sobald
er wieder auftauchte, wollte Ferenc endlich einmal gewisse Andeutungen machen über den ärgerlichen Sohn!
Ein Vordenker? Ein lausiger Werkstoff-Fetischist, das
war er! Jemand, der alle Zukunftsvisionen auf irgendeine neue Polymerverbindung richtete, irgendein syn-
thetisches Material, vor kurzem war's noch Ferrit, für
das er schwärmte, einzigartige Verbindung von Mangan,

Zink und Eisen, leitet nicht, wirkt magnetisch, wird der »Einfüllstutzen« des zukünftigen Elektroautos, »Einfüllstutzen«, sagte er schmierig und rieb seine Hände an den Hüften nach unten, als gäb's was abzuwischen, oder breitete die Arme auseinander, als gäb's irgendein schwer faßliches Ausmaß an Möglichkeiten anzudeuten, die berühmte Bandbreite, die mit Ferrit demnächst abzudecken wäre. Oder er legte die Hand zwischen die Beine und schaufelte *etwas Erde* hervor, ein Gestikulator mit beinah ausdruckslosem Gesicht. Im dunklen Anzug, darunter steingrauer Pulli. »Ferrit ist formbar, Ferrit ist sinnlich, Ferrit ist nützlich.« Jeweils mit der rechten Faust in die linke offene Handfläche geschlagen. Jede Feststellung ein Hammerschlag. Aber ihm, Ferenc, ihm legte er nur die Hand auf die Schulter und sagte bei jeder Gelegenheit: »Ach mein Lieber ...« Als wollte er sagen: Wenn du wüßtest! Oder: Was du nicht alles denken magst – und wie verfehlt, wie überflüssig ist es doch! Es hing ihm dieser Laut eines falschen, überheblichen Mitleids in den Ohren, mit dem der Vorgesetzte alles an ihm zur Petitesse zu machen suchte, seine Person, seine Figur, seine Weltanschauung, seine Sprache, all sein Streben und Dulden!... Und es kochte in ihm die Schmährede gegen den Sohn, als er den rüstigen Greis in diesem Augenblick vor dem Kaufhaus wiedersah und auf ihn zuging, es kochte in ihm alles gegen den obszönen Schwärmer, den Sohn, ohne daß ihm dann allerdings ein einziges Wort über die Lippe schwappte.

Der Alte aber wollte die Straße überqueren, doch die Autos waren so dicht aneinandergeparkt und Stoßstange rührte an Stoßstange, daß nirgends ein geringer Zwischenraum blieb. Nun bekam der Vater des Vorgesetzten ein seltsames Lächeln, und sein Gesicht wurde schlitzäugig. Er beugte sich vor, er setzte die faltigen Hände dort auf den Kofferraum, hier auf den Kühler, und mit den gesammelten Kräften des Widerwillens schob er eine Lücke, bequeme Fußgängerlücke, in die unabsehbare Kolonne parkender Autos.

Man darf nicht vergessen, daß Ferenc oftmals an irgend etwas hängenblieb, irgendeinem Detail, das sich in seinem Geist verhakte und diese *onirischen* Vergrößerungen/Verzögerungen auslöste. Ein flüchtiger Moment, eine nebenbei bemerkte Einzelheit konnte ihm derart zusetzen, daß er darüber das *Ganze* eines Vorgangs oder einer Gegebenheit vollkommen aus dem Sinn verlor. Es war, als ob sich ihm die fließende Umgebung in lauter *stills*, lauter einzelne Festbilder auftrennte. Auch von seiner Kollegin Jenny sah er zunächst nur den fixierten Moment einer Frau mit übereinandergeschlagenen Beinen, sich vorbeugend, linker Ellbogen aufs Knie gesetzt, aufgerichteter Arm mit Zigarette, die sie sogleich an die Lippen führen würde, sobald sie ihrem Gegenüber die Frage, die sie auf der Zunge trug, die kleine umwerfende Zwischenfrage gestellt hätte. Schnappschuß in dem angespannten Moment, da sie dazwischenzukommen suchte, vorgebeugt, leichte Torsion des Oberkörpers, eine sehr kühle, etwas abschätzig lauernde Blondine, die im Grunde nicht mit ihm, ihrem Gegenüber, einverstanden war, aber doch mit allen Nervenfasern bei der Sache, und nicht so ungezogen, rücksichtslos, daß sie ihm plump ins Wort gefallen wäre. Und diesen Schnappschuß einer aufmerksamen, ihm nicht gewogenen Zuhörerin hätte er am liebsten lebensgroß aufblasen lassen, ihn zuhaus im Zimmer mal da, mal dorthin gerückt, bis er sich wirklich an sie gewöhnt hätte.

Das Große und Ganze erschien ihm überall nichtssagend. Was zu ihm sprach, war allein der impact eines isolierten Details, ein winziges Gehabefragment. Jenny also kurz vor einer Zwischenfrage, ihr linker Oberschenkel lag über dem rechten, doch die Verwundenheit ging weiter, das Bein schlang sich rückwärts um das andere, und der linke Fuß wollte vorn noch einmal um die rechte Fessel ...

Immerhin hatte er es erreicht, daß sie sich mit ihm während der Mittagspause zu einem Kaffee an den großen Konferenztisch setzte. Er saß anfangs vorgeneigt über der Tasse, beide Ellbogen aufgestützt, ließ ein Stück Würfelzucker in den Kaffee fallen und zergehen. Jenny schmiegte ihre rechte Seite an die runde Kante, hatte nur den einen Ellbogen aufgelegt, der andere hing locker über dem Schoß, gehalten von zehn ineinandergesteckten Fingern, die sie manchmal geräuschlos nach innen drückte. Sie sah ihn gerade und ungeniert an, während er mühsam, mit einem Lächeln, das sich zusehends mit Schrecken füllte, die *Verwirrung* gestand, die sie ihm bereite.

»Aber S i e sind doch verheiratet, nicht wahr?« fragte sie dann endlich dazwischen, sehr freundlich, aber mit der Betonung auf dem falschen Wort. Sie hätte auf *verheiratet* gehört.

Dann wäre vielleicht alles anders verlaufen. Aber der verrutschte Akzent dockte bei ihm sofort an einem Kleinigkeiten-Rezeptor an und löste den stark verlangsamten Modus des Verstehens aus.

»Ja, doch ... mein Gott, was soll ich Ihnen sagen?«
»Das weiß ich nicht. S i e sind doch verliebt. S i e müssen sich erklären.«

Jenny trug ein langes T-Shirt, unruhig gemustert mit lauter kleinen Orchesterinstrumenten, sah aus wie ein streunendes Mädchen mit dünnem blonden Haar, glatt und ausgefranst, lausigen Löckchen im Nacken, kam morgens abgerissen ins Büro, einen alten »Matchsack« geschultert mit ihren Utensilien, wie jemand, der nachts über die Betonstufen schleicht, guckt, was unterm Regengitter liegenblieb vor den Reihenhaustüren, T-Shirt das ganze Kleid, nicht identifizierbare begabte Streunerin. Ihren Job hatte sie bei Siemens gelernt, kam von dort aus dem Ideenstall und hatte fünf Semester kreatives Planen hinter sich. Oder intuitives Planen?

Er dachte, ich werde auf alles eingehen, was sie an mir auszusetzen hat. Unsere Worte führen wie Tangenten am Kreis eines Menschen vorbei. Unsere Gedanken schießen in der Regel kometengleich an einer Erkenntnis vorbei. Wir bewundern immerhin ihre hübsche Leuchtspur und sagen uns: Abirren ist schöner als treffen! Abirren in allem. Abirren in jedem Punkt ... Die kleine Absence, in die Ferenc für einige Sekunden verfiel, wurde also verursacht von einem einzigen, aus unerfindlichem Grund falsch gesetzten Akzent. So war es eigentlich immer. Die Entrechteten der Sprache erhoben sich gegen die Worte: die Seufzer, die Schnalzer, die Stöhner, die gestammelten, die entschlüpften und die verschluckten Laute, die Ellipsen, Ikten und Interjektionen lösten ein diffuses, nach allen Seiten davonrinnendes Verstehen aus.

»Ja, darin liegt eine gewisse Schwierigkeit«, sagte er, obgleich er bis zu diesem Augenblick keinen Konflikt
zwischen Verheiratetsein mit der einen und Verliebtsein
in eine andere verspürte. Erst die verhobene Betonung
ließ ihn aufhorchen und annehmen, daß sie ihn *viel-
sagend* auf einen Widerspruch aufmerksam machen
wollte. Wie die Erfahrung lehrte, reizte, was er von sich
gab, eine Menge Leute, ihn auf gewisse Widersprüche
und Ungereimtheiten aufmerksam zu machen.

»Wenn man dir zuhört, so hat sich beinah alles, wovon
du berichtest, zugleich *so* wie auch *anders* zugetragen«,
hatte ihm seine Frau erst kürzlich vorgeworfen, obgleich sie doch wie niemand sonst an den Stop-and-go-
Verkehr seiner Mitteilungen gewöhnt war. Er stellte mit
einiger Verwunderung fest, daß beinahe jeder, dem er
begegnete, unverzüglich auf irgend etwas Widersprüch-
liches in der Welt zu sprechen kam oder auf einen ihm
unlösbar erscheinenden Konflikt. Es war, als ob man in
seiner Hemmung eigentlich eine zurückgehaltene Kraft
vermutete, die anderen die Augen öffnen oder gar Ab-
hilfe schaffen könnte.

Jenny sagte:
»Ich meine, Sie besitzen vielleicht die Kraft, positive
Kräfte aus einem Menschen herauszuziehen, aus den
verborgensten Winkeln seines Wesens. Vielleicht besitzen Sie diese Kraft. Vielleicht aber auch nicht. Vielleicht haben Sie etwas bei mir bewirkt. Vielleicht aber
auch nicht. Sie haben mir eine große Freude mit Ihrem
Brief bereitet. Es schreibt sich ja schnell so etwas. Ich
meine, da steht nämlich drin... *klingt* wahrscheinlich überzeugender, als es in Wirklichkeit ist?... Sie

haben geschrieben: Sie seien nun endgültig an mir interessiert.«

Und er sagte:

»Ich weiß nicht, vielleicht bin ich wirklich interessiert. Aber vorerst ... nur ganz allgemein. Ein etwas angehobener Zustand. Offenbar waren Sie es, die mir zu dieser gehobenen Stimmung verhalfen, in der ich Ihnen diesen Brief schreiben *mußte*. Ich werde das Gefühl nicht los, daß ich in Ihrer Gegenwart mehr Wärme, Vertrauen, Leichtigkeit im Umgang mit einem Menschen empfinde als in Gegenwart irgendeiner anderen Einzelperson. Das ist alles rasch mit einem Wort hingeschrieben, *interessiert*, aber es ist doch vielleicht etwas ganz Besonderes gemeint. Etwas, das vorerst viel weniger auf Sie persönlich bezogen ist, auf Ihre Person, unmittelbar.«

»Sie schreiben hier –«

»Nein, bitte, ich schreibe Ihnen nie im Leben wieder einen Brief, wenn Sie das Hingeschriebene so peinlich genau untersuchen. Ich habe mich bemüht, etwas so Flüchtiges zu Papier zu bringen wie ein Wort, das jemand nebenbei fallenläßt und das einen stutzig macht. Oder ein schmales Lächeln meinetwegen. Eine Schwäche eben.«

Augenblicklich zerknüllte sie den Brief.

»Schmeißen Sie ihn nicht gleich weg. So war's auch wieder nicht gemeint. Und wenn er Ihnen doch gefallen hat, dann schmeißen Sie ihn nicht gleich weg.«

»Wenn aber nichts stimmt, was drin steht?«

Da er auf ihre Frage lange zögerte mit seiner Antwort, die Frage ihn lähmte und er stockte, versuchte sie die beklemmende Pause zu überbrücken, indem sie ihre Frage zunächst umschreibend wiederholte, um dann, als immer noch nichts kam, dem Ferenc in seiner Verhaltung eine mögliche Antwort wie vorgekaute Nahrung einzuflößen, etwa mit den Worten: »Es ist doch wahrscheinlich so, daß ...« Und genau in diesem Augenblick drängte es den Gehemmten, schnell und heftig zu reden, als müsse er der Hilfe zuvorkommen, die Ungeduldige daran hindern, ihm auf die Sprünge zu helfen, ihr dabei über den Mund fahren, und so redeten sie beide übereinanderher, bis Jenny die Hilfe zurückzog, höflich verstummte, worauf dem Gehemmten wiederum die Rede versiegte und er mitten im Satz abbrach. Flüssig konnte er überhaupt nur im Schutze der Rede eines anderen reden. Es mußte erst mal eine Stimme ertönen, die die seine mitzog oder aufwiegelte und gegen die sich durchzusetzen dann seinen ganzen Ausdruck beherrschte.

Daher wuchs ihm diese spitze Schnute im Gesicht, ein Schmollmund, als gäbe es für ihn immer einen Grund zu trotzen, obgleich er beflissen gehorchte, sich im allgemeinen duldsam und gefügig zeigte und am liebsten zustimmte. Der Trotz stand ihm wie eine losgelöstes *icon* im Gesicht, ein Anzeichen für die Eigenschaft, die er am wenigsten besaß.

Die Wörter kamen in der Schleppe des Hauchs. Häufig legte er scherenförmig gespreizt Mittel- und Zeigefinger um den Mund, wenn er sprach, gleichsam als könne er *im Notfall* einer plötzlich hervorbrechenden Rede sofort die Schleppe abschneiden.

»Sie sind jemand, der fast nie das Wort ergreift im Ständigen Rat. Und doch geht von Ihnen etwas aus, das uns übrige unterschwellig bewegt, unsere Meinungen lenkt und hervorbringen läßt, unsere Täuschungsmanöver, unsere Absichten und den Wechsel unserer Absichten.

Ihr Verstand ist möglicherweise angereichert mit einer Urmaterie von Verstehen, die irgendwie auf uns abstrahlt und die Beschaffenheit unseres Verstandes ständig beeinflußt.«

Während sie das nüchtern und verliebt darlegte, kehrte sie mit dem Handrücken verstreute Reste vom Fleischsalat über den Tischrand und schmierte sie in die kleine Plastikschale zurück. Vor lauter Kreativität ist sie ein bißchen unachtsam sich selbst gegenüber, dachte Ferenc. (Nein, Ferenc, meide hier den vermittelnden Zusammenhang: sie war schmuddelig u n d äußerst kreativ!)

»Alexander der Dritte, nur ein Beispiel, König von Mazedonien, ist bei der Einführung des Telegraphen debil geworden. Mich interessieren eben die Grenzfälle, die Schnittstellen, die Crashpunkte zwischen Mensch und Technik.«

Jetzt endlich, nach langer Verzögerung und obwohl es hier nicht hinpaßte, fühlte er sich reif, etwas zu Wols zu sagen, dem Maler und Fotografen, zu dessen großer Retrospektive er sie einladen wollte, Wols, dessen Namen er schon mehrmals bis zum dunklen Vokal hatte anlauten lassen. »Wols!« rief er jetzt. »Vereinsamt in Paris, unfähig jemanden zu treffen. Also fähig, niemanden zu treffen, niemanden mehr zu sehen. Nichts mehr zu sehen. Nur noch was er malt zu sehen. Und er malt unendlich erdichtete Linien. Farb- und Strich-Explosionen. Er malt die Explosionen seiner Hirntätigkeit. Die Neuronensalven. Er malt den Akt des Wahrnehmens selbst. Den ganzen flow. Immun gegen jede äußere Wahrnehmung.«

Er lachte herzlich und frei aus sich heraus, als ob ihn das Schwierige, leicht und unumwunden ausgesprochen, selbst erheitere und in freudiges Erstaunen versetze.

»Woools«, sagte Jenny und stieß den Zigarettenqualm mit erhobenem Kinn aus dem Oh!, dem Loch des Stöhnens. Sie stieß ihn mit vorgeschobener Unterlippe nach oben, damit er nicht gerade in sein Gesicht treffe, um dann, Kinn wieder gesenkt, erneut ihren kalten Beuteblick auf ihn zu richten, eiskalt und entflammt vom Zorn der Unduldsamen, die beharrlich etwas zu hören bekam, was ihrer Meinung nach nicht zur Sache gehörte, nicht zur Sache, die er in dieser Mittagspause eigentlich betreiben sollte. »Wols? Sagt mir nichts.«

Man muß die feinsten Ausfransungen der Beiläufigkeit beachten sowie die Frage der tieferen Zerstreutheit jedes Menschen, jedes seine Existenz empfindenden Wesens!, wenn man sich das Bewegungsbild eines Gesprächs wahrheitsgetreu ausmalen will. Einzig die Nanometrie der Gebärde oder des Gehabes vermag überhaupt zu nennenswerten Ergebnissen zu führen! Der Eifer des Ansetzens, das Verlieren des Gedankens, die Hoffnung, glaubwürdig zu sprechen ... die schwindende Hoffnung ... das Bewußtsein, völlig zusammenhanglos daherzureden ... und das Bewußtsein, in ungeahnte Zusammenhänge mit wunderbar gelöster Zunge vorzustoßen ... solches Bedauern und solches Erstaunen, dicht auf dicht, im feinsten digitalen Wechsel ... *und all das kommt zum Ausdruck, wenn auch zum fast unmerklichen Ausdruck* ... erregt sein und im nächsten Augenblick vollkommen ermattet ...

Aus dieser unausgesprochenen Betrachtung ging am Ende ohne inneren Zusammenhang und ohne daß er ihn vorher kontrollieren konnte, ein Satz hervor und wurde in bescheidenem Ernst ausgesprochen:

Seit Dante beginnt der Blick in die Tiefe mit der Abirrung von der breiten Straße.

Aber es wurde überhört, was er sagte. Zum ersten Mal eine druckreife Mitteilung von ihm ohne Halt und Riß, die sie aber nicht beachtete.

Ich spreche zu niemandem mehr, dachte er. Ich lebe vom Gesprochenen der anderen. Der Lumpenball der vernommenen Worte, die Rohmasse der Abfälle in mir wird größer und größer. Einmal wird sie in Brand geraten, in hellen Flammen stehen!

Jenny hatte nämlich fast gleichzeitig gesagt: »Ich dachte gerade daran, daß wir im Konferenzraum ein sehr schönes Rollo am Fenster haben. Es ist limettengrün. Metallic dunkelgrün. Wirklich sehr schön. An der Farbe wäre ich auch weiterhin interessiert. Zum Beispiel, wenn wir die neue Kaffeeküche einrichten. Die Kacheln. Über der Spüle –«

Da fiel ihr Ferenc auf einmal ins Wort: »Entschuldigen Sie, ich glaube, es fehlt mir an Menschenkenntnis. Es ist also möglich, daß ich Sie falsch einschätze. Ich bin nicht sehr vielen Menschen begegnet in meinem bisherigen Leben, ich meine, so, daß ich sie hätte studieren können. Ich habe schon während meiner Lehrzeit recht zurückgezogen gelebt. Sie hören es an meiner Wortwahl, vermute ich ... Jetzt, ein wenig in die Jahre gekommen, vermisse ich manchmal den sicheren Blick, den, wie ich beobachten konnte, andere Menschen auf ihr Gegenüber werfen und in dem all ihr Einschätzen des anderen momentan hell aufleuchtet – oder kalt abstrahlt, je nachdem. Ich entdecke nichts an Ihnen, das mich verwundern sollte. Oder mich besonders zutraulich oder besonders verdächtig stimmte. Ich würde auch nicht von Sympathie sprechen, die zwischen uns herrscht – Sie sicherlich auch nicht? –, aber noch viel weniger von Abneigung. Abneigung verspüre ich nicht im geringsten. Ihnen gegenüber. Aber das ganze Gegenüber ist mir doch nur schwer abschätzbar. Ich verstehe Sie, ich verstehe Ihre Worte, aber damit ist es ja nicht getan. Man muß sich ein Urteil bilden. Es gelingt mir nicht. Ich nehme Sie, wie Sie sind. Ich finde zu keinem Urteil. Sie dringen ungehindert durch die Poren in mich ein ... und durch andere Poren dringen Sie wieder hinaus. Ich verfolge keine Interessen, wenn ich Sie vor mir sehe. Sie verfolgen vermutlich welche. Wer weiß, welche ... Ich kann Sie nicht studieren. Ich habe es nicht gelernt.«

»Ich muß schon sagen, ich habe noch nie in meinem Leben ein solch unergiebiges Gespräch geführt!«
»Ich liebe Ihren gereizten Ton«, erwiderte er ganz unvermittelt, indem er nichts vom Inhalt ihrer Äußerung quittierte, aber die wunderbaren *Impulse* der Wörter vernahm und ihre Wirkung verfolgte wie ein molekulares Abenteuer, das man unter dem Elektronenmikroskop beobachtet.
»Ich sag mal, da müßte ich lügen, wenn es mich nicht angerührt hätte ... was Sie eben von Wols erzählt haben. Diese Künstler waren noch die Opfer ihrer Zeit, die sie nicht verstand. Heute ist das anders. Niemand wird mehr abgelehnt, weil er nicht verstanden wird.«

»Wols«, sagte Ferenc leise. Mehr nicht. Er nickte still in sich hinein. So wie es Forschung über Unordnung und Chaos gibt, sollte man eine Wissenschaft des Versehens und des universellen Danebengehens begründen. Die geheimnisvollen *Verwicklungen* innerhalb der Dingwelt erforschen, die sich keineswegs einer ›Psychopathologie des Alltagslebens‹ zuschreiben lassen, sondern nachweislich den unablässigen Interventionen einer Anti-Welt. Dem Mitleben des Gegenteils an jedem Teil. Wir alle leben in einem solchen zweiten, widrigen Universum der Desutilität, der Desintegration, der Dysfunktionalität, der Desinformation, einem Universum der unbrauchbaren Dinge, der Umstandskrämerei, des Verhakens, Verdrillens, Zersplitterns, Fallenlassens, der beschädigten und mißgestalten Dinge, ein Universum der anderen Art eben ... Mannequins mit einem steifen Bein. Nicht geeignet für den offenen Laufsteg, die Schönsten aus der Versandhauswerbung für Schlafanzüge, Duschkabinen, man sieht die Formen ungefähr und nichts vom steifen Bein. Sie sehen sehr gut aus und hinken leicht. Design der schiefen Welt, sie gehen stolz und laut auf Absätzen aus zementgefüllten Milchdosen ... Ja, so war es, und mit seiner vollendeten Grattage *L'œil de Dieu* hatte Wols 1948 den endgültigen Tumult der Dinge heraufbeschworen.

Ferenc »Mercurius«, der im allgemeinen leise, fast ängstlich sprach, zeigte sich doch allenthalben *sehr am Gespräch interessiert.* Wenn er seine Meinung im Ständigen Rat einmal mitteilte, so geschah das offen und naiv, so daß der Gewitzte, der das Gespräch dominierende Schwätzer, sein Chef, plötzlich stockte, weil er sich auf den Arm genommen fühlte von soviel Leisheit und Einfalt. Während wiederum der ernste und bleiche Ferenc glaubte, der andere könne mit all seiner Gewandtheit, seinem Zynismus und Nachdruck gar nicht gemeint haben, was er sagte. Zugleich blieb er, sofern er sich überhaupt an einer Debatte beteiligte, ein sonderbarer Mit- und Wiedertöner der unterschiedlichsten Ansichten. Jemand, der scheinbar alles genauso sah wie die anderen, obwohl er, was er von ihnen wiederholte, stets säuberlich variierte, immer mit einer gewissen Angst im Nacken, es könne ihn jemand dieser Krankheit verdächtigen, dieser fatalen Schwäche, an der er tatsächlich litt bei der Erörterung öffentlicher Angelegenheiten: der Krankheit der Echolalie. Könnte sie bei ihm entdecken und gar beim Namen nennen

dabei war es wiederum nicht eigentlich so, daß er jedermann nach dem Mund redete, obgleich er sich gern einem andern durch heftiges Zustimmen und Beipflichten empfahl, vor allem, wenn es damit gelang, den eigenen Intellekt zu reservieren, nichts Wesentliches von den eigenen Auffassungen zu verraten. Aber er besaß dann auf einmal diese membranhafte Meinungshaut, diese allzu nachgiebige Trennschicht zum anderen hin, an der nichts abprallen konnte, die durchlässig war für alle stärkeren Eindrücke, unbefangene Haltungen und Standpunkte, dicke und überzeugende Mienen etc. Eine luftige Durchlässigkeit der gesamten Person oder Individualität, wie sie auch unter uns anderen leicht zu beobachten ist, denn der heutige Mensch besitzt nur noch in den seltensten Fällen eine genügend feste Hülle, eine genügend stabile Anordnung seiner

Wesensatome, so daß beinahe jeder unter geringen Ein-
flüssen zu jedem anderen werden könnte. Daher mag es
auch kommen, daß man sich heute allenfalls gestattet,
von irgend etwas *angerührt* zu sein oder irgend etwas
einmal *angedacht* zu haben, während früher ein etwas
widerstandsfähigerer Geist durchaus von etwas *ergriffen* werden konnte oder sogar *dachte*. Zweifellos bestand aber Ferenc aus einem besonders leicht ansprech-
baren Material, und dieser erhöhten Ansprechbarkeit
fehlte eine steuerbare Sympathie. Der ganze Mensch
war ständig bereit, sich in jede beliebige menschliche
Richtung kräftig von sich fortzubewegen – sobald er
nur einem andern folgen konnte.

Häufig lachte der junge Mann unvermittelt und un-
gezwungen, lachte freiheraus, scheinbar grundlos, in
Wahrheit stets, weil er sich gerade in unwahrscheinlich
tiefer Übereinstimmung mit einem anderen Menschen
befand, sich in ihn hineinbegab, hineinfallen ließ, und er
wiederholte dann beglückt, was dieser gesagt hatte, *mit
seinen Worten*, dies zum Zeichen seines geradezu sakra-
len Einverständnisses mit der fremden Person.
Jener Traumgeist oder Onirismus, der ihm den Sinn für
zeitlichen Zusammenhang verdorben und nahezu zerstört hatte, war einerseits die Ursache seines umständlichen Zögerns, seiner Absencen und Abirrungen, andererseits aber bestimmte er ihn, abrupt auf jemanden
zuzugehen und ihm zu sagen: Du bist ein wunderbarer
Mensch. Denn alles mit diesem Menschen Erlebbare
hatte er binnen weniger Erregungsabläufe wie im Traum
durchgespielt, ohne es über Jahre hin tatsächlich erfahren zu müssen. Und er dankte ihm warmherzig dafür.

Er, der *nichts von Sexualität verstand*, wie er bei Gelegenheit einmal erklärte, um gewissen Anspielungen auszuweichen, dankte Jenny nun für die Mittagspause, umarmte sie mit Freudentränen wie einen Baum im Mai. Wenn aber die Blitzrechnung mit einem Menschen nicht so aufging wie erhofft oder er gegen eine Mauer von Ablehnung oder auf eine derbe Beleidigung prallte, dann sagte er sich unverzüglich: Es liegt wohl ein Mißverständnis meinerseits vor. Dieser Mensch wollte mich in Wahrheit nicht beleidigen, es liegt wahrscheinlich ein Mißverständnis vor. Wahrscheinlich wollte er mir sagen: Werde strenger gegen dich selbst, Ferenc Schmitt. Und dabei ging sein Temperament mit ihm durch.

Ausgerechnet er, der Diffuse, liebte von allen Dingen am meisten die Kanten und Konturen, ihre Grenzlinie. Weshalb er auch gern die Erde und ihre Kontinente zeichnete aus dem Gedächtnis und viele, viele Länder nur um ihre Kanten nachzuziehen und dazu die Kanten seiner Schuhe streichelte, ein glücklicher Meldereiter, der alle Kanten der Erde in Windeseile umfliegt ...

»Bei Ihnen wollte ich sichergehen, Jenny ... nach Jahren mit einem Schädel voller Gedanken, die immerzu andere Gedanken stürmten und vertrieben. Voller Sätze, die vorhergehende Sätze stürmten und vertrieben, endlich einmal etwas Sicheres sagen! Etwas bezeugen!«

Mit ihr zu sprechen oder wiederum nicht zu sprechen, zu sitzen, zu spazieren waren die drei Bewegungsformen seiner Leidenschaft. Mit ihr lange zu sitzen, lange zu sprechen ... ah, welch ein Genügen! ... Zu sprechen oder besser nicht zu sprechen, diese Wahl hatte für ihn keine geringere Bedeutung als für den Heerführer die Entscheidung über Angriff oder Rückzug auf dem Schlachtfeld.

»Weshalb bewegen Sie sich so verdammt artig und vorsichtig in der Sprache? Sie machen einen Rückzieher, bevor Sie einen Vorprescher gemacht haben. Oder Sie machen einen Rückzieher und Vorprescher mit ein und demselben Atemzug. Sie machen einen Vorschlag, dessen Sie sich nicht sicher sind. Sie gehen sehr eitel mit Ihrer Unsicherheit um, Ferenc. Sie nennen es *ins Unreine gesprochen*. Glauben Sie, daß Sie in Ihrem Leben Zeit genug haben, all das noch einmal in Reinform zu bringen? Und wenn man Sie bloß fragt: Was ist mit Ihnen los? Dann gehen Sie jeder unscheinbaren Nuance der Frage und der Frageabsicht nach und verirren sich am Ende in einem unwegsamen Dickicht von schönen Unterscheidungen und Vermutungen. Ja, Ferenc, Sie erfahren die Worte als Sand im Getriebe der Sprache!«
»Zugegeben: schön sind die Spieler, häßlich die Spielverderber«, entfuhr es ihm und er wollte sofort noch etwas Spöttisches hinzufügen, doch da kam seine leise Stimme schon wieder zum Erliegen. Seine eigenen Worte hatten ihn überrascht, er mußte ihnen nachsinnen wie fremden. Was habe ich wirklich sagen wollen?

In Wahrheit wird ihm der Mitteilungsdrang zur Qual. Nur selten kommt die Rede in Fluß und wird ergiebig ausgeschieden. Es bleibt immer etwas Gewichtiges zurück: das, was er eigentlich sagen wollte, aber vor allem auch, w i e er es sagen wollte. Zum Beispiel nicht kritisch, sondern klug. Nicht sanft-protzig, sondern unbestechlich scharfsinnig. Er meint etwas besser zu wissen, sagt es, starrt sogleich in ein Loch, da er es wieder einmal nicht besser wußte. Was hat mir den Eindruck vermittelt, ich wüßte es besser? So fragt er in sich hinein. Wo liegt präzis der Ursprung meiner Selbsttäuschung? Mit solchem Gewinde bohren sich die Fragen in sein Gewissen.

Einmal in seinem Leben möchte er ein doppeltes Spiel gespielt haben; jemanden hereingelegt; auf jemanden so undurchsichtig gewirkt, daß dieser nicht weiß, woran er mit ihm ist ... Einmal so wirken, daß nicht jedes Wort, jede Pause unmittelbar an die geheimsten Regungen angeschlossen ist! ... Meine linkische Aufrichtigkeit, mein Mangel an Verbergungskunst, meine verfluchte Gemütseigentlichkeit ... Ich verrate mich als Ganzes in jeder Sekunde eines Gesprächs. Nicht indem ich alles herausplappere, sondern weil jedermann die Überzeugung gewinnt, daß mehr, als ich sage, auch nicht in mir steckt. Und selbst wenn ich etwas künstlich verschweige, so ist es als Druck und Hemmung zwischen meinen Worten derart anwesend, steht es mir im Gesicht geschrieben, spricht unausgesprochen derart aufdringlich, daß der andere unweigerlich bemerkt: da ist noch etwas, das ich mir mit zwei, drei Fragen schnell bei ihm erschließen werde ... Ja, die Guten, die anderen, die Sprecher, sie räumen ihn restlos aus, er wird nie etwas ganz für sich behalten können, er wird niemals aus irgend etwas ein Geheimnis machen können, also auch niemals das ersehnte Doppelspiel in Szene setzen.

Er liebt das Argument, er arbeitet es sorgsam heraus. Wenn jemand daraufhin ein *Gut!* einwirft, so ist er für länger, als ein kleines Mißverständnis dauern dürfte, glücklich und lebhaft. Er bemerkt erst mit peinlicher

Verspätung, daß der andere *Gut* nicht als Lob, sondern lediglich als Empfangsbestätigung versetzte, als Auftakt einer Erwiderung, und daß er inzwischen längst dabei ist, ihm sein schönes Argument aus der Hand zu winden.

Nun ergibt sich die Gelegenheit, das ersehnte Doppelspiel vielleicht doch noch zu beginnen, Jenny ist ihm begegnet. Er hofft, sie hinters Licht führen zu können. Etwa indem er ihr allerlei gefälschte Berichte aus seinem bisherigen Leben, das sie nicht kennt, unterbreitet. Doch es gelingt ihm nicht, er hat nach vielen Ansätzen zu Lügenerzählungen nicht die geringste Unwahrheit zustande gebracht. Er muß gestehen: »Ich könnte dich nie betrügen ...«

»Da bin ich aber froh!« gibt sie belustigt zurück.

Jetzt versucht er sie für einen anderen Zweck zu nutzen. Wo sie schon einmal da ist. Und auch gegenseitiges Vertrauen sich einstellt. Sie soll ihm dazu dienen, daß er sich ihr erkläre. Alles, was er von sich selber weiß, seine guten, seine schwachen Seiten, den Grund seiner Unzufriedenheit möchte er einmal freiheraus gestehen, offen aussprechen und anschließend mit dem Eindruck vergleichen, den sein Geständnis auf sie machte. Doch auch daraus wird nichts Rechtes. Nach wenigen großen Mitteilungen sackt seine Rede ab, verrinnt in den Löchern, die er in die Luft starrt. Das Verstehen seiner selbst setzt ihn vor unlösbare hermeneutische Probleme. Es zeigt sich bald, daß sich ein Umstand inmitten eines anderen versteckt. Die Bedeutung einer Sache zu erwischen, setzt voraus, daß man ihr sämtliche Fluchtwege abschneidet. Der ganze methodische Ansatz des Verstehens scheint ihm mit einem Male fruchtlos und verfehlt. Er schweigt bzw. läßt eine offene Frage zurück, durch die seine Vertraute sich Zutritt zur Kernschwäche des ganzen Mannes, zur *Quelle der Retention* sozusagen, hätte verschaffen können. Doch sie läßt Vorsicht vor Aufklärung walten, und die offene, dunkle Frage bleibt unberührt. Sie geht vielmehr in Umschweifen auf ihn ein, spricht von den wundersamen Kräften einer Sympathie, wobei sie vom Abstrakten sich angenehm zum Persönlichen, zu seiner Person hin wendet, so daß sie am Ende mit vielen schönen Worten nur eines sagt, das schlicht und warmherzig anmutet: Ich nehme dich, wie du bist. Und wie sie es sagt, heißt es dazu noch: Wir werden einander schön verborgen bleiben, solange die Schleier des Gefallens uns fest umschließen.

Es kommt noch, es kommt noch, so dachte er Mal um Mal und hoffte auf den großen Durchbruch seiner Rede, seines Sprechens. Es kommt, es kommt noch, so beruhigte er sich selbst, damit sein Gewissen aufhörte ihn zu plagen und ihn zu zwingen, noch die geringste seiner Äußerungen auseinanderzunehmen, zu zensieren und zu verachten. Aber das große unerhörte Sprechen kam nicht.

»Sie tragen heute eine verdammt hübsche Jacke, Ferenc!« begrüßte ihn Jenny eines Morgens in der Firma. Und er erwiderte: »Reizend, ja. Bezauberndes Jäckchen!« Er lief rot an vor Zorn. Warum so giftig? Sie hatte ihm nur eine Freundlichkeit über seine neue japanische Strickjacke gesagt, die ihr wirklich ausnehmend gut gefiel. Offenbar erregte es seinen Unmut, daß sie überhaupt diese Jacke des Bemerkens wert hielt. Und daraus ergab sich, daß er sich im Ton, in der Art seiner Reaktion vergriff. Und er vergriff sich jetzt immer häufiger auf dem Instrument der angemessenen, angepaßten Verständigung. Er war sich der Stimmungen und Tonvaleurs nicht mehr sicher. Der Gemütswert seiner Äußerungen stand oft in keiner Verbindung zu der Situation, in der die Unterhaltung geführt wurde. Aber die Äußerungen standen auch in keinem erkennbaren Verhältnis zu seinen wirklichen Empfindungen, sie schienen wie der Auswurf einer im Untergrund rumorenden Sprache, die er nicht beherrschte.

So machte er ein andermal in ängstlichem Flüsterton ihr die bittersten Vorwürfe. Oder zollte ihr in beleidigenden Ausdrücken höchste Anerkennung. Und es schmerzte ihn selbst, man sah es deutlich, wenn die Sprache, die geäußerte, einen so anderen Weg einschlug als sein Gefühl.

Vielleicht genoß seine Frau sogar die Barmherzigkeit ihres Verzichts, vielleicht weidete sie sich heimlich an der Traurigkeit ihres Ferenc, der neben ihr saß und dem sie Trost zulispelte durch ihrer Vorderzähne Zwiespalt ... Und als er noch einmal Jennys wegen jammerte, seine ausweglose Lage beklagte, weil er sie *unwiderruflich* liebe, da redete seine Frau zart auf ihn ein, warmherzig und großmütig stand sie ihm bei und ließ sich ein wenig redselig darüber aus, was für ein besonderer Mann er sei und wie gut sie sich vorstellen könne, was es für *ihn* bedeuten müsse, eine andere zu lieben, da sie ja sehe, wie schwer ihm das Herz und die ganze Affäre, ja und auch wie seine Arbeit in der Firma, der Ideenfabrik, darunter zu leiden beginne ... So spendete sie ihm Trost und redete ihm in einem fort gut zu.

Und doch *machte* Ferenc nur eine traurige Miene, setzte sie auf und war es nicht wirklich, im Gegenteil, es war ihm ungewöhnlich wohl bei den schonenden Worten, die seine Frau für ihn fand, und er hielt seine Traurigkeit nur mühsam im Anschein, um seine Frau nicht plötzlich zu härteren Worten zu reizen. Noch fand sie ein immer größeres Gefallen daran, ihre Eifersucht zu überwinden, die Geste der mitfühlenden Gelassenheit auszukosten, denn ein solches Unglück wie jetzt würde ihr Mann gewiß nicht lange erdulden und bald von selber zurückkehren, wohin er gehörte, der jungen Kollegin den Laufpaß geben oder sie ihm – vielleicht war's schon geschehen ...? Die Frau, die mit dem Untreuen so teilnahmsvoll flüsterte und die Stirn kräuselte und den Kopf schüttelte, als hätte sie ein Kind zu besänftigen, rückte auf der Bank über den Bahngleisen ein wenig näher an ihn heran, und einmal wischte sie mit der Hand über seine Stirn ... Und im selben Augenblick dachte er an die weichen kastanienbraunen Lippen der anderen, an ihren Mund, der zuweilen etwas wäßrig zwischen den Zähnen, so daß sich beim Lächeln kleine Speichelblasen bildeten und stehenblieben, und er dachte an die möwenweiße Haut ihres Nackens ... »Komisch, wie?« fragte er aus seinen Gedanken heraus, als hätte seine Frau an ihnen teilgenommen.

Dann stand er auf, setzte den Fuß auf die Bank, um den losen Schnürsenkel zu schließen. Seine Frau hob den Kopf, um ihn zu sehen, zu hören, was er sagte, zu wiederholen, was er sagte und nachzufragen.

»Von jetzt an – merk dir jede Einzelheit.«

»Wobei?« fragte sie.

»Jede Einzelheit besitzt bei einer Scheidung hohen Stellenwert.«

»Wir werden nicht geschieden.«

»Du wirst mir in den Rücken fallen.«

»Von jetzt an – merk dir jede Einzelheit«, gab sie ihm schillernd wieder, wie es verliebte Mädchen tun, wenn sie an jemandem Gefallen finden.

Das waren in etwa die Sätze, die zwischen ihnen fielen, während er seinen Schuh schnürte und anschließend mit auf die Bankkante gesetztem Fuß und erhöhtem Knie verharrte, um dann, den Oberkörper vorbeugend, sich mit verschränkten Armen auf dieses Knie zu stützen, haltlos ins Weite starrend nach Sonnenuntergang.

Seine Frau verabschiedete sich, um mit dem letzten Zug wieder in die Stadt zu fahren.

Weshalb hielt diese ungezwungene Person, die sich ewig frisch verliebt in ihn zeigte, nein, die sich in ihrem ewig frischen Verliebtsein galvanisiert zu haben schien, ausgerechnet an ihm fest, einem Unbeholfenen, dessen versuchte Untreue sie lediglich rührte? Welch ein unüberraschbares Herz!

Jenny wartete lange auf den Augenblick, da er ihr *etwas bezeugen* würde, und er wartete lange auf das Reifen dieses Augenblicks. Sie sah seine Verhaltung, und er sagte nichts.

Einmal sprach er sogar von seiner *Verhaltung* und sagte nichts.

Aber eines Tages war es soweit. Er hatte sich einige Worte zurechtgelegt, um etwas Gutes zu sagen, etwas Liebevolles und Sicheres. Doch es geschah, daß er nur abschreckend sprach ... Die Zunge ging mit ihm durch, kaum daß die ersten Worte heraus waren. Er äußerte sich. Er machte abfällige Bemerkungen über den Chef, das Arbeitsklima und einzelne Kollegen. Er benutzte intellektuelle Redensarten, er spreizte sich mit Fremdwörtern, ältlichen ironischen Sticheleien. Vielleicht war es die Angst, ihr jetzt das Unerklärliche zu erklären, seine Liebe, und dabei wieder von einer ungebärdigen Sprache unterbrochen und übermannt zu werden? Statt dessen nun das dünne seelenlose Pfeifen des Intellekts. Um Jenny zu imponieren? Aber Jenny stand da, und er hätte sie in diesem, in diesem letzten Augenblick für sich gewinnen können ... Doch nur mit tieferen Tönen! Die Sprache, die er für sie sprach, bittend, sie möge bei ihm bleiben, ihm nahe sein, versuchte beständig zu imponieren. Sie war imponiersüchtig im Wortlaut, im Witz, im Gewitzten an sich. Er sprach ohne Hemmungen. Und Jenny schüttelte ihren Kopf in beiden Händen, als sie ihn hörte: *Es ist entsetzlich ... es ist entsetzlich, das zu hören ... von dir.* Das schien sie zu sagen mit ihrem Kopfschütteln in beiden Händen. Sie wendete sich ab, bevor er zu Ende gesprochen.

ALLE MASKEN LÖSTEN SICH, die Frauen kehrten zu ihrem Ausgangspunkt zurück, nachdem Luchino, der Koch, sich endlich für Anne entschieden hatte und die anderen im Wettbewerb also unterlegen waren, verloren hatten. Sie lachten aber und freuten sich für ihre Kollegin, denn Luchino war ein angenehmer Bursche, niemand war ihm gram. Sie fanden sich nun allerdings nicht mehr bereit, mit offenen Mäulern seine Küsse zu erwarten und in irgendeinem Winkel ihren mit wei-

ßen Schürzen abgebundenen Bauch an seinen ebenso
abgebundenen zu drücken. Sie machten ihm keine kitzligen Augen mehr, und ihr Lächeln war mit einem
Schlag sehnsuchtsfrei. Eine nüchterne Freundlichkeit
beherrschte den Umgang, und sie gingen flink an ihm
vorbei wie nie geküßt. Keine trug ihm die früheren Vertraulichkeiten nach.

Keine Kommunion mehr! Luchino umarmte Herrn
Rickert, seinen Kompagnon, beide waren sie Besitzer
des Restaurants, in dem allein der Italiener kochte. Keine
Kommunion mehr! Denn Anne, konfessionslos, hatte
sich ausbedungen, daß der verwitwete Luchino und
seine kleine Tochter Gabriela erst aus der katholischen
Kirche austräten, bevor man sich näherkomme. Schon
das Sich-Näherkommen: konfessionslos! Darüber zeigte
sich Luchino unverhältnismäßig glücklich und gerührt,
so als habe er seine Erweckung zum Atheismus erlebt.
Und Herrn Rickert erklärte er: Ich hätte doch Gabriela
niemals zweimal die Woche zum Unterricht und sonn-
tags in die Messe fahren können! Schon aus Zeitgründen
nicht. Im selben Moment erhielt er eine Reklamation
aus dem Gastraum, und tatsächlich hatte er die Rinder-
zunge für Tisch elf vergessen ... In seiner von Herzens-
wärme völlig aufgelösten Fassung begab er sich zu dem
vernachlässigten Gast, legte den linken Arm um die
Stuhllehne, erzählte und erläuterte in seiner Freude alles, was zu seinem Versäumnis geführt hatte, wobei die
Fingerspitzen seiner rechten Hand sogar gegen das
Schulterstück des safrangelben Jacketts stießen, das
der Gast trug, bis Luchino auf einmal bewußt wurde,
daß er ihm zu nahe gekommen war, aufsprang, hinter
ihn trat und nun wie ein Flüsterteufel nah am Ohr des

Gastes seine Erzählung zuendebrachte. »Keine Kommunion mehr!«, und er scharrte frohlockend mit den Füßen, in der Küche aber tanzte er händeklatschend um sich selbst. Aber seine Freudentränen waren doch eigentlich Tränen einer tieferen Fassungslosigkeit, als sie die reine Freude hervorrufen kann. Und der Tanz des Mannes, der sich losgesagt hatte, erschien nur ganz oberflächlich als der Tanz des Erleichterten. Auch in der Übertreibung seiner Seligkeit, vor allem seiner Rührung, lag etwas vom Gegenteil dieser Empfindungen und wirkte bereits ein späterer Schmerz und eine kommende Schmach. Immerhin war es die Überzeugungsstrenge dieser konfessionslosen Frau, das Gebietende seiner künftigen Braut, womit er niemals gerechnet hätte, solange sie sich noch hinter der Maske der geküßten Bediensteten verbarg. Aber diese Strenge und Bestimmtheit, dieser Anspruch, den sie erhob, war doch wahrhaftig etwas, worüber man nicht einfach in Rührung ausbrach! Dennoch war ihm seine seltsame Begeisterung bis in den Morgentraum gefolgt und er war im Schlaf gerade dabei, so hoch wie ein Vollgummiball zu springen. Er war schon im wirklichen Leben immer recht gut gesprungen. Jetzt aber stand er auf kühlem Steinboden, und es genügten ein paar Sätze auf und nieder, da schien sich der Untergrund in eine Art Trampolin zu verwandeln. Er sprang ohne weiteres zwei, drei, vier Meter in die Höhe und landete wieder sanft auf den Füßen. Kraft und Schnelle seiner Sprünge kamen durchaus aus dem eigenen Körperbau, als ob Beine und Knie unendlich elastische Sprungfedern und feinste Stoßdämpfer enthielten. Der Boden gab zu keinem Zeitpunkt nach. So war aus ihm, der zeitweilig zum Niederkauern geboren schien, über Nacht ein Hochhüpfwesen geworden. Da bemerkte er plötzlich über sich ein Spitzbogengewölbe, und siehe da, er sprang tatsächlich mitten in der Kathedrale seiner Heimatstadt ... jawohl, er war die ganze Zeit im Leib der Maria herumgesprungen! Es war ihm aber jetzt unmöglich, den Schwung, der ihn hoch und höher trug, abzuschwächen, er schnellte vom Boden, schoß in die Höhe, und beim nächsten Sprung wäre sein Schädel unweigerlich gegen die schartige Rippe, gegen den inneren Thorax der Gottesmutter geprallt, hätte es ihn nicht im selben Moment aus dem Schlaf gerissen.

DER HEUTE SIEBENUNDACHTZIGJÄHRIGE REGISSEUR BUCH bezeichnete Freunden gegenüber nach wie vor den Kollegen Pasche als den Mörder seiner Frau. Außerdem habe Pasche, als er Intendant wurde, auf jede weitere Mitwirkung von Buch mit der Begründung verzichtet, dieser sei in seiner Jugend ein Nazi-Regisseur gewesen, obwohl seine Mutter als engagierte Sozialdemokratin monatelang im KZ gesessen habe. So habe Pasche einen regelrechten Vernichtungskrieg gegen ihn und seine Familie geführt. Seine Frau, Marianne Gröscher, die bereits vor seiner Ära als die erste Tragödin des Hauses gegolten habe, sei unter seinem Nachfolger systematisch mißachtet und niemals wieder mit einer größeren Rolle betraut worden.

Nach langen Jahren des Darbens wurde ihr dann aber ein großer Wunsch erfüllt. Sie durfte Winnie in »Glückliche Tage« – die Rolle ihres Lebens! – spielen. Allerdings einstudiert von einem Regieassistenten und im Zusammenhang mit einer dieser variablen Theater-Veranstaltungen, bei denen an verschiedenen Plätzen und Bühnen des Hauses gleichzeitig Aufführungen, Lesungen, öffentliche Proben, Diskussionen etc. stattfinden und die Zuschauer von einer Spielstätte zur anderen, von einem Ereignis zum nächsten pilgern.

So spielte Marianne Gröscher Winnie im Foyer, statt in der Erde war sie in einem Restauranttisch zur Hälfte begraben. Die Zuschauer zogen schmunzelnd an ihr vorbei, einige blieben stehen und hörten ihr eine Weile zu, andere nutzten die Gelegenheit, um am Tresen etwas zu trinken und sich laut zu unterhalten, die meisten promenierten zum nächsten und noch höher angesetzten Ereignis. Dieses verunglückte Comeback, diese Erniedrigung in ihrer Lieblingsrolle, halb im Tisch begraben, Winnie vor lauter vorbeilaufenden Leuten! kränkte die würdige, seit Jahren zurückgesetzte Schauspielerin, dieses peinliche Nebenbei, in dem sie ihre ganze Kunst vorführte, verwand sie einfach nicht, so daß sie zur vierten Vorstellung nicht mehr erschien, sie hatte sich in der Nähe ihres Landhauses vor einen Güterzug geworfen.

Heute, da Buch mit Genugtuung hätte feststellen können, daß auch der Stern seines Gegners mittlerweile restlos verblaßt war, da beide sich in ihrer gemeinsamen Vergangenheit von Erfolg und Niederlage, von Theaterglück und -streit hätten versöhnen können, ist ihm nichts gegenwärtiger als der Verlust seiner Frau und der frühzeitige Abbruch seiner Regisseurskarriere.

Eine solch akute, fast fieberhafte innere Nähe des anderen muß über kurz oder lang zum Zufall einer Begegnung führen, die Buch, solange er mit Pasche in derselben Stadt lebte, immer zu vermeiden trachtete. Etwa, indem er niemals eine Theaterpremiere besuchte und zu keinem Anlaß erschien, bei dem sich namhafte Veteranen ein Stelldichein gaben.

Aber er besuchte regelmäßig ein kleines Café in der Stillen Straße, in einer Ladenpassage gelegen mit stets blankgescheuerten schwarzweiß karierten Bodenfliesen. Hier saß der Zeitungsleser Buch und ließ den Vormittag vergehen. Und eines Tages saß dort ein zweiter Zeitungsleser, der Todfeind Pasche.

Dem älteren Buch war es unmöglich, hinter seiner Zeitung hervorzuschauen, seine Hände zitterten und die Blätter schlackerten vernehmlich.

Pasche las ohne Wahrnehmung für Buch. Er rührte nebenbei in seinem Cappuccino. Buch hatte nicht ein einziges Mal hinsehen müssen, um die gesamte Erscheinung und jede Regung des anderen aufs schärfste und ständig vor Augen zu haben. Pasche nahm aus seinem Einkaufsbeutel ein Notizbuch und eine Fahrradleuchte. Er fuhr natürlich in seinen späten Siebzigern noch mit dem Fahrrad. Ein rüstiger Greis, und er notierte fleißig aus dem Feuilleton! Ein affiger Gernejung in Jeans und Lederjacke, immer noch mit dem Rad unterwegs und immer mit der Zeit, bloß keine Schwäche zeigen ... Ausgemergelt, aber immer noch schlaksig! Nur dies knochige Gesicht war hinter der dicken Hornbrille noch schmaler und papierhäutiger geworden. Keine Witterung für die Anwesenheit der Ära Buch, wie?! Niemals hatte Pasche es zu vergleichbarem Ruhm gebracht. Er war immer nur ein Pseudojakobiner gewesen, ein asketischer Reiniger, der die Köpfe rollen ließ, statt sie von innen zu erleuchten, ein Revolutionär des Geizes, kameralistisch übrigens ebenso wie ästhetisch!

Für Buch war jetzt die Gelegenheit gekommen, mit diesem Mann, dem er über so viele Jahre hin unaufhörlich den Prozeß gemacht hatte, in aller Kürze abzurechnen. Nachdem er die zahllosen Schuldsprüche, die er in seinem Herzen längst aufgesetzt hatte, noch einmal durchging, kam er gleichwohl zu dem Schluß, daß ein Wort genügen mußte, verbunden mit einer hübschen kleinen Verneigung, nur ein Wort, das wie ein Biß in seinen Nacken wäre.

Dem anderen würde ja zwangsläufig alles hochkommen, sobald er Buch vor sich erblickte, und in diesem geradezu intimen tête-à-tête des Wiedersehens würde er den Feind mit einem Wort ganz ruhig, fast sanft vernichten können. Er selbst, Buch, allein sein Anblick wäre ja das leiseste und gefährlichste Memento seiner ungesühnten Mordtat!

Buch erhob sich, nahm die zusammengerollte Zeitung fest in die rechte Hand, versuchte mit aller Kraft sein Zittern zu beherrschen, es durfte auf keinen Fall bis in seine Stimme vordringen.

Er trat an den Tisch des anderen und sagte leise, tatsächlich fast flüsternd, fast schmeichelnd: »Guten Tag, Herr Pasche.« Verbeugte sich leicht, als der andere aufblickte. Richtete die gerollte Zeitung in der rechten Hand auf wie ein Zepter. War überzeugt, daß sein Ton vollendet war und eine grausige Todesbedrohung ausgeströmt hatte. Entfernte sich so schnell er konnte, ohne auf irgendeine Reaktion zu warten.

Der andere sah ihm nach, legte die Zeitung beiseite und nahm sein Notizbuch, um die folgende Eintragung zu machen:

Zum Zeitunglesen im Café. Ein älterer Herr trat an meinen Tisch und grüßte freundlich. Erkannte mich offenbar. Sprach mich mit Namen an. Seltsam wohltuend. Hätte nie geglaubt, daß man sich darüber diebisch freuen kann. Vielleicht ein Verehrer aus der Schauspielhauszeit. Vielleicht auch nur ein Bühnenpförtner von damals. Egal. Ein Gruß mit meinem Namen dran ... Wieder ein schöner Tag!